Retour à Green Bay

MARGARET WATSON

Retour à Green Bay

*éditions*Harlequin

Titre original : SMALL-TOWN SECRETS

Traduction française de MURIEL VALENTA

HARLEQUIN®
est une marque déposée par le Groupe Harlequin
PRÉLUD'®
est une marque déposée par Harlequin S.A.

© 2006, Margaret Watson. © 2007, Harlequin S.A.
83/85 boulevard Vincent-Auriol 75646 PARIS CEDEX 13.
Service Lectrices — Tél. : 01 45 82 47 47
ISBN 978-2-2801-5737-7 — ISSN 1950-277X

Chapitre 1

Mercredi matin

Il s'était cru prêt à affronter ce moment.

Les sept années qui s'étaient écoulées depuis son départ auraient dû l'endurcir contre les émotions. Pourtant, elles refaisaient maintenant surface : le manque, la douleur, la culpabilité et cette tension familière que Kendall Van Allen avait toujours provoquée chez lui.

En décidant de quitter Sturgeon Falls, il avait cru se débarrasser d'une partie de son passé et se donner la chance de reprendre le cours normal de sa vie. Aujourd'hui, il devait bien admettre qu'il s'était trompé.

Gabe gara sa BMW dans l'allée et observa la maison des Van Allen. La façade couleur crème, les cadres des fenêtres et des portes peints en rose et vert, et les fleurs plantées tout autour de la maison composaient un tableau joliment coloré qui se découpait nettement sur le bleu du ciel. L'endroit avait beaucoup changé.

Kendall avait-elle changé, elle aussi ?

Serait-elle heureuse de le revoir, ou bien se contenterait-elle de tolérer sa présence ? Il aurait peut-être mieux fait de garder ses distances…

Certes, c'était le comité d'organisation qui s'était occupé de lui retenir une chambre, mais il aurait pu refuser et réserver lui-même dans l'une des nombreuses autres maisons d'hôte de la région. A quoi bon raviver certaines vieilles blessures ?

Il prit une profonde inspiration puis descendit de sa voiture et referma la portière, déterminé. Puisqu'il ne s'était pas écoulé une seule journée sans qu'il ne regrette d'être parti, il n'allait pas fuir aujourd'hui. Il était las de se sentir traqué, en cavale. Et Kendall allait avoir besoin de lui, ce week-end, même si elle ne le savait pas encore.

Car, ce week-end, Sturgeon Falls s'apprêtait à rendre hommage à Carter, le défunt mari de Kendall, en donnant son nom au stade du lycée. Et ce ne serait pas le seul événement de ces journées particulières.

Kendall entendit frapper à la porte alors qu'elle terminait de s'habiller dans sa chambre. Elle enfila les mocassins qu'elle aimait bien, passa rapidement une main dans ses cheveux courts pour les discipliner, puis elle boutonna son chemisier tout en descendant l'escalier. Le client pour lequel le comité d'organisation avait réservé une chambre chez elle arrivait juste à l'heure.

La silhouette élancée d'un homme se dessinait à travers le verre dépoli de la porte d'entrée. Kendall vérifia une dernière fois dans le miroir de l'entrée que sa tenue était en ordre, plaqua un sourire accueillant sur son visage et ouvrit la porte.

— Bienvenue à Van Allen House, dit-elle avec autant d'amabilité que possible.

Le client se tenait de dos et, les mains dans les poches, semblait perdu dans la contemplation du jardin.

— Très joli, Kendall. Tu as réalisé un travail remarquable. On ne reconnaît plus cet endroit.

En entendant cette voix, Kendall crut recevoir un coup. Et lorsque le client se tourna et qu'elle en vit les traits, le choc s'accusa encore. Sept ans… Sept ans qu'elle ne l'avait pas revu, songea-t-elle. Mais elle l'aurait reconnu dans une foule. Ses cheveux noirs épais et ses yeux d'un bleu profond. Sa bouche sensuelle et ses traits…

— Gabe ?

— Bonjour Kendall.

Tout sourire d'hôtesse évanoui, Kendall crispa la main sur la poignée de la porte.

— Qu'est-ce que tu fais ici ?

— J'ai une réservation. Un cadeau du comité d'organisation.

— C'est *toi*, mon client ?

— En chair et en os.

A ce moment, elle ne songeait plus qu'à lui claquer la porte au nez. Seulement, elle n'en avait pas les moyens. Les factures attendaient sur son bureau, lui rappelant chaque matin que Van Hallen House ne pouvait se permettre de refuser un client… Alors, malgré son amertume et sa colère, elle ouvrit sa porte à Gabe Townsend et aux souvenirs qui l'accompagnaient.

— Entre, je t'en prie, dit-elle à grand-peine.

Il pénétra dans l'entrée, balayant l'endroit du regard. On aurait dit que rien ne lui échappait et qu'il enregistrait tout : la lassitude du tapis un peu élimé, la marque laissée sur le mur par la balle de l'une des filles de Kendall, les portraits de famille Allen alignés au-dessus de l'escalier.

Elle ferma la porte — un peu trop brusquement, peut-être — et demanda sèchement :

— Alors, que fais-tu ici ? Que veux-tu ?

Il posa sa petite valise de cuir.

— A part une chambre, tu veux dire ? Un « Bonjour, Gabe » serait un bon début. Et pourquoi pas « Bienvenue à Sturgeon Falls » ?

— Si tu es venu à Sturgeon Falls en espérant que je t'y accueille, tu as perdu la tête, répondit-elle en se dirigeant vers son bureau. Pour moi, tu n'as pas ta place ici.

— C'est le comité qui s'est chargé de la réservation. Ils ont dû penser que ce petit pèlerinage me ferait plaisir.

— Je n'aime pas les pèlerinages.

Elle l'observa attentivement, remarquant son attitude confiante, presque arrogante, comme s'il ne doutait pas une seule seconde.

— Je ne pensais pas que tu aimais ressasser le passé, ajouta-t-elle.

Il haussa les épaules.

— C'est pourtant bien le but de cette cérémonie, non ? Evoquer les vieux souvenirs. Regarder en arrière avec des lunettes roses.

— Je n'ai aucune envie de regarder en arrière.

— Tu n'as pas le choix, cette fois, dit-il sur un ton léger. Tu assisteras à la cérémonie, n'est-ce pas ?

Il posa sa carte de crédit sur le bureau.

— Bien entendu. Les filles trépignent d'impatience. Elles en parlent depuis des semaines.

Elle prit sa carte de crédit dans un geste tellement brusque que l'objet manqua lui échapper. Elle le rattrapa de justesse et le posa sur le bureau.

— Jouons franc jeu, Gabe. Mon établissement n'est pas le seul à avoir une chambre disponible, un mercredi de début juin. Tu aurais pu séjourner ailleurs. Alors, pourquoi ici ?

Elle était incapable de déchiffrer son expression, son regard étant toujours aussi impénétrable que par le passé.

— Je me trouve chez toi pour des raisons, disons… professionnelles, et j'aime bien traiter avec des personnes de ma famille.

— Je ne fais pas partie de ta famille.

— Je suis le parrain de Jenna. Cela ne compte pas ?

— Je croyais que tu avais oublié.

Gabe soutint son regard.

— Je prends mes responsabilités au sérieux.

— Nous ne faisons pas partie de tes responsabilités, Gabe. Cela n'a jamais été le cas. Je croyais te l'avoir expliqué clairement il y a déjà longtemps.

— Responsabilités ou pas, je suis venu pour l'hommage à Carter. Quand le comité a suggéré que je loge ici, j'ai accepté bien qu'ils aient été mal inspirés, je te le concède. D'un autre côté, pourquoi dépenser leur argent ailleurs ?

— J'ai tiré un trait sur le passé, et tu devrais en faire autant.

Il resta un long moment à la regarder.

— Si tu avais réellement tiré un trait sur le passé, tu ne me suggérerais pas de repartir.

La jeune femme prit une profonde inspiration.

— Tu as raison, répondit-elle, les affaires sont les affaires. Je saurai m'en souvenir.

Elle était désormais une adulte, et une femme d'affaires à qui la réussite souriait. L'argent de Gabe était aussi bon que celui de n'importe qui d'autre et, par ailleurs, la fierté ne lui serait d'aucune utilité au moment de régler ses factures. Elle termina donc de remplir les papiers et adressa à Gabe un sourire purement commercial et dépourvu de toute chaleur.

— Suis-moi, je vais te faire visiter le rez-de-chaussée avant de te conduire au premier étage, dans ta chambre. Voici la salle à manger.

Avant qu'elle ne poursuive, il demanda :

— C'est bien du café que je vois sur le buffet ?

— Oui. Tu en veux une tasse ?

— S'il te plaît.

Elle remplit deux tasses et ajouta automatiquement du lait dans les deux avant d'en tendre une à Gabe. Il la regarda.

— Tu t'es souvenue que je prends toujours du lait ?

— Je n'y ai pas réfléchi, se défendit-elle en tâchant de rester neutre. J'ai fait comme pour moi.

Il prit une gorgée de café, sans la quitter des yeux.

— Cela fait longtemps, Kendall. Que deviens-tu ?

12

Elle remua son café et observa le liquide foncé s'éclaircir en se mélangeant au lait.

— J'élève mes filles. Je m'occupe de ma maison d'hôte. Je vis. Et toi ?

— Je m'occupe. Ma société me prend beaucoup de temps.

Gabe n'avait pas plus envie qu'elle de raconter sa vie. Elle avala une gorgée de café qui la brûla jusqu'à l'âme.

— Maintenant que nous avons sacrifié aux politesses d'usage, je vais te montrer ta chambre.

Elle attrapa une clé accrochée à un tableau, avant de monter. Gabe la suivit. Elle tourna à droite une fois sur le palier et ouvrit une porte peinte en blanc.

— La salle de bains de cette chambre a été refaite il y a peu et tu as vue sur le jardin et la plage, expliqua-t-elle en montrant la fenêtre. Cela te convient ?

— Oui, merci, répondit-il sans regarder.

Elle s'effaça mais Gabe ne fit aucun mouvement pour entrer dans la pièce.

— Kendall…

— Le petit déjeuner est servi entre 7 heures et 9 heures, reprit-elle sur un ton toujours aussi impersonnel. Je verrouille la porte d'entrée tous les soirs à 21 heures, mais tu peux l'ouvrir avec la clé de ta chambre. Le salon est à la disposition de tous les résidants de cette maison, alors fais comme chez toi. Besoin de quoi que ce soit ?

— Non, merci.

— Bien. Dans ce cas, nous nous verrons demain matin pour le petit déjeuner.

Kendall le laissa là, et disparut dans l'escalier. Une fois

en bas, elle emporta leurs tasses dans la cuisine et en vida le contenu restant dans l'évier. Et tandis que le siphon happait le café dans un tourbillon, Kendall regretta de ne pas pouvoir se défaire aussi facilement de ses souvenirs.

Gabe descendit une petite demi-heure plus tard dans le salon. Kendall semblait s'être évanouie dans la nature et il n'en fut pas surpris.

Ça, il ne s'était pas attendu à ce qu'elle reste à l'attendre pour lui faire la conversation… Elle devait avoir fort à faire — la gestion d'une maison d'hôte exigeait beaucoup de travail, et Kendall s'en occupait probablement seule. C'était dans son tempérament, de s'investir à fond dans tout ce qu'elle entreprenait, quelle que soit l'ampleur de la tâche. Ce week-end, le travail serait aussi pour elle une excellente excuse : elle prétendrait s'y consacrer pour l'éviter, lui. Plus élégant que de le prier d'aller au diable !

En toute franchise, il n'avait pas espéré un accueil chaleureux. Sept ans plus tôt, elle lui avait expliqué clairement qu'elle ne voulait plus rien avoir à faire avec lui, et il ne pouvait pas le lui reprocher. Comme elle n'avait jamais cessé de le lui souligner, il avait tué son époux.

Pourtant, le juge avait déclaré que l'accident de voiture était la conséquence du gel et de la neige… Mais, aux yeux de Kendall, cela n'avait rien changé : il s'agissait de la voiture de Gabe, et les policiers avaient expliqué que le véhicule roulait trop vite. Gabe conduisait. Carter ne s'en était pas sorti vivant. Kendall s'était brutalement retrouvée veuve avec deux fillettes et pas un sou ou presque.

Gabe se versa une nouvelle tasse de café et il regarda par la fenêtre tout en le buvant. La pelouse à l'arrière de la maison descendait en pente douce vers une plage privée donnant sur Green Bay. La région du comté de Door, sur la rive ouest du lac Michigan, dans le Wisconsin, était l'une des principales destinations touristiques du Midwest, et elle connaissait une circulation difficile, des plages fréquentées et des commerces bondés chaque été, de juin à septembre. Toutefois, et bien que Sturgeon Falls se trouvât au milieu de cette agitation, Van Allen House était une oasis de calme. De toute évidence, Kendall faisait de son mieux pour préserver cette enclave privilégiée.

Gabe tourna son regard vers la lisière de la plage. Un salon d'été en osier attendait les estivants sur la pelouse. Au-delà s'étendait la dense forêt de pins du parc régional et de l'autre côté se trouvait la cerisaie familiale.

La maison alliait subtilement atmosphère familiale et confort moderne. Ainsi, dans sa chambre, la salle de bains rénovée voisinait avec le lit ancien en précieux bois de cerisier, que des générations de Van Allen s'étaient transmis. Dans les pièces du rez-de-chaussée, peut-être trop grandes, des tapis orientaux apportaient de l'intimité en jetant leurs couleurs chatoyantes sur les planchers restaurés, et la froideur de l'imposante cheminée du salon était compensée par la mise en place judicieuse de fauteuils confortables et de canapés profonds.

Partout, Gabe sentait la touche personnelle et sûre de Kendall. La jeune veuve perdue et désespérée de ses souvenirs, qui se tenait à côté de la tombe de son époux en serrant les mains de ses deux fillettes, avait cédé la place à une femme qui maîtrisait sa vie, désormais. Une femme d'affaires, même, qu'il avait trouvée froide et arrogante quand elle lui avait ouvert sa maison ce matin.

Il en était là de ses réflexions lorsque la porte de la cuisine claqua. L'instant d'après, Kendall apparut, portant une pile d'assiettes. Lorsqu'elle vit Gabe, elle hésita — à peine, et la plupart des gens n'auraient rien remarqué. Mais Gabe le remarqua.

Rien de ce qui la concernait ne lui avait jamais échappé.

— La chambre va te convenir ?

— Oui. Tu as bien arrangé cette maison, dit-il en désignant le salon. C'est très joli.

Les assiettes tintèrent quand elle les posa sur le buffet.

— Merci. Il y avait du travail.

Elle sortit plusieurs couverts de la poche de son tablier et les posa sur une desserte de bois. Il constata qu'elle avait changé de tenue et troqué ses mocassins de marque et son chemisier élégant pour un T-shirt, un short et des sandales. Ses courts cheveux blonds semblaient ébouriffés.

Quand elle se rendit compte qu'il l'observait, elle se recoiffa instinctivement.

— Tu avais besoin de quelque chose ?

Si elle avait su de quoi il avait besoin, elle aurait été étonnée, songea aussitôt Gabe…

— Rien du tout. J'allais sortir, répondit-il.

Malgré ses efforts, la jeune femme ne put dissimuler son soulagement. La lueur de ses yeux d'ambre parla pour elle.

— A plus tard, ajouta Gabe.

— A plus tard.

Se faisait-il des idées, ou bien y avait-il réellement de la lassitude dans la voix de son hôtesse ? Il tourna les talons, hésita, se retourna — mais elle avait déjà disparu.

Bien. Dans ce cas, l'heure était venue d'affronter un autre pan de son passé. Certes, il ne se sentait pas les mêmes responsabilités envers Amy Mitchell qu'envers Kendall, mais sa conscience ne le lâchait pas non plus de ce côté-là. Au tout début, s'occuper d'Amy et de son fils Tommy avait constitué une dette d'honneur puis, avec les années, Amy était devenue une véritable amie.

Gabe monta dans sa voiture et quitta le calme de Van Allen House pour s'engager dans les encombrements de la route locale. Il se faufila entre les véhicules et prit la direction de chez Amy, qui habitait à la périphérie de la ville.

Quelques minutes plus tard, il s'arrêta devant une coquette maison blanche entourée d'une clôture de la même couleur, et il sourit. Une jeune femme aux cheveux bruns bouclés était agenouillée devant un massif de fleurs, occupée à planter des pieds de gueules-de-loup multicolores. Elle se retourna en entendant le bruit de la portière.

— Salut Gabe, dit-elle tandis qu'il passait sous la charmille qui marquait l'entrée de la maison.

— Salut, Amy.

— Je t'attendais, dit-elle. Je me doutais que tu viendrais t'assurer que je n'allais pas changer d'avis…

Gabe s'assit sur les marches du perron.

— Tu ne peux pas changer d'avis. Il faut que tu avoues la vérité à George, et tu le sais.

Elle piqua un plant et tassa la terre autour.

— Ce qui est arrivé appartient au passé, on pourrait l'y laisser.

Gabe sentit la morsure de la pierre dans son dos.

— Non, Amy, ne te raconte pas d'histoires.

— Une fois, George m'a demandé qui était le père de Tommy. A lui aussi, j'ai répondu que c'était le passé — que cela n'avait plus aucune importance, que le père de Tommy ne faisait pas partie de sa vie. Il a accepté ma réponse sans plus de questions, lui.

— Vraiment ?

— George m'aime. Et je l'aime.

— C'est pourquoi tu dois lui dire la vérité.

Amy poursuivit son travail en répondant.

— Je te l'ai promis, et je tiendrai parole. Tu n'avais pas besoin de venir jusqu'à Sturgeon Falls pour t'en assurer.

— Il fallait que je vienne, de toute manière. Et comme c'est moi qui te pousse à parler, il est juste que je t'apporte mon soutien.

Elle tassa la terre et soupira.

— Désolée de me montrer aussi dure et injuste. Je sais combien il a été difficile pour toi de revenir ici.

En toute honnêteté, il devait reconnaître que, sans la cérémonie, il ne serait sans doute pas venu.

— Maintenant que je suis ici, je resterai jusqu'à ce que cette histoire avec George soit réglée… Et je pourrai peut-être aussi aider Kendall le moment venu. Elle va être anéantie.

— Je sais.

Amy essuya ses yeux brillants.

— J'ai vraiment commis une énorme erreur, n'est-ce pas ?

— Tu n'avais que dix-sept ans, répondit doucement Gabe. Tout le monde commet des erreurs de jeunesse.

— Mais certaines sont pires que d'autres.

— Au moins, tu n'as tué personne, ajouta-t-il.

— C'était un accident, répondit Amy, la gorge serrée.

— Accident ou pas, Carter est mort et c'est irrattrapable. Toi, tu n'as commis qu'une faute mineure.

Amy sourit malgré son envie de pleurer.

— Je commets des erreurs dès qu'il s'agit des hommes. De tous les hommes de la terre, il a fallu que je tombe amoureuse du frère de Kendall Van Allen.

— En matière d'amour, le cœur n'écoute pas toujours la raison, observa Gabe avec un sourire. Ce n'est pas moi qui vais te donner des conseils en matière de relations amoureuses.

— Et Helen, à Milwaukee ?

— Quoi, Helen ?

— Elle semble très gentille.

Gabe soupira.

— En effet. Mais j'ai rompu avant de partir. Il n'y avait aucune étincelle, aucune magie entre nous. Je ne voulais pas lui donner de faux espoirs.

L'expression d'Amy s'adoucit.

— Alors que, entre George et moi, c'est le feu d'artifice.

— Raison de plus pour ne pas laisser un secret empoisonner votre relation.

— Je sais que tu as raison, reconnut-elle en frottant ses mains l'une contre l'autre pour en enlever la terre. J'ai essayé de me convaincre que cela n'avait aucune importance, mais la vérité arrive à s'immiscer entre nous chaque fois que nous sommes ensemble. J'arrive à peine à le regarder dans les yeux. J'ai tellement peur.

— Malgré tout, tu vas lui parler. Tu as toujours été courageuse.

Elle leva les yeux au ciel.

— Tu parles ! Et c'est pour cela que tu es venu me tenir la main…

— Seulement t'apporter mon soutien.

Amy voulut poser la main sur le bras de Gabe, mais elle renonça quand elle vit combien ses mains étaient encore souillées de terre.

— Tu m'as déjà vraiment soutenue pendant toutes ces années. Carter avait de la chance d'avoir un ami comme toi, tu sais.

— Et réciproquement. Carter était un bon ami pour moi aussi.

— Vraiment ?

— Il était le frère que je n'ai jamais eu. Nous n'étions pas toujours d'accord, mais nous pouvions compter l'un sur l'autre.

Amy planta un autre pied de gueule-de-loup.

— Kendall sait que tu es en ville ?

— Oui. Je loge chez elle.

La jeune femme releva des yeux interloqués.

— Chez elle ? Gabe, mais pourquoi ?… Mon Dieu, si Kendall apprend que Tommy, toi et moi avons un lien, et que tu es resté en contact avec moi, tu vas ruiner ce qui te reste peut-être de chances avec elle !

Gabe adressa à Amy un sourire triste.

— C'est fait depuis longtemps.

— Comment l'as-tu trouvée ? Changée ?

— On n'a pas vraiment parlé, tu sais. Elle ne m'a pas franchement accueilli à bras ouverts.

— Tu sais quoi ? Pour parler à George, je vais attendre que tu repartes de Sturgeon Falls. Comme ça, Kendall ne saura jamais que tu étais au courant depuis le début.

— Sauf que je ne partirai pas, Amy. J'ai décidé qu'il est grand temps de lever le voile sur les secrets du passé.

— Quoi ? Mais tu veux vraiment la perdre définitivement, ma parole !

— Je n'ai rien à perdre avec Kendall, et tu le sais. Elle ne veut plus entendre parler de moi.

— Pourtant, vous formeriez un beau couple, tous les deux.

Comme Amy l'observait, Gabe se sentit de plus en plus mal à l'aise. Il ne voulait pas que quelqu'un puisse lire aussi clairement en lui.

— Tu es d'un romantisme désespérant, Amy.

— Dis donc, ce n'est pas moi qui en pince pour elle.

— Je n'en pince pas pour elle.

Il ferma les yeux pour tenter d'effacer ses souvenirs.

— Et tu essaies de changer de sujet, ajouta-t-il.

— Je m'inquiète seulement pour toi, Gabe. Je veux

que tu sois heureux. Aussi heureux que je le suis avec George. Sauf…

Gabe se leva en tirant Amy avec lui.

— Je suis très content que tu aies rencontré l'amour, et je sais que tu es inquiète. Mais si George Krippner est quelqu'un d'aussi bien que je le pense, il ne te repoussera pas pour une faute vieille de plusieurs années.

— Nous le saurons bientôt, n'est-ce pas ? Il est si proche de sa sœur…

Amy essuya les mains sur son short et entra dans la maison, suivie de Gabe.

— Je ne sais pas encore comment le lui annoncer, reprit-elle en se dirigeant vers la cuisine. J'espère qu'il comprendra que je ne suis plus l'adolescente que j'étais alors, mais dans le cas contraire ?

Elle baissa alors le regard, et Gabe vit qu'elle luttait pour contenir ses larmes.

— J'imagine que mon aveu est le prix à payer pour avoir couché avec un homme marié. Mais bon sang, comment trouver les mots pour dire à George que c'est Carter Van Allen le père de Tommy ?

Chapitre 2

Mercredi dans la soirée

— Bonjour, m'man.

La porte à moustiquaire de la cuisine s'ouvrit. Kendall posa la laitue qu'elle lavait et elle se tourna vers sa fille.

— Shelby, où étais-tu ?

L'air penaud, la fillette répondit :

— J'étais censée préparer la salade pour le dîner, c'est ça ?

— En effet. Et cela fait trois quarts d'heure que je t'attends. J'ai appelé Bertie et je l'ai envoyé au verger pour te chercher. Je commençais à m'inquiéter.

— Je l'aidais, répondit Shelby en sautillant dans la cuisine. Et puis maintenant, je connais une nouvelle personne.

La colère de Kendall s'atténua un peu devant l'enthousiasme de sa fille. Elle prit appui contre l'évier, et croisa les bras en tentant de dissimuler son sourire.

— Tu connais Bertie depuis toujours.

La fillette rit doucement.

— Evidemment que je connais Bertie depuis toujours. Je ne te parle pas de lui !

— Dans ce cas, de qui as-tu fait connaissance ?

— Elle s'appelle Elena. Sa famille travaille ici pour la saison des cerises et elle a mon âge. Quand elle a vu que Bertie et moi, on nettoyait les cageots, elle est venue nous aider.

— Est-ce qu'elle va à l'école avec toi ?

— Non. Elle voulait aller à l'école quand sa famille est arrivée la semaine dernière, mais sa mère lui a dit que ce n'était pas la peine.

— C'est vraiment dommage, dit Kendall. Une semaine d'école n'est jamais du temps perdu.

Pour encourager les saisonniers à inscrire leurs enfants à l'école locale, Kendall leur offrait des primes, et il faudrait qu'elle parle aux parents d'Elena.

— Je lui ai dit qu'elle pourrait être dans la même classe que moi, reprit Shelby.

— Je suis très heureuse que tu aies une nouvelle amie, ma chérie. Maintenant, si tu t'occupais de cette salade ?

— D'accord…

Shelby sauta sur un tabouret à côté de l'évier et elle se mit au travail.

— Tu sais ce qui est vraiment génial au sujet d'Elena ?

— Non, mais je sens que tu vas me le dire.

— Elle habite en Floride pendant l'hiver ! Tu peux le croire ?

— En Floride ? Elle a vraiment de la chance.

— Ce serait tellement bien d'habiter en Floride. Elena

m'a raconté qu'ils habitent à côté de l'océan. Qu'ils pourraient aller à la plage tous les jours, s'ils voulaient.

— Tu sais, Shel, les parents d'Elena travaillent certainement très dur. Je ne pense pas qu'elle aille à la plage tous les jours.

— Mais elle y va parfois, répliqua Shelby, les yeux pétillants d'enthousiasme. Elle me l'a dit. Et puis elle a trouvé un gros coquillage, bien plus gros que les stupides petits coquillages que l'on trouve par ici.

— Nous pourrons peut-être y aller, un jour.

Le cœur de Kendall se serra. Shelby rêvait d'aller passer des vacances en Floride pour ramasser des coquillages sur la plage, et elle espérait pouvoir offrir ce voyage à ses filles avant qu'elles n'aient passé l'âge de ces plaisirs simples dont elles rêvaient aujourd'hui.

Shelby se tourna vers sa mère tout en pelant un concombre. Des rubans de peau verte tombèrent sur le sol.

— Je parie que je pourrais trouver un Junonia ou même une Patte de lion si nous allions en Floride. Il y a tellement de coquillages sur la plage que tu es obligée de marcher dessus.

— C'est difficile à imaginer, répondit Kendall.

Elle obligea Shelby à reprendre sa tâche puis ramassa les épluchures de concombre.

— Il paraît que c'est à Sanibel Island qu'on en trouve le plus, précisa Shelby. Je l'ai lu dans mon livre sur les coquillages.

— Dans ce cas, c'est là que nous irons, si jamais nous allons en Floride.

Kendall remua la sauce à spaghettis qui mijotait, et jeta un coup d'œil à la marmite de pâtes.

— Shel, peux-tu aller chercher Jenna et lui demander de mettre le couvert, s'il te plaît ?

— D'accord.

Shelby sauta du tabouret, posa le saladier sur la table et partit en courant.

Kendall regarda sa fille en souriant, puis elle ramassa d'autres épluchures de concombre tombées sur le sol et les déposa dans le seau réservé au compost. Elle passerait au chapitre « Il faut nettoyer derrière soi » une fois que Shelby aurait assimilé le chapitre « Il faut rentrer à la maison à l'heure », songea-t-elle.

Quelques minutes plus tard, Jenna apparut, plongée dans un livre. Elle s'arrêta sur le seuil de la cuisine, visiblement absorbée par l'histoire qu'elle lisait.

Kendall sourit.

— Qu'es-tu en train de lire, mon cœur ?

La fillette releva la tête, comme surprise.

— Salut, maman. C'est le dernier *Harry Potter*.

— Encore ? demanda Kendall. Tu ne le connais pas déjà par cœur ?

— Si, mais il est tellement bien. Je pourrais le relire et le relire.

— Que dirais-tu de poser ton livre le temps de mettre le couvert et de dîner ?

— D'accord, concéda Jenna, qui laissa son livre à contrecœur et se dirigea vers la table en traînant des pieds.

Kendall commença à servir les spaghettis, mais elle

s'arrêta en entendant la voix de Shelby, qui provenait d'une autre pièce.

— Est-ce que ta sœur est au téléphone ?

Jenna hocha la tête tout en posant les fourchettes.

— Pas du tout. Elle discute avec le monsieur.

La main de Kendall se crispa sur la cuiller.

— Quel monsieur ? demanda-t-elle.

— Je ne sais pas. C'est un monsieur que je n'ai encore jamais vu.

La marmite de pâtes fit un bruit métallique quand Kendall la posa sur le plan de travail. Avant qu'elle ait pu appeler sa fille, la porte de la cuisine s'ouvrit.

— Maman ! s'écria Shelby. Pourquoi est-ce que tu n'avais pas dit qu'oncle Gabe était à la maison ?

Oncle Gabe ? Kendall plissa les yeux. Qu'avait pu lui raconter Gabe ? Elle imaginait mal que Shelby se souvienne de lui alors qu'elle n'avait que trois ans la dernière fois qu'elle l'avait vu !

Gabe se tenait sur le seuil de la cuisine, observant Shelby d'un air attendri. Malgré elle, Kendall se radoucit. L'exubérance de sa fille aînée charmait toujours les amis et les étrangers.

— Va te laver les mains pour dîner, dit Kendall en caressant les cheveux de sa fille.

— Est-ce qu'oncle Gabe va dîner avec nous ? demanda Shelby. S'il te plaît ? Tu prépares toujours trop de spaghettis, alors on peut partager !

— Gabe s'apprête sans doute à sortir dîner.

— C'est vrai ? s'enquit Shelby. Tu sors ?

— Non. Je suis juste descendu prendre un verre d'eau.

— Tu vois, maman ? Il *peut* rester dîner avec nous.

Piégée, Kendall tenta de trouver un argument pour contrer la proposition de sa fille. Gabe aurait pu lui faciliter la tâche en annonçant qu'il avait déjà des projets pour la soirée, pensa-t-elle avec une pointe de colère. Mais il se contentait de rester là, à attendre, encourageant silencieusement une invitation.

— Maman, s'il te plaît, implora de nouveau Shelby en sautant sur place. Je veux qu'il dîne avec nous.

Comment refuser sans passer pour un monstre sans cœur ?

— D'accord, concéda enfin Kendall bien malgré elle. Eh bien, je t'en prie Gabe, joins-toi donc à nous.

— Merci. Puis-je me rendre utile ?

— Assieds-toi plutôt. Shelby, installe Gabe.

— Tiens, mets-toi là, oncle Gabe, dit Shelby en lui montrant sa place.

Kendall fronça les sourcils. Il faudrait qu'elle ait une discussion avec Shelby, pour lui expliquer qu'il fallait mettre une certaine distance entre elles trois et les clients. Toutefois, Shelby ne considérait pas Gabe comme un client, et Gabe l'avait visiblement encouragée en se présentant comme son *oncle Gabe*. Quel culot…

Elle s'assit et baissa la tête pendant que les fillettes récitaient les grâces. Puis elle passa le plat de spaghettis à Gabe. Il se servit, avant de se tourner vers Jenna qui l'observait avidement avec ses grands yeux marron.

— Tu dois être Jenna.

Elle hocha la tête.

— J'ai vu que tu lisais. De quel livre s'agit-il ?

— *Harry Potter.*

— J'adore les histoires de Harry Potter. Quel est ton personnage préféré ?

— Harry Potter, évidemment. Mais j'aime bien aussi Hermione. J'aimerais aller à Poudlard.

Gabe sourit.

— Et à laquelle des Maisons voudrais-tu appartenir ?

Jenna posa sa fourchette sur la table et adressa un large sourire à Gabe.

— Gryffondor, évidemment. C'est la meilleure.

Jenna, d'habitude si réservée et calme, passa le reste du repas à discuter de Harry Potter avec Gabe. Kendall s'étonnait qu'il en sache aussi long sur le petit sorcier et qu'il fasse preuve d'autant de patience avec sa fille, à qui il accordait toute son attention.

Pendant ce temps, Shelby lançait des regards noirs à sa sœur, de toute évidence jalouse que celle-ci lui ait ravi la vedette. Finalement, n'y tenant plus, Shelby intervint.

— Moi aussi, j'aime les livres de Harry Potter.

Gabe tourna alors vers elle un regard compréhensif.

— Je parie que tu les lisais à Jenna, n'est-ce pas ?

Shelby acquiesça.

— Oui, avant qu'elle apprenne à lire toute seule. Sans moi, elle ne saurait même pas qui est Harry Potter.

— N'importe quoi ! rétorqua Jenna en haussant les épaules. J'en connais bien plus au sujet de Harry Potter que toi.

— Même pas vrai. J'en ai lu un entier, aujourd'hui.

— C'était *mon* livre, insista Jenna. J'ai bien vu qu'il n'était pas rangé à sa place. Où est-il ?

— Juste là, répondit Shelby en montrant du doigt le plan de travail.

Jenna sauta de sa chaise et courut chercher le livre. Intérieurement, Kendall remercia Gabe pour avoir su si bien gérer la situation avec ses filles.

— Et si nous parlions d'autre chose, Shelby ? Comment s'est passée l'école, aujourd'hui ?

Avant que la petite ait eu le temps de répondre, sa sœur Jenna s'écria :

— Il n'est pas sur le plan de travail. Où est *mon* livre ?

— Les filles, du calme.

Kendall n'avait pas haussé le ton, mais les deux fillettes s'assagirent aussitôt.

— Jenna, viens t'asseoir pour terminer ton dîner. Nous chercherons ton livre plus tard. Shelby, arrête d'embêter ta sœur.

Les fillettes terminèrent leurs pâtes en silence.

— Nous sommes désolées d'avoir interrompu ton dîner, s'excusa Kendall.

— Si j'avais voulu un dîner ennuyeux, je n'aurais pas accepté ton invitation, répondit Gabe en souriant.

Kendall serra la serviette qui était posée sur ses genoux. Elle jeta un coup d'œil à ses filles, qui avaient terminé de manger et observaient maintenant leur mère et Gabe avec une curiosité non dissimulée.

— Shelby, Jenna, vous voulez bien débarrasser la table, s'il vous plaît ? Et ensuite, mettez-vous à vos devoirs.

Elle attendit que les fillettes soient sorties de la cuisine, puis elle se tourna vers Gabe.

— Je ne pensais pas que tu t'abaisserais à cela, Gabe. A utiliser mes filles.

— Mais je ne me suis pas servi d'elles, se défendit-il. Shelby est venue d'elle-même me dire bonjour et se présenter. Etais-je censé l'ignorer ?

Kendall réprima son envie de répliquer. Shelby avait hérité du caractère impulsif et insouciant de son père. C'était à la fois ce qui faisait son charme, mais aussi ce qui lui attirait si fréquemment des ennuis.

Tout comme à Carter…

— Tu n'étais pas obligé de lui dire que tu étais son « oncle ».

Il arqua un sourcil.

— C'est ainsi qu'elle m'appelait, avant.

— Elle ne s'en serait pas souvenue toute seule.

Kendall pinça sa bouche dans un pli amer, se retenant de prononcer des paroles plus blessantes car Shelby et Jenna se trouvaient dans la pièce voisine.

— Elle a affirmé se souvenir que nous jouions à l'avion, précisa Gabe.

Kendall se rappela alors un Gabe plus jeune, souriant, qui s'amusait à faire voler une enfant qui riait aux éclats. Dans les mois qui avaient suivi le décès de Carter, Shelby avait réclamé à plusieurs reprises son « oncle Gabe ».

— Je ne veux pas qu'elles se souviennent ! dit Kendall en se penchant vers Gabe. As-tu idée de ce que ça a été pour elles, après la mort de Carter ? Shelby me demandait tous les soirs quand son papa allait rentrer. Une fois, j'ai retrouvé une chemise de Carter dans son lit, et elle m'a expliqué que le tissu avait l'odeur de son papa.

Kendall repoussa son assiette et jeta sa serviette sur la table.

— Jenna était seulement un bébé, continua-t-elle, et elle est devenue capricieuse et possessive. C'était tellement difficile… Mais nous nous en sommes sorties. Aujourd'hui, elles sont heureuses, alors ne viens pas raviver tout ce chagrin. Je t'en prie.

— Tu parles pour Shelby et Jenna, ou bien pour toi ?

Gabe la fixa jusqu'à ce qu'elle baisse les yeux.

— Je ne cherche en aucun cas à vous faire du mal. J'aimerais seulement mieux connaître les filles de Carter.

— J'ai de bonnes raisons de vouloir que tu restes à distance, dit-elle. Je préfère qu'elles n'apprennent jamais certaines choses.

— Tu crois que je leur dirais du mal de Carter ? Quoi que ce soit qui puisse les blesser ou abîmer les souvenirs qu'elles ont de lui ? C'est bien ce que tu penses de moi ?

Elle rougit.

— Désolée. C'est sans doute injuste de ma part.

— En effet, Kendall.

La main de Gabe resta un moment comme suspendue au-dessus de celle de la jeune femme, la frôlant à peine. Elle se dégagea d'un coup sec, surprise par la brûlure diffuse qu'un contact si léger avait pu provoquer.

Pour sa part, Gabe sembla ne rien remarquer.

— Carter était mon meilleur ami, reprit-il d'une voix posée, et Jenna est ma filleule. Je n'aurais pas dû rester aussi longtemps loin de vous. Tu m'as repoussé après le décès de Carter, et je comprends pourquoi, mais j'aimerais faire partie de la vie des filles.

— Hors de question, Gabe.

Elle se leva et alla se poster devant la fenêtre, regardant le coucher de soleil rouge et rosé sur Green Bay. Elle avait lutté de toutes ses forces pour reprendre le cours de sa vie après la disparition de Carter, et Gabe n'allait pas tout gâcher en revenant aujourd'hui.

— Je ne vais pas te demander de rester loin d'elles pendant ton séjour ici, mais je refuse de reparler de toute cette histoire.

Derrière elle, Gabe resta silencieux. Quand elle se retourna, elle s'obligea à le regarder dans les yeux.

— Tu as bien compris ?

— Oui, Kendall. Mais les filles ont peut-être besoin de connaître certains de ces souvenirs.

— Elles en ont suffisamment. Je leur ai raconté des tas d'histoires — celles que j'avais envie qu'elles entendent. Vas-tu leur raconter vos virées, à Carter et toi ? Quand vous vous êtes faits arrêter pour ébriété et excès de vitesse en plein centre-ville ? Ou encore cette brillante soirée où vous avez flambé votre salaire au casino, à la table de black-jack ? Est-ce que ce sont ces souvenirs que tu as envie de transmettre aux filles ?

— Evidemment que non, mais je peux leur parler de leur père quand il avait leur âge… Je retrouve de nombreux traits de caractère de Carter chez Shelby, et d'autres chez Jenna. Elle a la même passion que lui.

Kendall se retourna vers la fenêtre.

— Tu peux leur raconter toutes les histoires que tu

veux au sujet de l'enfance de Carter, mais quand tu seras parti, que se passera-t-il ? Certains souvenirs du passé sont tellement lourds à porter.

Elle passa ses bras autour d'elle.

— Elles finiront bien par découvrir la vérité…

Il vint se poster derrière elle et elle fut parcourue de légers frissons.

— C'était il y a longtemps, dit-il dans un murmure. Les souvenirs ne devraient plus être si lourds.

Avant qu'elle ne puisse répondre, l'attention de Gabe fut attirée vers la fenêtre.

— Quelqu'un se cache derrière la maison.

Désorientée par le brusque changement de ton de Gabe, Kendall observa à son tour.

— Je ne vois personne.

— Là, à gauche. Près du verger.

Kendall plissa les yeux pour mieux y voir dans l'obscurité tombante. Deux silhouettes se détachèrent des ombres projetées par les arbres et s'approchèrent de la maison.

— Tu les connais ?

— Aucune idée. Je ne distingue pas de qui il s'agit.

Gabe se tenait près de la porte à moustiquaire, regardant les deux intrus approcher, comme s'il cherchait à s'interposer entre Kendall et les ennuis. Refusant son aide, elle tenta de l'écarter, mais il ne bougea pas.

Comme les deux silhouettes avançaient, Kendall vit alors qu'il s'agissait d'une jeune femme et d'une fillette. Les longs cheveux noirs de la femme étaient attachés dans une queue-de-cheval, et elle portait un pantalon large et un vieux T-shirt. La fillette portait un short et un chemisier rouge.

— Il doit s'agir d'une saisonnière travaillant dans le verger, supposa Kendall à voix basse.

— Est-ce que tes employés viennent souvent te voir ici ?

— Jamais.

La jeune femme et la fillette s'arrêtèrent au pied des marches. A présent, Kendall pouvait voir que la fillette tenait quelque chose de serré contre elle. La femme lui murmura quelques paroles en espagnol, puis elle lâcha sa main.

— Bonjour, madame. Est-ce que Shelby est ici ? demanda timidement la fillette.

— Oui. Es-tu une de ses amies ?

— Je m'appelle Elena Montoya. Elle a laissé ce livre dans le verger, expliqua la fillette en tendant ce qu'elle tenait contre elle.

Le tome de *Harry Potter* que Shelby avait emprunté à Jenna… Kendall ouvrit la porte.

— Entre, je t'en prie.

La fillette se tourna vers sa mère, et celle-ci approuva d'un signe de tête. Kendall invita aussi la mère d'Elena à entrer. Celle-ci hésita un court moment, puis suivit sa fille dans la cuisine.

— Juste un moment, dit-elle.

Shelby était assise à la table de la salle à manger, occupée à dessiner.

— Shel, appela Kendall. Tu as de la visite.

Shelby se leva d'un bond.

— Qui ?

— Ton amie Elena.

— C'est vrai ? dit-elle en arrivant en courant. Salut Elena !

Kendall vit le regard de la fillette s'attarder sur le livre, quand elle le tendit à Shelby. Sa mère lui parla ensuite sur un ton sec et lui prit la main pour la secouer. On aurait dit qu'elle craignait d'avoir des ennuis.

— Merci beaucoup d'avoir rapporté le livre de Shelby, dit Kendall à Elena. C'est très gentil de ta part.

Ensuite, elle répéta la même chose en espagnol à l'attention de la mère d'Elena. Alors, celle-ci se détendit quelque peu.

— Merci Elena, dit Shelby en souriant. Ma sœur le cherchait partout.

Comme pour confirmer ces paroles, Jenna vint arracher le livre des mains de Shelby.

— Nous avons fait du gâteau pour le dessert, madame Montoya. Puis-je vous en offrir une part à toutes deux ? proposa Kendall.

Elena leva vers sa mère un regard implorant, mais sa mère fit non de la tête. Les épaules de la fillette s'affaissèrent et elle répondit :

— Nous devons rentrer à la maison.

— Dans ce cas, je vais vous en donner une part, que vous pourrez emporter chez vous.

Elle découpa un gros morceau qu'elle déposa dans une assiette en carton, puis elle la recouvrit de film transparent.

— Tiens.

— Merci beaucoup, dit Elena avec un large sourire. A demain Shelby ?

— J'espère bien.

Comme Elena et sa mère repartaient, Kendall se rendit compte de la présence de Gabe à côté d'elle, qui les suivit du regard jusqu'à ce qu'elles disparaissent dans la nuit.

— As-tu un éclairage extérieur, de ce côté de la maison ? demanda-t-il.

— Il y a une applique sous le porche, répondit-elle en allumant.

Il fronça les sourcils.

— Je te parle de projecteurs, montés au niveau du premier étage. Quelque chose de suffisamment puissant pour éclairer ton jardin.

— Tu ne crois pas que c'est un peu exagéré pour Sturgeon Falls ?

— Non, ce n'est pas exagéré. Tu es une femme seule avec deux enfants.

— Nous n'avons jamais eu de problèmes, et je n'ai aucune raison d'installer des projecteurs pour ma sécurité.

— Tu devrais.

— Peut-être, répondit Kendall en haussant les épaules.

Qu'elle souhaite en installer ou non, il y avait des dépenses plus urgentes avant.

Kendall se tourna alors vers Shelby et Jenna, qui se chamaillaient toujours au sujet du livre.

— Les filles, avez-vous terminé vos devoirs ?

— Presque, répondit Shelby.

— Pourquoi ne pas les terminer pour ensuite aller prendre votre bain et lire un peu avant de vous coucher ?

Une fois les deux fillettes sorties de la pièce, Kendall reprit à l'adresse de Gabe :

— Flattée que tu aies dîné avec nous. A demain matin, pour le petit déjeuner.

Gabe ne put réprimer un léger sourire.

— Tu es « flattée » que j'aie dîné avec vous ? Heureusement que les filles ne sont plus dans la pièce. Je préfère qu'elles n'entendent pas leur mère dire un énorme mensonge.

Il jeta un regard à l'évier, avant d'ajouter :

— Tu es sûre que je ne peux pas t'aider à faire la vaisselle avant de monter ?

— Sûre, merci de me l'avoir proposé, répondit-elle d'un ton ferme.

Elle attendit d'avoir entendu ses pas dans l'escalier, puis soupira. Gabe n'était arrivé que depuis quelques heures, mais elle savait déjà qu'elle serait incapable de se détendre tant qu'il n'aurait pas quitté sa maison. Et sa vie.

Chapitre 3

Mercredi, dans la nuit

Gabe se réveilla en sursaut de son sommeil agité. Le parfum suave d'une fleur nocturne flottait dans sa chambre et il resta un moment allongé dans son lit, les yeux fermés, à respirer ce parfum oublié depuis longtemps. C'est alors qu'il entendit un bruit en provenance du jardin.

Il se leva et regarda par la fenêtre ouverte. Le jardin baignait dans la faible lueur froide de la lune, les vagues du lac clapotaient doucement sur le sable et il ne distingua rien de particulier.

Comme il était sur le point de se recoucher, il entendit de nouveau le même bruit. Un coup sourd. On aurait dit que quelqu'un essayait d'entrer dans la maison par la porte de la cuisine.

Alors, il sortit de sa chambre et descendit l'escalier discrètement. Une veilleuse éclairait à peine l'entrée, et il jura entre ses dents tandis qu'il se cognait dans les portes battantes de la cuisine. S'il y avait un intrus, il devait être terrorisé, maintenant, avec ce raffut !...

Sans plus de discrétion, il poussa l'une des portes d'un coup d'épaule et se précipita vers la porte menant sous le porche. Là, il scruta la nuit…

Mais rien, trop sombre.

Il voulut sortir. Et à l'instant où il ouvrait la porte, la lumière inonda la cuisine.

— Que se passe-t-il ?

Gabe pivota sur ses talons et vit Kendall, debout à la porte de la pièce, juste vêtue d'un short et d'un T-shirt. Immédiatement, il sentit son pouls s'affoler.

— Je ne sais pas, répondit-il en s'obligeant à détourner le regard de cette troublante vision. J'ai entendu un bruit dehors.

— Il s'agissait certainement d'un raton laveur. Ils essaient régulièrement d'entrer dans le local à poubelles.

— Ce que j'ai entendu ne ressemblait pas à un raton laveur.

Gabe fouilla le jardin du regard, et attendit que ses yeux s'habituent à la pénombre. Rien ne bougeait. Tout semblait à sa place.

— Allume la lumière du porche, dit-il en descendant les marches.

Seulement, l'unique ampoule éclairait à peine plus loin que les marches. Il examina la porte de la cuisine à la recherche de signes d'effraction : rien non plus. La fenêtre, à côté de la porte, semblait elle aussi intacte.

— Les ratons laveurs sont assis dans le verger, et ils se moquent bien de toi, dit Kendall en sortant à son tour sous le porche.

— Et si ce n'était pas des ratons laveurs ?

— Que veux-tu que ce soit d'autre ? Tout le monde en ville nous connaît, dit-elle en s'appuyant contre la main courante. On sait bien qu'il n'y a rien à voler ici.

— Nous sommes en été, Kendall, et il y a du passage. Les étrangers voient une grande et belle maison, isolée sur un terrain encore plus grand. Ils peuvent imaginer n'importe quoi.

— Essaies-tu de m'effrayer ?

— Oui, répondit-il en se tournant vers elle. J'aimerais que tu prennes ta sécurité et celle de tes filles un peu plus au sérieux.

Elle se redressa et le regarda en plissant les yeux.

— Je prends la sécurité de mes filles *très* au sérieux.

A présent, il atteignait les portes du local à poubelles, qui s'ouvraient à angle droit par rapport à la maison. Il se figea : là, sur le sol humide, il y avait des traces, comme si quelqu'un avait tenté d'ouvrir les portes puis perdu l'équilibre. Gabe tira sur la porte du local, et la laissa ensuite retomber : aussitôt, il reconnut le bruit sourd qu'il avait entendu depuis sa chambre.

— Ces traces sont fraîches, remarqua Kendall, qui l'avait rejoint.

— Quelqu'un a essayé de pénétrer dans le local à poubelles, et ce n'était pas un raton laveur.

Ignorant le soupir ennuyé de Kendall, Gabe tira avec force sur les portes pour s'assurer que le verrou tenait bon, puis il se redressa.

— J'y regarderai de plus près demain matin, quand il fera jour.

Kendall regardait fixement les traces, comme si elle ne pouvait y croire.

— Tu ne peux rien faire de plus, répondit-elle d'une voix tendue. Heureusement que tu as entendu du bruit et que tu es descendu : tu as certainement mis en fuite la personne qui se trouvait là. La police peut s'occuper de la suite. Merci.

— C'était mon rôle de descendre, Kendall.

— Non, ce n'était pas ton rôle, insista-t-elle sur un ton dur. Cela me concerne, et je peux m'en occuper.

Elle passa une nouvelle fois ses bras autour d'elle, et frissonna. Gabe posa la main sur ses reins et la poussa doucement vers la maison.

— Tu as froid. Rentrons.

Elle s'écarta de lui et s'empressa de monter les marches devant lui. Ses jambes nues paraissaient si douces dans la lumière faible, songea Gabe.

Elle attendit qu'il entre, puis elle referma la porte derrière lui et la verrouilla.

— Je pensais ce que j'ai dit, reprit-elle. Ce n'est pas ton rôle. Ce ne sont pas tes affaires.

Malgré lui, il lui sourit.

— En fait, il s'agit bien de mes affaires. Je dirige une entreprise spécialisée dans la sécurité et l'installation de systèmes d'alarme.

— Oh, répondit-elle, l'air surprise. Je ne savais pas que…

— Que quoi ? Que je m'étais amendé et que j'étais devenu un citoyen modèle ?

Elle rougit.

— Ce n'est pas ce que je voulais dire. J'ignorais que tu avais créé ta propre entreprise. Et notamment dans le secteur de la sécurité.

— Il n'y a rien d'étonnant à cela : Carter et moi étions de véritables mordus d'informatique dans notre jeunesse. Il ne te l'a pas raconté ?

— Il y a tellement de choses dont Carter ne m'a jamais parlé…

Gabe pensa alors à Amy, dans sa petite maison de l'autre côté de la ville, et qui n'arrivait pas à se résoudre à avouer la vérité à George au sujet de son fils.

— Carter n'était pas parfait. Personne ne l'était, à cette époque.

Un voile de tristesse passa sur le visage de Kendall, et Gabe eut envie de poser sa main sur la joue de la jeune femme. Mais elle s'éloigna comme si elle avait deviné ce qu'il s'apprêtait à faire.

Pour dissimuler son trouble, elle se dirigea vers la cuisinière et prit la bouilloire.

— Remonte te coucher, maintenant, Gabe, dit-elle à voix basse.

Gabe prit alors appui contre le plan de travail, l'observant. Elle se tenait le dos bien droit, pour ne pas dire raide.

— Je vais te tenir compagnie le temps que l'eau chauffe. Je pense qu'une tasse de ce café que j'ai vu dans la salle à manger me ferait du bien.

Elle se tourna vers lui.

— S'il te plaît. Je n'ai ni besoin ni envie de ta compagnie.

Il fit un pas vers elle, puis un autre.

— En es-tu sûre ?

— Absolument.

A présent, il se tenait si près d'elle qu'il pouvait voir les fines taches de rousseur sur son nez. Instinctivement, il tendit la main et la caressa.

— Tu oublies toujours ta crème solaire quand tu travailles dans le verger, n'est-ce pas ? murmura-t-il.

Elle bondit sur le côté.

— Mais qu'est-ce que tu fais ? Arrête ça tout de suite !

La bouilloire commença à siffler, et Kendall s'affaira nerveusement. Gabe la regarda verser l'eau dans une tasse, sur un sachet de thé.

— Remonte, s'il te plaît, je t'ai demandé.

— Je préfère t'attendre.

La cuiller qu'elle avait utilisée claqua sur le plan de travail.

— Inutile ! Je suis une grande fille.

— Je ne le sais que trop bien.

Cette fois, elle lui fit face.

— Que se passe-t-il ? demanda-t-elle avec une colère contenue. Pourquoi es-tu venu, exactement ? Est-ce que tu vas enfin le dire !

— Je suis venu pour la cérémonie d'hommage à Carter.

— Ça, je le sais. Mais que fais-tu dans ma cuisine au milieu de la nuit ? Et ne me raconte pas que tu me protèges d'un éventuel cambrioleur. Il a déguerpi depuis longtemps.

Que faisait-il en effet dans cette cuisine ? La pièce,

silencieuse et plongée dans la pénombre, constituait maintenant un refuge intime et troublant. Kendall se trouvait à seulement quelques centimètres de lui, à peine vêtue d'un T-shirt de coton fin et d'un short. Elle était si proche, qu'il pouvait s'enivrer de son odeur, fraîche et citronnée, chargée de souvenirs.

Secouant la fascination que la jeune femme exerçait sur lui, il reprit :

— Alors, cette tasse de café ?

Elle soutint son regard, puis elle passa près de lui en le frôlant. Elle sortit une tasse d'un placard et la posa d'un geste sec.

— Tu bois trop de café. N'oublie pas d'éteindre les lumières avant de monter.

Sur ce, elle sortit de la cuisine sans un regard.

Gabe l'entendit monter l'escalier. Elle gravissait les marches rapidement, comme si elle était impatiente de se réfugier dans son lit. Impatiente de s'éloigner de lui.

Apparemment, il avait eu tort d'accepter de loger ici. Tort de penser que l'un et l'autre pourraient cohabiter en dépit de leur passé.

Lui qui avait envisagé son voyage à Sturgeon Falls comme une épreuve, un test destiné à déterminer si ses sentiments envers Kendall avaient changé, et voir si Kendall l'avait oublié, eh bien, il était servi. Kendall avait passé son examen haut la main ; au contraire, ses résultats à lui laissaient plutôt à désirer…

Au cours de ce week-end, il s'en tiendrait donc à ce qu'il avait initialement prévu : il prononcerait son discours, le stade serait baptisé, puis il resterait pour Amy — mais de toute évidence, sa place ne se trouvait plus à Sturgeon Falls.

Le lendemain matin, Kendall se leva plus tôt que d'habitude, à l'heure où le ciel était encore d'un bleu profond. C'était ce moment magique et fugace précédant l'aube, où la lune avait déjà disparu mais où le soleil ne s'était pas encore levé.

Après s'être douchée, elle enfila un vieux jean, un pull délavé et descendit dans la cuisine. Ses yeux piquaient. Elle avait été longue à se rendormir, hier soir, et sa nuit agitée avait été ponctuée de rêves au réalisme troublant mettant tous en scène Gabe Townsend. Des rêves qui remuaient même des émotions dérangeantes — l'envie, le regret et la culpabilité — la hantaient encore et l'empêchaient de dormir.

Pour s'occuper l'esprit, elle avait alors décidé de se lever et de faire de la pâtisserie, espérant que l'affairement de ses mains, l'odeur de la cannelle, du beurre et de la vanille la calmeraient, et lui rappelleraient ses priorités tout en la ramenant vers la réalité.

Elle prépara de la pâte pour un gâteau au café, puis elle fit des muffins à la pomme et aux raisins. Au moment où elle glissait les plaques de muffins dans le four, le ciel commençait à pâlir.

A 7 h 30, elle réveilla les filles, comme d'habitude, et dans la demi-heure qui suivit, comme d'habitude aussi, les petites étaient assises dans la cuisine, attablées devant leur petit déjeuner. Elle tendit l'oreille, guettant les pas de Gabe dans l'escalier. Tout ce qu'elle espérait, ce matin, c'est qu'il descendrait en même temps que Jenna et Shelby, afin qu'ils ne se retrouvent pas en tête à tête pour le petit déjeuner dans la salle à manger. D'accord, c'était de la lâcheté de sa part, et elle n'aimait pas l'idée de se servir de ses filles pour se protéger, mais elle se sentait trop lasse pour affronter Gabe.

Surtout, elle refusait d'éprouver de nouveau cette étrange palpitation, au creux de l'estomac, qu'elle avait ressentie la veille au soir, quand Gabe se tenait près d'elle.

Hélas, les filles terminèrent leurs flocons d'avoine, rassemblèrent leurs affaires pour l'école et sortirent en courant attendre le bus scolaire avant que Gabe ne descende…

Elle allait devoir l'affronter seule.

Quelques minutes plus tard, on frappa à la porte de la cuisine et elle leva les yeux : c'était son frère, George, qui lui faisait signe par la fenêtre. Kendall s'empressa d'aller lui ouvrir.

— Salut Kenny !

Kendall l'embrassa.

— Salut George. Que me vaut le plaisir ?

George huma l'air.

— J'étais en route pour l'école, quand j'ai senti ton gâteau au café et à la cannelle. Ma voiture a tourné toute seule dans ton allée.

Elle lui servit une tasse de café et une tranche de gâteau encore tiède.

— Alors, quoi de neuf ?

George ferma les yeux tout en savourant.

— Mmm. Délicieux. Quelle manière merveilleuse de commencer la journée.

Puis il lui sourit.

— Tu crois que tu pourrais apprendre la recette de ton gâteau à Amy ?

Kendall s'assit à son tour, un sourire aux lèvres.

— Essaies-tu de me dire quelque chose, George ?

Son frère fouilla alors dans sa poche et sortit un petit écrin de velours noir. Il l'ouvrit et révéla une bague de fiançailles — un solitaire.

Kendall sauta de sa chaise et serra son frère dans ses bras.

— Elle est superbe ! Je suis tellement heureuse pour toi !

Ensuite, elle prit du recul et contempla le visage rayonnant de bonheur de son frère.

— J'aime beaucoup Amy, assura-t-elle.

— Je suis très amoureux, Kenny, et je n'arrive pas à le croire. Je ne cherchais pas particulièrement quelqu'un, mais Tommy est arrivé dans ma classe, j'ai rencontré Amy et *bingo* ! Le coup de foudre.

— Quand vas-tu lui poser *la* grande question ? s'enquit Kendall en se rasseyant.

— Je ne le sais pas encore. Il faut que je plante soigneusement le décor, expliqua George avec un regard rêveur. Tu sais, un dîner aux chandelles, du vin, des fleurs, et tout. Et j'espère que Tommy pourra passer la nuit chez un ami.

— Je n'arrive pas à croire que mon petit frère va se marier.

— Pas si vite. Ne me porte pas la poisse. Je ne l'ai pas encore demandée en mariage.

Kendall leva les yeux au ciel.

— Comme s'il y avait la moindre chance qu'elle refuse. J'imagine que les choses vont mieux avec Tommy, alors ?

L'expression de George se radoucit.

— Nettement mieux. C'est un gamin formidable. Il se montrait un peu distant, c'est vrai, mais Amy m'a expliqué qu'il était jaloux de moi. Il n'y a pas eu beaucoup d'hommes dans sa vie et je suis le premier à détourner réellement son attention de son fils. Mais les choses vont bien, maintenant. Je l'adore.

A ce moment de la conversation, des pas se firent entendre dans l'escalier.

— Voici un client. Il faut que je m'occupe de son petit déjeuner.

George se servit une autre part de gâteau au café, puis demanda :

— Il y a quelqu'un d'autre en plus de ce M. Smith ?

— Oui. Il y a Gabe Townsend.

— Gabe ? répéta George en fronçant les sourcils.

— Gabe Townsend, absolument. Savais-tu qu'il était en ville ?

— J'ai entendu dire qu'il allait prononcer un discours à la cérémonie, mais je n'aurais pas pensé qu'il logerait chez toi...

George mordit ensuite dans sa part de gâteau tout en évitant de croiser le regard de sa sœur.

— Que sais-tu d'autre, George ?

— Des rumeurs déplaisantes. On dit qu'il serait le père de Tommy.

— Gabe ? Le père de Tommy Mitchell ? Peu probable. Ce n'est pas le genre de Gabe de ne pas assumer ses responsabilités.

— Il ne s'est pas défilé, justement. Il est toujours resté en contact avec Amy.

— Cela ne signifie pas pour autant qu'il soit le père de Tommy.

George observa sa sœur.

— Pourquoi t'obstines-tu à nier ? Le connais-tu si bien que cela ?

Oui, en effet, pourquoi refusait-elle que la rumeur puisse être fondée ?

— Je l'ai bien connu autrefois, en tout cas. Et Amy, que t'a-t-elle dit, elle ?

George regarda son assiette.

— Rien. Mais ce n'est pas important.

Avant que Kendall ait pu demander des précisions, la porte de la cuisine s'ouvrit sur Gabe.

— Bonjour, Kendall.

— Bonjour Gabe. Gabe, tu te souviens de mon frère, George Krippner…

— Bien entendu, répondit Gabe en adressant un signe de tête à George. Bonjour, Krippner.

George salua Gabe en retour mais garda le silence. Les deux hommes restèrent à s'observer un peu plus longtemps que nécessaire, comme deux chiens prêts à se sauter à la gorge. L'air de la cuisine sembla se raréfier, comme aspiré par une montée soudaine d'agressivité.

Finalement, Gabe se décida à parler.

— Il n'y avait plus de café dans la salle à manger, alors je suis juste venu m'en servir une tasse, expliqua-t-il à Kendall.

— Ne t'excuse pas. Tiens, voilà, dit-elle en le servant.

Comme elle tendait la tasse, un peu de café se renversa, lui brûlant les doigts. Elle souffla sur sa main tout en poussant Gabe vers la salle à manger.

— Pourquoi est-ce que tu ne t'assieds pas ? Je vais t'apporter ton petit déjeuner. Comment veux-tu tes œufs ?

— Brouillés, ce sera très bien, répondit-il sans quitter George du regard.

« On dirait qu'il met George en garde contre quelque chose », songea alors Kendall. D'abord les soupçons de son frère concernant l'éventuelle paternité de Gabe, maintenant l'attitude de Gabe…

C'est alors que la porte s'ouvrit de nouveau et que M. Smith fit son entrée dans la cuisine.

— Bonjour Kendall.

Ses cheveux blonds étaient complètement décoiffés, et on aurait dit qu'il avait dormi avec son T-shirt tellement celui-ci était froissé.

— Il n'y a plus de café à côté.

— Je sais, désolée Dylan, s'excusa Kendall en le servant à son tour. J'apporte un Thermos plein immédiatement. Avez-vous fait la connaissance de Gabe Townsend ? Il a la chambre en face de la vôtre.

Dylan tendit la main.

— Dylan Smith.

— Ravi de vous rencontrer, répondit Gabe.

— Vous êtes venu pour la cérémonie, n'est-ce pas ? reprit Dylan. Vous étiez le meilleur ami de Carter Van Allen.

— En effet. Comment le savez-vous ?

— Je suis journaliste d'investigation pour le *Green Bay News*, expliqua Dylan. Je prépare un article sur Carter Van Allen et le souvenir qu'il a laissé à Sturgeon Falls.

— Vraiment ? dit Gabe en posant sa tasse. Pour quelle raison un journal de Green Bay s'intéresse-t-il à un homme de Sturgeon Falls mort depuis sept ans ?

— A cause du stade, répondit Dylan. C'est un véritable roman, cette histoire : le jeune sportif prodige qui a refusé une bourse universitaire pour rester à la maison et s'occuper du verger familial à la mort de son père. Son mariage avec sa petite amie du lycée. Sa disparition tragique dans un accident de voiture. Et maintenant, le stade de football qui reçoit son nom sept ans plus tard…

Se tournant vers Kendall, Dylan demanda :

— Vous ne trouvez pas que c'est une histoire passionnante ?

Kendall lui tourna le dos et s'affaira devant la cuisinière, car Dylan avait le don de déchiffrer les moindres expressions.

— J'ai essayé de le convaincre que personne ne lirait son article, expliqua-t-elle sur un ton léger, mais il s'entête.

Elle cassa ensuite trois œufs dans une poêle, ajouta un peu de lait puis mélangea le tout.

— Je vous sers la même chose que d'habitude, Dylan ? demanda-t-elle par-dessus son épaule.

— Déjà la routine ? demanda-t-il en souriant.

— Vous n'êtes là que depuis trois jours, répondit Kendall. Je n'appellerais pas cela de la routine.

— D'accord. Je redescends d'ici à une demi-heure. C'est bon ?

— Votre petit déjeuner sera prêt, promit Kendall.

Dylan se tourna ensuite vers Gabe.

— J'aimerais vous poser quelques questions, à vous aussi. On se retrouve plus tard ?

Comme Dylan disparaissait par les portes battantes, Gabe demanda :

— Est-ce qu'il t'embête ?

— Dylan ? Il pose beaucoup de questions, mais il n'obtient pas beaucoup de réponses, répondit-elle avec un sourire forcé. Pour l'instant, la seule chose qu'il ait obtenue des personnes avec lesquelles il a parlé, c'est : Carter Van Allen, ce formidable athlète et garçon bien sous tous rapports.

Avec un regard chargé de sous-entendus, elle ajouta :

— Avec un peu de chance, il n'entendra rien d'autre.

— Tu crois que je vais lui parler de Carter ?

— Il ne lâche pas facilement prise.

— Moi non plus. Hors de question que je fasse des confidences à un reporter.

— Dans ce cas, inutile de nous inquiéter de ce qu'il pourrait écrire, n'est-ce pas ?

Elle conduisit Gabe vers la porte.

— Assieds-toi dans la salle à manger. Je vais t'apporter du jus de fruit et des muffins, en attendant que tes œufs et ton bacon soient prêts.

Une fois la porte refermée derrière Gabe, Kendall se tourna vers George. Il était debout et s'apprêtait à sortir.

— Bonne journée, Ken, dit-il en se penchant pour l'embrasser.

Il ne souriait plus.

— Hé toi, lança Kendall en l'attrapant par la main. Pas si vite. Tu ne penses pas sérieusement que Gabe puisse être le père de Tommy ?

Il haussa les épaules.

— Il est resté en contact avec Amy. Elle et Tommy lui rendent régulièrement visite à Milwaukee, alors que personne n'a entendu parler de lui depuis des années à Sturgeon Falls. Question de logique.

La porte arrière se referma et George descendit les marches du porche en courant. Quelques secondes plus tard, Kendall entendit sa voiture démarrer.

La jeune femme regarda la porte qui menait à la salle à manger tout en préparant le petit déjeuner de Gabe. Gabe serait-il parti en abandonnant son fils ? Non, cela ne lui ressemblait pas. Gabe avait toujours eu un sens profond des responsabilités.

Elle fit glisser les œufs dans une assiette tiède, ajouta les tranches de bacon et deux toasts, puis elle prit un bol de fraises. Elle déposa ensuite le tout sur un plateau et passa les portes battantes à reculons pour entrer dans la salle à manger.

Gabe était assis à table, occupé à lire le journal. Quand il l'entendit, il releva la tête et replia le journal.

— Est-ce que ton frère s'arrête ici tous les matins ?

— Non, seulement de temps en temps, répondit-elle en posant le plateau devant lui.

Comme elle s'apprêtait à repartir, Gabe lui saisit le poignet avant de la relâcher.

— Que se passe-t-il ? J'ai l'impression que tu es mal à l'aise avec moi.

— C'était quoi, ce petit jeu dans la cuisine ? Pourquoi est-ce que tu regardais mon frère de cette manière ?

— Je ne vois pas de quoi tu veux parler…

— Vraiment ?

Elle éprouva une véritable satisfaction quand il tourna le regard.

— Y a-t-il un rapport avec Amy Mitchell ?

— Pourquoi est-ce qu'Amy aurait quelque chose à voir dans tout cela ?

— Mon frère sort avec Amy. Depuis un peu plus d'un an.

— Et ?

— Amy et toi êtes proches.

Kendall serra intérieurement les dents. On aurait dit qu'elle cherchait à le faire parler et elle s'en voulut de paraître aussi insistante.

Pour sa part, Gabe ne se montra pas coopératif du tout. Il la regarda un moment, puis hocha la tête.

— En effet, nous sommes proches. Et j'espère que ton frère est suffisamment bien pour elle.

Kendall fut piquée au vif.

— Je dirais plutôt : est-ce qu'Amy est suffisamment bien pour George ?

— Je pense que c'est à eux d'en décider.

— En effet, dit-elle. Et tu ferais mieux de ne pas intervenir.

— Pourquoi le ferais-je ? Je souhaite qu'Amy soit heureuse. Et tout semble indiquer qu'elle l'est avec George.

— Donc, j'imagine que George est digne d'elle.

Gabe leva le regard vers Kendall. Le mélange de regret et de tristesse qu'elle lut dans ses yeux la surprit.

— Nous verrons.

Chapitre 4

Jeudi soir

Amy ouvrit la porte et posa son sac à main sur la table de la cuisine. Tommy arriva en courant derrière elle.

— Qu'est-ce qu'on mange, maman ?

Elle fit le point, mentalement, sur son stock de provisions.

— Que dirais-tu de poulet rôti ?

— D'accord.

Tommy laissa tomber son sac à dos par terre et ouvrit le réfrigérateur.

— Je meurs de faim, annonça-t-il en attrapant un pot de yaourt. Maman, pourquoi est-ce que l'on ne peut pas avoir des choses plus cool pour le goûter ? Roger a des barres au chocolat ou des glaces.

— Désolée. Ici, ce sont les yaourts qui sont « cool ». Et s'il te plaît, ramasse tes affaires, demanda-t-elle sur un ton un peu plus brusque qu'elle ne l'aurait souhaité.

— Pas besoin de crier, rétorqua Tommy, qui la gratifia

d'un regard noir tout en rassemblant livres et cahiers, échappés de son sac. Je n'allais pas les laisser ici.

Amy grimaça et appliqua la main sur son front. La migraine qui avait menacé toute la journée semblait se préciser.

— Je n'avais pas l'intention de hausser la voix, s'excusa-t-elle. Allez, range tout, tu veux bien ?

Tommy posa la pile d'affaires sur la table de la cuisine, attrapa son pot de yaourt puis partit dans le salon. Quelques instants plus tard, Amy entendait les bruitages et les détonations d'un jeu vidéo.

Elle ferma les yeux, respira lentement et régulièrement. La journée avait été un peu difficile à la jardinerie : elle avait dû s'occuper d'une cliente particulièrement désagréable qui exigeait le remboursement d'une plante. L'anecdote aurait pu la faire sourire mais elle n'était pas d'humeur. En fait, ces temps-ci, elle se sentait mal chaque fois qu'elle s'imaginait parler à George. Qu'allait-il se passer, quand elle avouerait tout ?

Quoi qu'il en soit, elle n'avait aucune raison de s'en prendre à son fils.

Elle ouvrit la porte du congélateur et en sortit une poche de frites congelées qu'elle avait cachée tout au fond, puis elle alluma le four et versa les frites sur une feuille de papier sulfurisé. Ce soir, Tommy et elle avaient besoin de réconfort !

Tommy essuya la vaisselle après le dîner tout en racontant sa journée d'école. Les frites avaient le pouvoir de guérir bien des maux, pensa Amy en écoutant son fils. Si au moins tous ses problèmes pouvaient être résolus aussi facilement… Alors qu'ils finissaient de nettoyer la cuisine, Amy entendit une voiture se garer dans l'allée.

Le petit garçon partit en courant vers la porte.

— Hé, George !

A ce nom, Amy sentit son estomac se nouer. Elle s'ordonna de se calmer et s'appliqua à briquer son évier. Elle terminait juste quand George entra dans la cuisine.

— Tommy m'a raconté qu'il y avait des frites au menu, murmura-t-il en l'embrassant dans le cou. Tu as eu une si mauvaise journée que cela ?

Amy se tourna vers lui, souriant malgré son anxiété.

— Maintenant, tout va bien.

George pencha la tête pour embrasser Amy et leurs lèvres restèrent unies un long moment. Se rappelant finalement que Tommy se trouvait dans la pièce voisine, Amy se recula.

— Comment vas-tu ?

— Bien mieux, à présent.

Il l'attira vers lui pour un autre baiser et rit quand elle essaya de se dégager.

— Tu ne crois pas que Tommy a l'habitude de nous voir nous embrasser, depuis le temps ?

— Ce n'est pas la question, se contenta-t-elle de répondre en s'écartant.

George sourit.

— Je peux attendre, mais pas trop.

— Moi non plus, murmura Amy.

Passant sa tête dans le salon, elle dit à Tommy :

— Eteins ce jeu et va faire tes devoirs.

Tommy leva les yeux au ciel.

— Maman, demain, c'est le dernier jour d'école ! Je n'ai pas de devoirs.

— Bien, dans ce cas prends un livre et lis pendant un moment.

Le petit garçon soupira bruyamment, mais il éteignit le jeu vidéo et obtempéra, se plongeant dans la lecture.

— George et moi allons dans le jardin.

Dehors, le soleil du début de soirée filtrait à travers les feuilles des érables. Après avoir suivi un petit chemin qui serpentait entre les hostas, les heucheras et les astilbes, ils s'assirent dans une balancelle.

— As-tu des projets pour le week-end ? demanda Amy à George en se rapprochant de lui.

Il porta leurs mains jointes à sa bouche et embrassa les doigts d'Amy.

— Il faut que je range ma classe avant les vacances, mais je devrais en avoir terminé vendredi soir. Avais-tu quelque chose en tête ?

La jeune femme sentit son estomac se nouer de nouveau sous l'effet de l'anxiété.

— Oui. Je dois te parler.

Le pied de George, qui poussait doucement la balancelle, s'immobilisa.

— Il y a un problème ? demanda-t-elle, soudain inquiet.

— Je ne veux pas aborder le sujet en sachant que Tommy peut surgir à tout moment.

George posa les mains sur les bras de la jeune femme.

— Il se passe quelque chose de grave, je le sens. Es-tu malade ? Ou bien est-ce Tommy ?

— Nous allons bien tous les deux, assura-t-elle tandis que George se détendait un peu. Mais nous devons absolument parler et je ne souhaite pas que mon fils nous interrompe.

Il scruta le regard d'Amy à la recherche d'une réponse, puis il passa le bras autour des épaules de la jeune femme, et l'attira contre lui.

— D'accord. Il se trouve que j'ai moi aussi quelque chose à te dire.

— Vraiment ?

Il lui adressa un clin d'œil.

— Puisque je dois patienter, alors toi aussi.

Malgré son anxiété, la jeune femme ne put s'empêcher de sourire.

— Je sais de quoi tu veux « parler », dit-elle en se blottissant contre lui. De la même chose que d'habitude.

— Tu crois ? demanda-t-il avec un air de mystère. Attends de voir.

Et il l'embrassa dans le cou.

— Et si tu me donnais quelques détails, quelques indices ? reprit-il. Ou alors je vais être obligé de te chatouiller jusqu'à ce que tu parles.

Amy se leva d'un bond et enfonça les mains dans les poches de son short.

— Non, pas maintenant.

George se recula et prit appui contre le dossier de la balancelle.

— Que se passe-t-il, Amy ? Je ne t'ai pas vue aussi nerveuse depuis notre premier rendez-vous.

— Il y avait de quoi être nerveuse, ce jour-là : c'était la première fois que je sortais avec l'instituteur de mon fils…

— Moi aussi j'étais nerveux. Je n'avais jamais passé la nuit avec la mère d'un élève, avant.

— Nous n'avons pas couché ensemble ce soir-là.

En effet, ils n'avaient fait l'amour que plusieurs semaines plus tard. Plusieurs longues semaines…

— C'est vrai, mais j'en avais très envie.

Il se leva à son tour et l'attira dans ses bras.

— Tu essaies de changer de sujet, poursuivit-il, mais c'est bon… Puisque c'est ainsi, je ne te donne aucun indice non plus.

— Je vais voir si Tommy peut dormir chez son ami David, samedi soir, dit-elle. De cette manière, nous aurons toute la soirée et toute la nuit pour nous.

— Voilà qui me plaît.

A elle aussi… Mais est-ce que George aurait envie de rester avec elle après ce qu'elle allait lui révéler ? Elle redoutait de connaître la réponse…

Le vendredi matin, Gabe était assis sur les marches de Van Hallen House, à l'arrière de la maison, son téléphone portable à l'oreille.

— Demain. Je vais lui dire demain soir, annonça Amy d'une voix tremblante.

— C'est une bonne chose, Amy. Veux-tu que je m'occupe de Tommy ?

— Non, répondit Amy après s'être éclairci la gorge. Tommy va dormir chez un ami, et George et moi pourrons discuter tranquillement.

— Est-ce que je peux t'aider d'une manière ou d'une autre ?

Après quelques instants, Amy répondit enfin :

— Non, merci. Il faut que je m'en charge toute seule. Et toi, qu'est-ce que tu fais ? Tu te prépares pour la cérémonie ?

— Je dois écrire mon discours, mais j'ai largement le temps. Si tu veux, nous pouvons nous voir dimanche.

— Je ne sais pas… Tout dépendra de ce qui se passera samedi soir.

— Je t'appelle dimanche.

Gabe referma son téléphone et le rangea dans sa poche. Ensuite, il se leva et se dirigea vers la porte du local à poubelles. Il n'avait pas vu de policiers ce matin, et il se demandait si Kendall les avait bien appelés. S'accroupissant près de la porte, il étudia les marques de pas.

Il n'y avait rien de différent par rapport à la nuit dernière ou même ce matin. De toute évidence, le visiteur de Kendall n'était pas revenu.

Il se releva et examina l'arrière de la maison. Il serait facile de poser sur le mur des projecteurs suffisamment puissants pour éclairer tout le jardin, et jusqu'à la plage.

— Que fais-tu ?

Il se tourna. Kendall avançait dans sa direction, vêtue d'un pantalon de coton et d'une chemise blanche à manches longues. Le vent plaquait la chemise contre son corps, faisant ressortir sa poitrine ferme et moulant son ventre plat. Quand il se rendit compte qu'il l'observait avec avidité, Gabe détourna les yeux.

— Je regardais si l'intrus était revenu, mais on ne dirait pas, expliqua-t-il en donnant un petit coup de pied dans la porte.

— Je pense que c'était un enfant.

Elle s'assit sur la marche où Gabe était assis quelques instants plus tôt, et elle souleva un coin de sa chemise pour essuyer la sueur de son visage. Ensuite, elle retira ses vieilles bottes de jardinage et rejoignit Gabe, en chaussettes. Comme elle observait à son tour les traces dans la boue, il eut tout le loisir de respirer le délicat parfum d'agrume qu'il avait toujours associé à la jeune femme.

— Ce n'est pas parce que l'intrus n'est pas revenu qu'il s'agissait d'un enfant, fit-il remarquer.

Elle parut agacée.

— Cela ne signifie pas pour autant qu'il s'agissait d'un tueur en série ou d'un dangereux psychopathe, répliqua-t-elle. Oublie cette histoire, Gabe. Comme moi.

— Tu n'as pas appelé la police, n'est-ce pas ?

— Non, je n'ai pas appelé la police. Et je suis surprise que tu insistes.

Elle se pencha pour retirer une chaussette.

— Depuis quand es-tu devenu un citoyen aussi respectueux de l'ordre ?

— En vieillissant, répondit-il d'une voix blanche.

Lentement, elle se redressa. Elle avait rougi.

— Désolée, je n'aurais pas dû dire une chose pareille.

Il ramassa un caillou et le lança au loin.

— Tu as toujours dit ce que tu pensais, répondit-il. Je devrais y être habitué.

— Et toi, tu as le chic pour faire ressortir les pires traits de ma personnalité, Gabe.

Il garda le regard fixé sur les vagues, se rappelant un barbecue du 4 juillet, jour de la fête nationale, il y avait bien longtemps.

— J'avais plutôt la faiblesse de croire que je révélais le meilleur de toi, Kendall.

Derrière lui, elle garda le silence un long moment avant de dire :

— Je ne vois pas de quoi tu veux parler.

— Vraiment ? demanda-t-il en se retournant.

— Assez. Je dois aller me doucher avant le retour des filles, se contenta-t-elle de répondre en s'efforçant de ne pas croiser le regard de Gabe.

Il hocha la tête.

— Tu travaillais dans le verger ?

La tension de la jeune femme se relâcha un peu. Elle mit de l'ordre dans ses mèches collées de sueur.

— Nous devons disposer les filets sur les arbres pour empêcher les oiseaux de picorer les cerises, et il faut irriguer tout le verger. J'aidais à mettre les tuyaux en place.

— Tu n'as donc pas suffisamment de travail dans la maison ? demanda-t-il en s'efforçant de garder un ton léger.

Elle haussa les épaules.

— J'aime travailler dans le verger. C'est là que se trouvent les racines des Van Allen.

— Mais tu n'es pas une Van Allen, fit-il remarquer. Seulement la veuve de l'un d'eux.

Elle le regarda en plissant les yeux.

— Mes filles sont des Van Allen. Le verger leur appartient et il est de mon devoir d'y apporter tous les soins nécessaires, afin de le transmettre le jour où elles seront en âge de comprendre ce qu'il représente.

— Et tu penses qu'il te faut tirer des tuyaux pour cela ?

— J'aime le travail physique. Et de toutes les manières, ce que je fais ne te regarde pas.

Elle consulta sa montre.

— J'attends d'autres clients pour le week-end. Il faut que j'aille me préparer. A plus tard.

A ce moment, on entendit des pneus crisser sur le gravier de l'allée et Kendall se retourna.

— Oh non, on dirait qu'ils sont en avance.

Gabe pencha sa tête à l'angle de la maison et vit Dylan Smith sortir d'une voiture.

— Pas de panique, c'est seulement ce reporter.

La main de Kendall se crispa sur la poignée de la porte.

— Il va certainement te chercher, le mit-elle en garde.

— Je peux me débrouiller, lui assura-t-il.

Comme la jeune femme mordillait sa lèvre inférieure d'un air anxieux, il ajouta :

— Fais-moi confiance, Kendall.

— Je peux, vraiment ? demanda-t-elle dans un murmure, comme si elle n'avait pas voulu qu'il entende.

Il hésita à lui répondre. Confiance ? Alors qu'il lui dissimulait des choses depuis des années ? songea-t-il tristement.

— Je sais comment m'occuper de la presse. Il n'obtiendra rien de moi, promit-il enfin.

C'est en effet à Kendall qu'il comptait révéler ses secrets, et il comptait le faire pendant le week-end…

Kendall descendit une demi-heure plus tard, dans sa tenue de maîtresse de maison et de parfaite hôtesse — celle qu'elle portait à l'arrivée de Gabe. Tout de suite, elle s'affaira au rez-de-chaussée, remplissant le Thermos de café dans la salle à manger, redressant la pile de magazines du salon et ramassant une botte que Jenna avait laissée sous le canapé.

Le vieux cartable de cuir de Gabe était toujours posé à côté, là où il l'avait laissé ce matin. Elle le prit et l'emporta dans son bureau, où il serait en sécurité et ne gênerait personne. L'odeur du cuir, qu'elle avait toujours associée à Gabe, s'en dégagea, et elle préféra quitter rapidement la pièce.

Les souvenirs menaçaient une nouvelle fois de remonter à la surface et elle voulait les ignorer, chasser Gabe de ses pensées afin qu'il ne l'empêche pas de réfléchir posément.

Pourtant, malgré elle, elle se souvint… Gabe et Carter avaient reçu leur diplôme de fin de lycée quinze ans plus tôt, et tout le monde se souvenait de Carter comme le *quarter-back* vedette de l'équipe de football américain, le jeune garçon riche qui ne pouvait rien faire de mal…

Kendall, Carter et Gabe avaient formé un trio inséparable pendant toutes ces années. Ensuite, elle avait épousé Carter, et tous deux étaient restés amis avec Gabe — jusqu'au jour de la disparition tragique de Carter.

Aujourd'hui, elle préférait se rappeler les moments heureux, que baignait la lumière dorée de la nostalgie, plutôt que laisser resurgir en elle d'horribles histoires.

Le couinement des freins du bus scolaire ramena Kendall vers le présent, et elle sortit sur le seuil pour accueillir ses filles. Jenna et Shelby seraient certainement excitées, en ce début de vacances. Elles auraient de nombreuses anecdotes à raconter, et elles réclameraient les traditionnels cookies aux pépites de chocolat « du dernier jour d'école » que leur maman leur avait préparés ce matin.

Kendall entendit ses filles avant de les voir, et elle descendit les marches du perron. Mais quand Jenna et Kendall apparurent dans la courbe de l'allée, la jeune femme se figea.

Les fillettes marchaient en compagnie de Gabe !

Shelby sautillait autour de lui comme un petit chien fou, et babillait en éclatant de rire. Jenna, toujours plus réservée, lui parlait plus posément, en levant vers lui des yeux admiratifs. Quant à lui, il avait l'air réjoui et attentif. Gabe avait dû les attendre à la descente du bus. Comme Kendall les regardait tous les trois, elle ressentit un pincement de jalousie. Les filles étaient *ses* bébés, et c'était à *elle* de les accueillir à leur retour de l'école, pour écouter leurs récits.

Allons, leur attitude était parfaitement naturelle, songea-t-elle en se raisonnant. Jenna et Shelby avaient jeté leur dévolu sur « oncle Gabe » avec l'avidité d'enfants qui manquaient cruellement d'un papa. Par ailleurs, Gabe représentait un lien avec ce papa dont ni l'une ni l'autre ne se souvenaient.

Et puis, en une seule journée, Gabe avait fait la preuve qu'il s'occupait beaucoup mieux des filles que Carter ne l'avait fait. Kendall ferma les yeux pour tenter d'étouffer le chagrin que ce constat provoquait en elle. Carter avait été un père insouciant, qui négligeait ses filles un jour et les couvrait de cadeaux le lendemain. Il considérait qu'elles constituaient un obstacle à sa vie sociale, qu'elles accaparaient l'attention de sa femme, et il passait rarement du temps avec elles.

Rien d'étonnant alors à ce qu'elles se sentent si attirées par Gabe.

Soudain, les deux fillettes laissèrent tomber les papiers qu'elles tenaient à la main et Shelby partit en courant vers le côté de la maison. Gabe rattrapa les affaires d'école de justesse avant qu'elles ne s'envolent et il les tendit à Jenna, qui étudia soigneusement les cailloux du jardin avant d'en choisir un pour tenir les papiers.

Ensuite, Shelby réapparut, toujours courant, poussant du pied un ballon de football. Elle fit une passe à Gabe, qui tira en direction de Jenna.

Normalement, Jenna ne jouait pas au football avec Shelby. Shelby était une bonne joueuse, et elle se montrait impitoyable quand elle jouait contre sa jeune sœur. Il fallait qu'elle intervienne avant l'inévitable crise de larmes qui n'allait pas tarder.

Shelby tenta de bousculer Gabe et elle tomba par terre en riant. Jenna courut avec le ballon, dribblant maladroitement, puis elle donna un grand coup de pied. Elle tourna sur elle-même et leva les bras en l'air, affichant un large sourire.

— J'ai gagné ! Je t'ai battue, Shel !

Shelby se releva.

— Non. Tu as triché.

— Non, ce n'est pas vrai. Tu es une mauvaise joueuse, c'est tout.

— C'est mieux que de tricher, répliqua Shelby en lui tirant la langue.

Cette fois, Kendall descendit les marches, décidée à couper court à la dispute avant qu'elle ne s'envenime, mais Gabe se montra plus rapide. A sa grande surprise, il passa un bras autour des épaules de chaque fillette et dit :

— Jenna a très bien tiré et a marqué un but, n'est-ce pas ? demanda-t-il à Shelby.

— Oui, mais…

Gabe adressa alors un clin d'œil à Shelby.

— Oui, concéda finalement celle-ci.

— Dans ce cas, dis-lui qu'elle a bien marqué, suggéra Gabe.

— Beau but, Jen, lança Shelby, en tentant de dissimuler son sourire.

— Shelby est une bonne footballeuse. N'est-ce pas Jenna ? demanda-t-il ensuite à la plus jeune des fillettes.

— Oui, mais je l'ai battue aujourd'hui, répondit Jenna.

— Alors, dis à Shelby qu'elle a bien joué.

— Tu as bien joué.

— Bien.

Il serra une dernière fois les épaules des fillettes puis les laissa partir.

— Shelby, si tu veux travailler ce mouvement de ciseau, je serais content de t'aider.

— Vraiment ? demanda Shelby, étonnée. Personne dans mon équipe ne sait le faire.

— Tu pourrais être la première et ensuite leur apprendre, suggéra Gabe.

— Cool !

Shelby partit ensuite en courant vers la porte.

— Maman, maman, Gabe va m'apprendre à faire un ciseau.

Gabe regarda Kendall, toujours sur les marches, et il lui adressa un clin d'œil complice. Avec ses cheveux bruns décoiffés et son regard bleu qui brillait d'amusement, il était vraiment séduisant et Kendall en éprouva un frisson.

Elle se sentait incapable de tourner les yeux, et Gabe continua de la fixer tout en la rejoignant.

— Je faisais mon jogging, quand le bus est arrivé, expliqua-t-il.

Il s'éclaircit la gorge avant de reprendre :

— J'espère que tu ne m'en veux pas de les avoir raccompagnées.

— Non, il n'y a pas de raison, répondit-elle, embarrassée de mentir. Ce n'est pas comme si tu étais un inconnu.

— Je sais que tu essaies de protéger tes filles. Je ne voudrais pas passer les limites.

— Shelby et Jenna t'aiment bien, reconnut-elle difficilement. Elles apprécient de passer du temps avec toi, et je ne vais pas leur demander de garder leurs distances. Elles ne comprendraient pas.

— Merci, répondit-il en la gratifiant d'un nouveau sourire qui fit accélérer le cœur de la jeune femme. Je m'amuse bien avec elles. Donc, cela ne te fait rien que j'apprenne à Shelby cette passe de football ?

— Non, bien sûr que non. Et je te remercie d'avoir aidé Jenna.

— C'est toujours difficile d'être le moins doué des deux.

Parlait-il aussi de lui et de Carter ? Gabe avait été un bon sportif, mais pas du niveau de Carter, et, à l'époque, elle se demandait souvent si Gabe en ressentait un malaise quelconque.

A présent, il s'était approché d'elle sans même qu'elle s'en rende compte et trop près. Sans même s'en rendre compte non plus, elle avait reculé jusqu'à se retrouver adossée à la porte d'entrée, et il l'avait suivie. Son odeur enveloppait la jeune femme, mêlée à l'odeur des pins, et ce subtil mélange évoquait des souvenirs qu'elle aurait préféré oublier.

— Bien, lança-t-elle avec un entrain forcé, tâtonnant pour attraper la poignée de la porte derrière son dos. Je vais préparer le goûter des filles.

— Bien sûr, Kendall. Je reste ici pour m'occuper d'elles en attendant.

Chapitre 5

Vendredi après-midi

Kendall servit deux verres de lait et déposa une assiette de cookies sur la table.

— Vous changerez de tenue avant de jouer au football avec Gabe, les filles, d'accord. Compris ?

Les deux fillettes acquiescèrent d'un signe de tête, la bouche trop pleine pour parler. Kendall s'assit entre elles.

— Alors, comment s'est passé ce dernier jour d'école ?

Cette fois, un flot de paroles s'échappa de leur bouche. Un flot rassurant, songea Kendall : là, elle était bien dans la vie réelle, assise dans sa cuisine et discutant avec ses filles. Gabe Townsend, lui, appartenait à une période révolue de son existence, et tous les sentiments qu'elle avait éprouvés pour lui à cette époque étaient enterrés.

Quand Jenna et Shelby se levèrent de table et partirent en courant à l'étage pour se changer, Kendall sortit par la porte arrière. Gabe était assis sur les marches, regardant un voilier qui passait au loin sur le lac.

— Kendall ? Je me demandais… Pourquoi ont-ils décidé de donner le nom de Carter à ce stade ? Et pourquoi maintenant ?

— Il était un athlète brillant, non ? Grâce à lui, nous avons gagné le championnat régional de football américain, et ensuite il nous a emmenés aux qualifications en basket et en base-ball.

— Je m'en souviens, répondit Gabe, qui se tourna enfin vers elle. Carter était un sportif exceptionnel. Mais pourquoi *aujourd'hui* ?

Kendall posa le menton dans sa main et contempla les vagues qui venaient mourir sur la plage.

— Certainement une question d'argent.

— As-tu été sollicitée pour un don ?

— Pas encore, mais je pense que cela ne va pas tarder. Je suis presque sûre qu'ils ont déjà demandé à Emily, la tante de Carter.

— Et… ?

— Je ne sais pas. Tante Emily ne soutenait pas Carter, et elle pensait qu'il se comportait en enfant gâté. D'un autre côté, le nom de Van Allen est important pour elle, alors oui, je pense qu'elle a fait un don.

— Et tu crois être la prochaine ?

Elle haussa les épaules.

— Cela me paraît logique. En fait, ils sont plutôt malins : ils donnent le nom de mon époux disparu à un stade, et ensuite ils me demandent de l'argent pour l'entretenir. Je ferais preuve de maladresse et d'ingratitude en refusant, tu comprends…

— Je connais tous les membres du comité. Je ne pensais pas qu'ils pouvaient se montrer aussi futés, dit Gabe.

— Il ne faut jamais sous-estimer la malice d'un comité en campagne pour récolter des fonds !

Elle se leva, épousseta son short et ajouta :

— J'attends qu'ils me sollicitent pour réagir.

— Et tu leur répondras d'aller au diable, n'est-ce pas ?

Elle soupira, s'efforçant d'ignorer l'anxiété qui la tenaillait depuis que ce projet suivait son cours.

— En vérité, je ne sais pas quoi faire. Les filles sont très enthousiastes à l'idée que le stade de football porte le nom de leur père, et si je refuse de faire un don, elles finiront par l'apprendre. Tu sais à quelle vitesse les ragots se propagent dans une petite ville. Comment justifier mon refus ?

— Bon sang, Kendall, pourquoi est-ce que tu ne m'en as pas parlé ? J'aurais pu m'arranger pour enrayer ça.

— Je te remercie, mais je dois trouver une solution toute seule.

En effet, songea Kendall, elle appréciait de pouvoir parler à Gabe comme à un ami… mais elle s'en trouvait aussi agacée et mécontente.

Partagée entre le regret et le soulagement, elle entendit les pas de Shelby dans la cuisine. La conversation allait devoir s'arrêter là.

— Voilà Shelby. Ne la laisse pas t'épuiser.

— Notre conversation n'est pas terminée, fit remarquer Gabe.

— Si Gabe. Pour moi, elle l'est.

Comme il s'apprêtait à répondre, Shelby apparut sous le porche.

— Est-ce que tu peux me montrer ce mouvement de ciseau, maintenant, oncle Gabe ?

— Dans une minute. J'ai une dernière chose à dire à ta mère. Pourquoi est-ce que tu ne commences pas à t'échauffer ?

Pendant que Shelby partait en dribblant avec le ballon, il reprit.

— Je veux t'aider.

— Je te remercie, mais je m'en sors parfaitement bien toute seule.

Comme il ne semblait pas disposé à abandonner si facilement, Kendall soutint son regard jusqu'à ce qu'il capitule.

— D'accord, Kendall, admit-il. Restons-en là pour l'instant, mais ne crois pas t'être débarrassée du sujet. Pas avec moi.

Il descendit les marches, et elle ne put s'empêcher de revoir en lui le jeune homme qu'elle avait connu autrefois. A l'époque, Gabe était trop mince, presque maigre. Aujourd'hui, il demeurait élancé mais ses bras et ses jambes étaient musclés et forts, toniques, sa démarche était assurée et confiante. C'était un homme, un vrai, et non plus un petit jeune. Un homme bien trop attirant pour sa tranquillité d'esprit...

Shelby exécuta un ciseau.

— Excellent ! lança Gabe en souriant.

Les yeux de Shelby pétillaient comme elle dribblait dans sa direction.

— Les filles de mon équipe vont être drôlement jalouses, dit-elle en s'arrêtant devant Gabe.

— Tu joues très bien. Et si tu me parlais de ton équipe ?

Shelby parla pendant qu'ils se faisaient des passes. Quand elle s'arrêta au milieu d'une phrase pour partir en courant en direction du verger, Gabe s'arrêta de courir et la suivit du regard. C'est alors qu'il distingua la silhouette mince d'un enfant, qui sortait de derrière un arbre.

Shelby s'arrêta et dit quelque chose. Quand l'autre enfant hocha la tête, Gabe vit la longue tresse noire qui pendait dans son dos. Une fille.

Après un coup d'œil rapide derrière elle, la fillette se mit à courir avec Shelby. Celle-ci lui passa le ballon, et la fillette avança en dribblant. Gabe l'observa attentivement, et se dit qu'elle était vraiment très douée.

— Oncle Gabe ! cria Shelby. Je te présente Elena. Elle a envie de jouer au foot avec nous.

Gabe reconnut alors la fillette. C'est elle qui était venue rapporter le livre de Jenna, mercredi soir.

— Très bien, répondit-il. Que voulez-vous faire ?

Avec un grand sourire, Shelby proposa :

— Un match. Elena et moi contre toi.

Les filles étaient réellement douées, et elles formaient une bonne équipe. Quand elles le contournèrent et qu'Elena marqua un but, elles se tapèrent dans la main dans le geste universel de tous les sportifs, affichant un large sourire.

A un moment, Elena murmura quelque chose à l'oreille de Shelby et Gabe vit les yeux de celle-ci s'écarquiller.

— Tu peux faire ça ? demanda Shelby.

Elena hocha alors la tête, un léger sourire aux lèvres. Puis elle partit avec la balle et courut en direction des limites du terrain. Soudain, elle sembla décoller dans les airs et réalisa une pirouette avant de taper dans le ballon. Celui-ci atterrit loin de Gabe, qui regarda, abasourdi, Shelby récupérer le ballon et marquer un but.

— C'était vraiment génial, Elena ! cria Shelby en courant vers son amie. Est-ce que tu peux m'apprendre à faire ça ?

— Bien sûr, répondit Elena.

Puis elle ajouta après quelques secondes de réflexion :

— Mais il faudra que tu t'entraînes beaucoup.

— Pas de problème, dit Shelby tout en sautant sur place. Je ne connais personne qui soit capable de faire ça. Je l'avais vu seulement une fois, pendant un tournoi.

Gabe s'assit alors par terre.

— D'accord, vous avez gagné. Vous m'avez épuisé.

Shelby se laissa tomber à côté de lui, tandis qu'Elena jetait un coup d'œil incertain vers le verger.

— Je dois partir.

— Attends un peu, demanda Shelby en se relevant. Je vais nous chercher à boire.

Comme Shelby partait en courant vers la maison, Gabe se tourna vers Elena.

— Tu es une excellente footballeuse, Elena.

Elle haussa les épaules, mais il pouvait lire de la fierté dans son regard.

— Est-ce que tu fais partie d'une équipe ?

Elle hocha négativement la tête.

— Nous ne sommes pas à la maison pendant la saison où les équipes jouent. Je joue avec mon père et mes frères.

« Evidemment qu'elle ne peut pas jouer dans une équipe, songea Gabe. Tu aurais pu être plus malin, Townsend. »

— Ils doivent être de très bons joueurs.

— Mon père connaît bien le football. Il nous a tous appris à jouer. Mais je suis meilleure que mes frères, précisa Elena en souriant.

— Je n'en doute pas. Shelby et toi formez une bonne équipe.

— Shelby est assez bonne, reconnut Elena.

Shelby apparut alors avec trois verres de citronnade et s'assit à côté d'Elena.

— Est-ce que nous pourrons rejouer, oncle Gabe ?

— Bien sûr. Quand tu voudras.

— Et toi aussi, Elena, dit Shelby, dont le regard pétillait d'excitation. Est-ce que tu peux revenir demain ?

— Peut-être. Il faut que je demande à ma mère.

Pendant que les deux fillettes discutaient, Gabe avala une longue gorgée de citronnade. Quand il posa son verre par terre, à côté de lui, il vit Jenna qui était assise sous le porche arrière, en train de lire. Il décida d'aller la rejoindre.

— Shelby et Elena ont prévu de disputer un match de foot, demain, dit-il. As-tu envie de jouer avec elles ?

— Non, répondit Jenna. Je ne sais pas jouer.

— Pourtant, tu as battu Shelby tout à l'heure.

Avec un regard grave, elle répondit :

— C'est parce que tu m'as aidée, et tu le sais.

— Et je t'aiderai encore. Tu peux jouer avec moi. Ce sera toi et moi contre Shelby et Elena.

— Non merci, dit Jenna en hochant la tête. Je n'aime pas le football.

— Quel sport aimes-tu ?

— Je ne suis pas douée pour le sport.

— Qui t'a dit cela ?

— Personne. Je le sais, c'est tout.

— Je parie pourtant que tu dois bien aimer un sport.

Jenna haussa les épaules.

— Je ne sais pas.

— Si tu devais être bonne dans un sport, ce serait lequel ?

— Peut-être le tennis, répondit Jenna avec un regard songeur. J'ai vu des élèves du lycée y jouer. Ça a l'air amusant.

— As-tu déjà essayé de jouer au tennis ?

— Non. Je suis trop petite.

Kendall était occupée à arracher des mauvaises herbes au fond du jardin, et Gabe regretta qu'elle ne fût pas plus près car il ne savait pas trop comment réagir.

— Je pourrais t'apprendre à jouer au tennis, proposa-t-il. A condition que ta mère soit d'accord, bien entendu.

— Vraiment ? s'exclama Jenna en posant son livre. Tu sais jouer au football *et* au tennis ?

— Savoir pratiquer un sport et être bon dans ce sport sont deux choses différentes, expliqua-t-il. Mais je connais suffisamment le tennis pour te montrer comment jouer au début.

— Je vais demander à maman.

La fillette sauta sur ses pieds et courut sans attendre retrouver sa mère. Pendant que Jenna parlait, Kendall se tourna et regarda Gabe, puis elle dit quelque chose à sa fille. La fillette revint en courant.

— Maman a dit « peut-être », annonça la fillette hors d'haleine. Elle veut en parler avec toi.

— D'accord.

— Elle est juste là, crut bon de préciser Jenna en montrant du doigt l'endroit où se trouvait sa mère. Tu peux aller lui parler tout de suite.

— Je devrais peut-être la laisser travailler, suggéra Gabe. Elle a l'air occupée.

— Tu peux aller la voir. Elle n'aime pas désherber.

Puis la fillette partit en courant en direction de Shelby et Elena en criant :

— Oncle Gabe va m'apprendre à jouer au tennis !

Kendall jeta un coup d'œil par-dessus son épaule, et Gabe descendit vers la plage pour la retrouver.

— Que fais-tu ? demanda-t-il.

— Je mène une nouvelle bataille dans la guerre permanente qui m'oppose à l'oyat pour le contrôle de la plage. Si je n'arrache pas cette chose au moins une fois par semaine, elle prend le dessus.

Gabe s'accroupit à côté d'elle et attrapa une touffe

épaisse. Il fut surpris par la force qu'il fallait pour arracher cette chose du sable.

— Que se passe-t-il, Gabe ? demanda-t-elle calmement.

— Je t'aide à arracher l'oyat.

— Je ne voulais pas parler de cela, et tu le sais. Tu veux apprendre à Jenna à jouer au tennis ?

— Oui, et alors ? Je lui ai dit que je pourrais lui montrer comment jouer. Rien de plus.

Kendall inclina légèrement sa tête vers l'arrière, le regard soupçonneux.

— Jenna n'a jamais manifesté le moindre intérêt pour le tennis.

— Je ne lui ai pas suggéré qu'elle pourrait aimer le tennis, si c'est cela que tu sous-entends.

— Jenna a mentionné spontanément le tennis ?

— Oui, absolument. Crois-tu que j'utiliserais Jenna et Shelby pour me rapprocher de toi ?

— Tu ne serais pas le premier.

— Quand une femme m'intéresse, je le lui dis moi-même. Je ne manipule pas ses enfants pour parvenir à mes fins.

Elle arracha un autre pied d'oyat.

— Elles ont besoin qu'un homme fasse attention à elles. Sois prudent.

— Je ne leur ferai pas de mal.

— Pas volontairement, mais elles seront tristes quand tu partiras.

— Et je serai triste de partir. Mais rien ne m'empêche de revenir.

Elle ne répondit pas et se contenta de poursuivre son désherbage. Gabe n'en fut pas étonné, car il savait combien Kendall pouvait se montrer obstinée.

— Pourquoi déploies-tu autant d'efforts pour les charmer ? finit-elle par demander.

— Tu penses vraiment que c'est ce que je fais ? Que j'essaie de les *charmer* ? répéta-t-il, incrédule.

— Ce n'est pas le cas ?

— As-tu la mémoire aussi courte ? Je n'ai jamais été un charmeur. C'était Carter le charmeur. Moi, j'étais plus effacé.

— Tu essaies de toute évidence de séduire mes enfants.

— A t'entendre, on croirait que je suis froid et calculateur. J'aime bien tes enfants, Kendall, et j'essaie de leur montrer en passant du temps avec elles.

— Pourquoi te donner tant de peine ?

— Jenna est ma filleule. Je n'ai jamais eu l'occasion de faire sa connaissance. J'ai eu tort, et je veux me rattraper. Quant à Shelby, elle est irrésistible. Elle me rappelle beaucoup Carter.

Kendall tourna son regard en direction de Shelby, qui courait en compagnie d'Elena, et son expression s'adoucit.

— Elle ressemble en effet beaucoup à Carter. Cela fait à la fois sa force et sa faiblesse.

— Elle est très active.

— Elle adore le football, et c'est une très bonne manière de dépenser son énergie. Elle pourrait jouer au football à longueur de journée.

Gabe regarda à son tour vers les fillettes, qui se faisaient des passes. Elles avaient invité Jenna à jouer avec elles, mais celle-ci n'était visiblement pas aussi à l'aise ni aussi douée que sa sœur ou Elena.

— As-tu déjà pensé à inscrire Shelby à des cours de théâtre ? Il s'agit d'une autre manière de dépenser son énergie, mais je suis presque sûr qu'elle aimerait.

— C'est Shelby qui t'a demandé de m'en parler ?

— Bien sûr que non ! Elle te l'a demandé ? C'est drôle, parce que j'ai toujours cru que Carter aurait dû faire du théâtre ou du cinéma. Il était capable d'entrer dans la peau de n'importe quel personnage, et il restait toujours crédible. C'est sans doute la raison pour laquelle il s'attirait toujours des ennuis. Il s'inventait un personnage, une histoire pour aller avec, et ensuite il oubliait qu'il s'agissait d'un jeu.

— Il a dit une fois qu'il essayait sans cesse de se fuir. S'il avait eu la chance de mûrir, il aurait peut-être trouvé pourquoi.

Il fut surpris que les paroles de Kendall et son accusation à peine voilée le blessent à ce point. Se redressant, il dit :

— La subtilité n'a jamais été ton fort, n'est-ce pas ?

La jeune femme se redressa à son tour.

— Je ne parlais pas de toi ni de l'accident.

— Vraiment ? Parce qu'on aurait pu se méprendre.

Elle soupira.

— Je pensais à ses parents. Ils ne lui ont jamais laissé l'occasion de mûrir. Il était un enfant riche et gâté, puis un adulte riche et gâté, jusqu'à ce qu'il n'ait plus d'argent.

Ensuite, il s'est comporté en adulte gâté qui se comportait comme s'il était riche.

— Il t'a laissé des dettes, n'est-ce pas ?

Elle releva le menton.

— Cela ne te regarde absolument pas, dit-elle d'une voix froide.

— Est-ce que tu ne pourrais pas ravaler ta fierté pendant un moment ? J'étais là, souviens-toi. Je sais comment Carter dépensait l'argent et je suis au courant de ses investissements stupides.

— Dans ce cas, pourquoi est-ce que tu ne l'as pas arrêté ? Pourquoi ne pas lui avoir dit qu'il se comportait comme un imbécile ?

Gabe se frotta la nuque.

— Tu crois vraiment qu'il m'aurait écouté ?

— Il t'écoutait toujours. Il ne savait pas commencer une phrase autrement que par « Gabe a dit ».

— Quoi que tu penses, tu te trompes. J'avais très peu d'influence sur Carter.

— Facile à dire, aujourd'hui, tu ne crois pas ? Il n'est plus là pour prétendre le contraire. Pour dire que c'était toi qui lui donnais toutes ses idées.

— Tu crois ce que tu veux croire, dit Gabe. Je le sais. Il en a toujours été ainsi.

— Prétends-tu que c'est Carter qui t'attirait des ennuis ? demanda-t-elle, complètement incrédule.

— Carter et moi avions des rapports un peu compliqués. Oublions cela, veux-tu ?

Il regarda alors en direction des fillettes, allongées dans l'herbe.

— Est-ce que je peux apprendre le tennis à Jenna ?

— Si tu veux.

— L'idée n'a pas l'air de t'emballer.

— Les leçons de tennis coûtent cher. Si elle aime, elle voudra continuer après ton départ.

— Pourquoi s'en inquiéter maintenant ? Elle pourrait ne pas aimer du tout.

— Tu as raison, concéda Kendall en soupirant. Vas-y, tu peux lui apprendre, et je m'inquiéterai de l'avenir plus tard.

Dans un geste hésitant, il posa la main sur le bras de la jeune femme.

— C'est plutôt une saine philosophie de ne pas s'inquiéter de ce qui n'est pas encore arrivé.

Des pneus crissèrent sur le gravier de l'allée, et Kendall sauta sur ses pieds tout en brossant son pantalon.

— Cette fois, ce sont certainement mes clients. Il faudrait que je me recoiffe vite fait…

— Si tu veux, je peux leur ouvrir, proposa-t-il en lui emboîtant le pas en direction de la maison.

Elle jeta un regard à la tenue de sport de Gabe.

— Ce n'est pas vraiment l'image que je veux donner de Van Hallen House…

— Je les ferai entrer, je leur servirai du café et je les inviterai à s'asseoir le temps que tu te donnes un coup de peigne.

Après quelques secondes d'hésitation, elle haussa les épaules :

— D'accord, et merci. Je fais vite.

Gabe la regarda monter les marches deux à deux, puis

il afficha un sourire en s'apprêtant à ouvrir la porte : Kendall lui faisait confiance et le laissait accueillir les clients. Ce n'était pas grand-chose, mais c'était un début...

Chapitre 6

Vendredi soir

— Je vais avec Jenna, maman, annonça Shelby en haussant la voix pour se faire entendre malgré le bruit. Pour être sûre que tout va bien.

— Merci Shelby, répondit Kendall en réprimant un sourire.

Au début de l'année, Shelby avait solennellement déclaré qu'elle était désormais trop vieille pour l'espace de jeux du McDonald's, mais chaque fois que Kendall emmenait ses filles y manger un hamburger, Shelby trouvait un prétexte pour grimper sur l'échelle et se jeter dans la piscine à balles.

Kendall voulut consulter sa montre, mais elle s'arrêta : elle n'avait pas besoin de connaître l'heure. Il n'y avait pas école le lendemain, et les filles pouvaient veiller plus tard que d'habitude.

Elle avait laissé un mot à Van Allen House, avec son numéro de portable, au cas où l'un des clients aurait eu besoin de l'appeler, mais elle comptait bien profiter de cette soirée.

Jenna vint en courant vers leur table pour boire un peu de lait.

— Oncle Gabe aurait aimé jouer ici, dit-elle.

— Oncle Gabe est trop grand pour jouer dans la piscine à balles.

Jenna rit doucement.

— Je sais, mais il aurait pu nous regarder. Je parie qu'il aurait été content de nous accompagner.

— Je n'en doute pas, répondit Kendall en caressant la tête de sa fille.

Jenna lança un coup d'œil dans la pièce réservée aux jeux.

— Les papas de certains enfants sont là, ajouta-t-elle avec mélancolie.

Kendall passa alors un bras autour de sa fille et la serra contre elle avec compassion.

— Je sais que tu aimerais que ton papa soit là, murmura-t-elle. Je sais qu'il te manque. Il nous manque à tous, ajouta-t-elle avec l'affreux sentiment de mentir à la petite. Nous pourrons revenir la semaine prochaine avec oncle George. Tu aimerais ?

— Je crois.

— Tu t'amuses bien avec oncle George, n'est-ce pas ?

— Oui, mais… il passe beaucoup de temps avec Tommy Mitchell, répondit Jenna tout en marchant sur une cuiller en plastique et en l'écrasant du talon. Tommy me l'a raconté à l'école.

Que répondre à Jenna ? Une fois marié, George passerait encore moins de temps avec Jenna et Shelby. Bien entendu, elle se réjouissait pour George, mais il allait manquer à ses filles.

— Oncle George sort avec la maman de Tommy, expliqua prudemment Kendall. C'est pourquoi il voit souvent Tommy.

— Ah oui ?

Jenna regarda sa mère avec un regard curieux et dit alors :

— Et pourquoi tu ne sortirais pas avec oncle Gabe, toi ? Comme ça, il pourrait faire des choses avec nous !

Les enfants faisaient parfois preuve d'une logique désarmante…

— Oncle Gabe ne reste ici que quelques jours, et ensuite il repart chez lui, dit Kendall en essayant de garder une voix neutre. Mais tu peux jouer avec lui autant que tu veux tant qu'il est là.

— Il est venu pour le stade de papa ?

— Oui. Il était le meilleur ami de papa, et il va faire un discours.

Kendall put voir que sa fille réfléchissait.

— Tu connaissais oncle Gabe avant ?

— Bien sûr. Ton père et lui passaient beaucoup de temps ensemble. Au fait, tu veux toujours aller au mini-golf ce soir ? demanda Kendall, qui jugeait préférable de changer de sujet.

— Oui ! Tu as apporté les tickets ?

— Ils sont juste là, assura Kendall, en tapotant son sac.

Le minigolf distribuait des tickets valables pour une

partie gratuite à tous les élèves le dernier jour d'école, et les fillettes étaient impatientes de profiter des leurs.

— Pourquoi ne vas-tu pas chercher Shelby ?

— D'accord, dit Jenna en courant vers le piscine à balles.

Kendall termina son thé glacé pendant que les filles se rechaussaient. Jenna racontait quelque chose à Shelby, et Shelby semblait impressionnée. Une fois prêtes, les filles rejoignirent Kendall, toutes sautillantes.

— C'est vrai que tu sors avec oncle Gabe ? demanda Shelby, qui semblait très excitée.

Kendall en resta interloquée.

— Quoi ?

— Jenna a dit qu'oncle Gabe et toi alliez sortir ensemble.

— Jenna, je n'ai jamais dit une telle chose. Pourquoi as-tu raconté cela à ta sœur ?

— Tu as dit que tu le connaissais avant et qu'il était l'ami de papa. Et tu n'as pas répondu non quand je t'ai demandé si tu sortais avec lui.

Mon Dieu… Heureusement qu'elle n'avait pas posé la question à Gabe !

— Jenna, Shelby, je ne sors pas avec oncle Gabe. Il habite chez nous parce qu'il est en visite à Sturgeon Falls et que nous louons des chambres à des gens. C'est tout.

— Oh…, répondit Jenna, dépitée.

— Tu es débile ! se moqua Shelby, qui avait du mal à dissimuler sa déception, elle aussi. Maman ne sort avec personne, tu le sais bien.

— Shelby, tiens ta langue ! gronda Kendall.

Alors, même ses filles l'envoyaient rejoindre officiellement le camp des pauvres célibataires irrécupérables ? Même elles, claironnaient qu'elle n'avait ni vie personnelle ni vie sociale ? Blessée et contrariée, elle attrapa son sac et se leva :

— Alors, vous voulez aller au minigolf ce soir, ou non ?

— Oui, oui ! dit Shelby.

— Oui, oui ! répéta Jenna.

— Bien. Dans ce cas, en route.

Il y avait foule au minigolf, principalement des enfants de l'école avec leurs parents. L'odeur du pop-corn emplissait l'air et des papillons de nuit volaient autour des projecteurs qui éclairaient le parcours. De temps en temps, on pouvait entendre les cris de joie de jeunes golfeurs.

Pendant que Kendall faisait la queue pour les clubs, Shelby et Jenna circulaient parmi la foule, s'arrêtant pour parler à des camarades, riant et faisant les pitres. Kendall les surveillait du coin de l'œil tout en réfléchissant à ce qu'elle allait préparer pour le petit déjeuner du lendemain, quand quelqu'un l'attrapa par-derrière et lui planta un baiser sur la joue.

Kendall se retourna et se trouva face à son frère George, qui affichait un large sourire.

— Les filles et toi utilisez vos tickets gratuits ?

— En effet, et toi, que fais-tu ici ? Tu viens juste de terminer ton année et de dire au revoir aux enfants. Ils te manquent déjà ?

— J'accompagne Tommy, Amy et David, un copain de Tommy, dit-il en montrant d'un signe de tête l'extrémité de la queue. Tommy était impatient d'utiliser son ticket.

— Tommy et un copain ? Tu t'y prends mal, pour une soirée en amoureux avec Amy.

George lui adressa un clin d'œil.

— Amy garde David ce soir. Et demain soir, les parents de David gardent Tommy. J'ai de grands projets pour la soirée.

— Tu vas la demander en mariage ?

— Oui. Je vais officiellement me mettre la corde au cou, expliqua George avec un large sourire. Il y a quelque chose dans la poche de mon jean, pour ça.

— Depuis combien de temps te promènes-tu avec cette bague dans ta poche ? demanda Kendall en prenant son frère par le bras.

— Environ deux semaines. Ça me rassure de la sentir là, tout contre moi.

— Inutile de t'inquiéter. Amy t'adore, et cela crève les yeux.

— Je sais, et le sentiment est partagé. C'est tellement incroyable.

— Est-ce qu'elle ne t'a pas posé de questions au sujet de cette boîte mystérieuse qui ne te quitte plus ? s'amusa Kendall.

— Je la laisse dans la voiture quand je suis avec Amy. J'ai juste oublié de l'enlever ce soir.

— Tu ferais bien de la donner à ta belle avant de la

perdre ou de te la faire voler. Je suis heureuse pour toi, George !

— Merci Kenny.

Il lança un regard en direction d'Amy et des garçons.

— As-tu envie de te joindre à nous ? proposa-t-il. Les enfants pourraient jouer ensemble, et toi tu serais en compagnie d'adultes.

— Excellente idée. Cela me donnera l'occasion de mieux faire connaissance avec Amy.

— Oui, et elle aussi a envie de mieux te connaître, tu sais.

Toutefois, quand Kendall se dirigea vers l'endroit où Amy faisait la queue avec les garçons, Amy ne parut pas si enthousiaste que le prétendait George. Elle parut plutôt surprise et mal à l'aise.

— Kendall est ici avec les filles, et je lui ai proposé de se joindre à nous, expliqua George.

— Très bien, dit Amy, dont le regard passait de George à Kendall.

George se pencha pour répondre à une question de Tommy, et Amy les observa pendant un moment. Kendall eut l'impression furtive de lire de la tristesse et de l'anxiété dans le regard de la jeune femme mais... déjà Amy recouvrait son sourire.

— Alors, comment vas-tu, Kendall ? Je suis contente de te revoir.

— Je vais bien, et je suis moi aussi contente de te revoir. Je disais justement à George que nous devrions passer plus de temps ensemble. J'en profite aussi pour te remercier de m'avoir aidée pour l'anniversaire de Jenna. A chaque fois que je te regardais, tu étais en train de nettoyer quelque chose ou de servir à boire aux enfants.

— Je me suis bien amusée. L'anniversaire était réussi, répondit Amy, qui semblait moins tendue. Ton verger et la plage sont superbes.

— C'est une bonne chose d'avoir autant de place quand on reçoit une dizaine d'enfants !

Amy regarda alors son fils.

— L'anniversaire de Tommy tombe en été, et j'emmène généralement les enfants dans un parc ou sur la plage pour qu'ils puissent se dépenser autant qu'ils veulent.

— C'est une bonne chose, n'est-ce pas ? dit Kendall en adressant un sourire complice à Amy. Voilà tout l'intérêt d'organiser une fête à l'extérieur : les enfants peuvent s'amuser et les adultes peuvent se détendre tout en les surveillant. Au fait, il faudra que toi et George veniez dîner à la maison, prochainement.

— Ce serait une excellente idée, répondit Amy en changeant son sac d'épaule. Tu n'es pas trop occupée par tes clients, en ce moment ?

— Si, mais j'essaie de préserver des moments pour ma famille avant que la saison estivale ne commence vraiment. Ensuite, je n'aurai plus une minute à moi.

Kendall observa la foule, à la recherche des filles. Rassurée de les avoir localisées — perchées sur la clôture, elles discutaient avec deux autres fillettes —, elle reprit sa conversation avec Amy.

— Que fais-tu exactement à la jardinerie de Tilda ?

— Je m'occupe un peu de tout.

— Je t'ai vue quand je suis venue acheter des plantes,

mais tu étais prise par un client et je n'ai pas voulu te déranger. Cela doit être agréable de travailler là.

Amy semblait plus détendue.

— Oui, j'aime beaucoup mon travail, et Tilda est adorable avec moi. J'ai commencé comme simple caissière, et maintenant elle me confie la responsabilité de certains projets.

— Vraiment ? Tilda doit s'occuper de m'aménager des massifs. Je lui demanderai de t'envoyer.

Amy pâlit.

— Je ne sais pas… Les jardins de Van Allen House comptent parmi les préférés de Tilda. Elle voudra sans doute s'en charger elle-même.

Kendall éclata de rire.

— Chaque jardin est le préféré de Tilda. Je connais bien Tilda, et elle sera certainement ravie de te donner ta chance, talentueuse comme tu es.

— Mais… tu n'as jamais vu mon travail. Comment peux-tu savoir que tu aimeras mes idées ?

Le sourire de Kendall s'évanouit en constatant qu'Amy semblait comme prise de panique.

— C'est bon Amy, ne t'inquiète pas. Nous travaillerons ensemble pour déterminer ce que je veux. Si Tilda te fait confiance, je suis sûre que je peux moi aussi te faire confiance.

Kendall donna un coup de coude à son frère :

— George, explique à Amy que je ne mords pas. Je veux que ce soit elle qui s'occupe de mes massifs.

— Excellente idée, Ken, répondit George en passant

un bras autour des épaules d'Amy. Amy est géniale. Tu devrais voir ce qu'elle a fait chez elle.

— Je passerai voir en voiture.

Amy hésita, puis elle acquiesça. George se pencha alors vers Amy et demanda :

— Amy chérie, il y a un problème ?

— Il faut que je trouve les toilettes, murmura Amy en se dégageant de son étreinte. Peux-tu surveiller Tommy et David ?

Sans attendre la réponse de George, Amy partit presque en courant. Kendall et George la regardèrent disparaître dans le bâtiment qui abritait les toilettes. A ce moment, Tommy tira sur la manche de George.

— David et moi allons parler avec Jason, dit-il, en montrant un groupe d'enfants.

— Pas de problème.

Une fois les deux garçons partis, George se tourna vers Kendall.

— Merci d'avoir demandé à Amy de s'occuper de tes massifs, Kenny. C'est une bonne idée.

— Je ne sais pas si Amy partage ton opinion, répondit Kendall. Elle semblait presque effrayée.

— Amy ? Effrayée par un projet ? Impossible. Elle n'arrête pas de demander à Tilda de lui donner plus de travail.

— Elle n'avait pourtant pas l'air ravie…

— Tu trouves ? répondit George en riant. Elle est nerveuse depuis quelques jours. Crois-tu qu'il y ait un rapport quelconque avec la venue de Townsend à Sturgeon Falls ?

— Gabe ? Pourquoi cela ?

— A toi de me le dire, rétorqua George dont le regard s'était durci. Tu te souviens de notre conversation, l'autre matin ?

Kendall réfléchit.

— Au sujet de Gabe, qui serait le père de Tommy ? Je n'y crois pas une seule seconde. Si Gabe était le père de Tommy, il ne serait jamais parti.

— Pourtant, elle se montre nerveuse depuis son arrivée.

— Lui as-tu demandé ce qui n'allait pas ?

— Oui, dit George en détournant le regard, et elle ne veut pas m'en parler.

Kendall embrassa son frère.

— Amy et toi n'avez pas besoin de moi ce soir. Amuse-toi avec Amy et Tommy et essaie de savoir ce qui ne va pas. Je m'occupe des filles et nous vous laisserons tranquilles.

Comme Kendall partait rejoindre ses filles, elle repéra Amy qui marchait dans sa direction. Elle alla vers elle et expliqua :

— Mes filles sont très énervées, et je vais m'occuper d'elles. Et si vous veniez tous les trois dîner à la maison, dimanche ? Nous pourrons parler tranquillement.

— Dimanche ? balbutia Amy, en regardant en direction de George. Il faut que je vérifie que nous n'avons rien de prévu. Est-ce que je peux t'appeler pour confirmer ?

— Bien sûr, répondit Kendall en souriant. J'espère que George et toi passerez une bonne soirée, demain.

Alors qu'elle s'éloignait, Kendall sentit le regard d'Amy

dans son dos. Quand elle se retourna pour lui adresser un petit signe de la main, Amy semblait sur le point de pleurer. Kendall hésita, mais Amy repartit en direction de George et disparut dans la foule.

Chapitre 7

Samedi matin

— Dylan, ce n'est vraiment pas le moment, dit Kendall, en essuyant son front du revers de la main.

Le reporter fourra alors son calepin dans la poche arrière de son jean.

— Laissez-moi vous aider, proposa-t-il en attrapant le tuyau qu'elle tirait.

Bertie, le contremaître, lui prit le tuyau des mains avec un regard mauvais, puis il cracha sur le sol.

— Vous essayez de lécher les bottes de Mme Van Allen ?

Dylan sourit au vieil homme.

— Non, j'essaie seulement de garder le contact avec elle.

Se tournant ensuite vers Kendall, il demanda :

— Pourquoi travaillez-vous dans le verger, du reste ? Votre maison d'hôte doit déjà bien vous occuper.

— J'aime travailler dans le verger, répondit la jeune

femme en tirant sur le tuyau, qui s'était accroché dans une racine.

Elle tendit ensuite le tuyau à Bertie, qui le mit en place, puis elle essuya ses mains sur son jean.

— Est-ce que vous n'aimez pas vous salir les mains, de temps à autre ?

— Pas vraiment, répondit Dylan en regardant ses mains.

Kendall éclata alors de rire.

— Je parie que vous n'aimez pas non plus jardiner.

— Gagné. Je préfère la vie citadine, en appartement.

— Dommage pour vous, dit-elle sur un ton léger tout en partant vers un autre tuyau.

— Est-ce que le fait de travailler dans le verger vous permet de rester proche de Carter ? demanda Dylan. J'imagine qu'il aimait cet endroit.

Bertie laissa alors échapper un petit rire et Kendall s'arrêta net. Elle se tourna vers Dylan.

— Que suis-je censée comprendre ?

— Qu'il aimait le verger ? dit Dylan en haussant les épaules. Tout le monde le sait à Sturgeon Falls.

Kendall voulait dire « rester proche de Carter », mais elle jugea préférable de ne pas contredire Dylan, pour ne pas lui donner l'occasion de poser de nouvelles questions.

— Avec qui avez-vous parlé à Sturgeon Falls ?

— Plusieurs personnes, répondit évasivement Dylan avec un sourire charmeur. Vous devriez savoir qu'un journaliste ne révèle jamais ses sources.

— Que se passe-t-il, Dylan ? Vous prétendez être là pour écrire un article sur le stade qui va recevoir le nom de Carter. Un petit article de proximité, à dimension humaine, comme vous dites. Alors pourquoi vous promenez-vous dans tout Sturgeon Falls en interrogeant les gens au sujet de mon mari ?

— Je n'ai jamais prétendu qu'il s'agissait d'un petit article, protesta Dylan. Un journaliste n'écrit jamais de « petit article ».

— De toutes les manières, il n'y a rien de particulier à écrire au sujet de Carter. Alors, pourquoi êtes-vous ici ?

Il haussa les épaules mais évita le regard de Kendall.

— Je suis curieux. La curiosité, c'est la malédiction de tous les journalistes.

— Curieux au sujet de la vie d'un homme décédé sept ans plus tôt, à l'âge de vingt-cinq ans ? Il doit y avoir plus intéressant.

— On ne sait jamais ce que l'on peut trouver…

— Non, en effet, répondit sèchement Kendall. Ça doit être agréable d'avoir un travail où l'on est même payé si on perd son temps.

— Hé, Kendall ! Besoin d'aide ? demanda alors Gabe, qui posa sa main sur le bras de la jeune femme. Cet engin semble bien lourd.

Surprise, la jeune femme, qui n'avait pas entendu Gabe approcher, lâcha le tuyau.

— D'où sors-tu ?

— Tu étais trop occupée à discuter avec M. Smith, répondit Gabe. Bonjour Bertie, ajouta-t-il en se tournant vers le contremaître.

Le vieil homme répondit d'un signe de la main puis disparut entre les rangs de cerisiers.

Gabe adressa alors un petit sourire tout sauf chaleureux au journaliste.

— Vous vous renseignez sur la manière de diriger un verger ?

— Non. J'interroge Kendall sur son mari.

— Vraiment ? demanda Gabe en transportant le tuyau sans effort apparent. Et pour quelle raison ?

— Pour mon article. Au sujet de Carter Van Allen et du stade.

— Si vous avez des questions à poser au sujet de Carter à l'époque du lycée, je suis la personne à interroger. Carter et moi étions dans la même classe.

Dans un léger mouvement, Gabe se plaça entre Dylan et Kendall.

— Kendall était un peu plus jeune que nous.

Gabe essayait de la protéger. Plus émue qu'elle ne l'aurait souhaité, Kendall se posta à côté de lui.

— J'ai promis à Dylan que je répondrais à ses questions, mais je n'ai simplement pas le temps maintenant. Il faut absolument installer ces tuyaux d'irrigation ce matin.

— Pas de problème, lui assura Dylan. Nous nous verrons plus tard. Je serai là tout le week-end.

Il s'apprêta à partir puis s'arrêta et regarda Gabe.

— J'ai aussi quelques questions à vous poser.

— Je ne doute pas que nous nous reverrons, répondit Gabe, puisque nous logeons tous les deux chez Kendall.

Le reporter observa Gabe, jeta un coup d'œil à Kendall, puis hocha la tête.

— Ne vous en faites pas, nous nous reverrons. Quand le moment sera plus approprié.

Kendall et Gabe suivirent Dylan du regard pendant qu'il repartait vers la maison. Ils se tenaient si près l'un de l'autre que Kendall pouvait sentir la tiédeur du bras de Gabe contre le sien.

— Que fait-il ici ? demanda Gabe, en plissant les yeux. Chez toi. A la cérémonie du stade. A Sturgeon Falls. Je ne vois pas pourquoi le *Green Bay News* s'intéresserait à Carter…

Gabe se trouvait toujours si près. Kendall ramassa le tuyau et le tira jusqu'à ce qu'elle soit suffisamment loin de lui.

— Je n'en sais pas plus que toi, dit-elle en lâchant le tuyau. Mais de toute évidence, il y a plus qu'un simple article.

— Je vais faire ma petite enquête sur Smith. Pour trouver s'il travaille réellement pour ce journal de Green Bay, et essayer de connaître la véritable raison de sa présence ici.

— Je peux le faire moi-même, Gabe.

— Je le sais. Mais tu es déjà suffisamment occupée, répondit-il en montrant le tas de tuyaux enchevêtrés au pied des cerisiers. Tu t'occupes du verger, de la maison d'hôte et tu élèves tes filles. Chercher des informations fait partie de mon travail, et je suis plutôt bon dans mon domaine. Partageons-nous le travail et chargeons-nous de ce que nous savons faire, Kendall. Laisse-moi enquêter sur ce Smith. Je peux commencer par quelques recherches sur Internet.

— Ce n'est pas ton problème, protesta Kendall, qui

s'estimait tout aussi capable d'entrer le nom de Dylan Smith dans un moteur de recherche.

— Bon sang, Kendall, de quoi as-tu peur ? De m'être redevable ? Es-tu incapable d'accepter quoi que ce soit venant de moi ?

— Tu es un client, et tu n'as aucune raison de travailler pour moi, expliqua-t-elle en s'efforçant de conserver son calme.

Il tapa de la main dans la branche basse de l'un des arbres, faisant s'envoler quelques feuilles.

— Tu racontes n'importe quoi, et tu le sais. Je suis plus qu'un simple client. Je fais partie de ton passé, et je n'ai pas plus envie que toi que ce Smith fouille dans nos vies.

Malgré tous les efforts qu'elle avait déployés pour oublier Gabe, l'effacer de ses souvenirs, il faisait en effet partie de son passé et il en serait toujours ainsi. Kendall soupira.

— J'aurais dû dire à Dylan que je n'avais aucune envie de parler avec lui. Je n'aurais même pas dû l'accepter comme client, mais il a fallu que je change le chauffe-eau la semaine dernière et j'ai besoin d'argent, expliqua-t-elle en levant les mains dans un geste d'impuissance. J'aurais dû me montrer plus méfiante et me douter qu'une réservation sans limite de durée était trop belle pour être honnête.

Gabe s'avança, hésita, puis tendit les bras vers elle et l'attira contre lui. Son corps tiède dégageait une odeur familière, et elle se rendit alors compte que l'odeur de Gabe était restée gravée dans son subconscient pendant toutes ces années.

Il bougea légèrement contre elle, et elle sentit ses muscles durs et sa détermination. Elle se raidit, mais il la tenait sans la serrer, tentant seulement de la réconforter.

— Tout ira bien, Kenny, murmura-t-il. Je trouverai tout ce qu'il y a à savoir sur Smith. Je ne le laisserai pas ternir le souvenir de Carter.

— Personnellement, je ne me fais plus d'illusions sur Carter, répondit-elle en se reculant. Mais je m'inquiète pour les filles. Je ne veux pas qu'elles lisent du mal de leur père dans le journal.

— Ne t'en fais pas. Cela ne se produira pas.

Il avait parlé sur un ton dur et implacable qu'elle ne lui avait jamais entendu avant. Gabe avait changé depuis son départ, et elle aussi...

Jetant un coup d'œil à sa montre, elle se recula encore un peu plus de lui.

— Il faut que je rentre à la maison. Shelby a un match de football dans une heure.

Il la suivit.

— C'est pour cela que je suis venu te voir. Jenna voulait savoir si je pouvais lui donner un cours de tennis ce matin, pendant que Shelby dispute son match.

— Je n'ai pas eu le temps de lui acheter une raquette, répondit Kendall en mettant ses mains dans ses poches.

— Pas de problème, j'allais m'en occuper. A moins que cela ne froisse une nouvelle fois ton amour-propre, ajouta-t-il en l'observant du coin de l'œil.

Elle croisa son regard et le soutint un instant de trop. Dans le silence soudain, son cœur se mit à s'accélérer.

— L'amour-propre, c'est tout ce qu'il me reste, dit-elle amèrement en se penchant pour ramasser un sécateur oublié par terre. J'ai pris l'habitude de m'occuper seule des filles depuis sept ans.

— Tu t'en occupes depuis plus longtemps que cela, fit remarquer Gabe. Je sais que Carter n'était pas un père modèle.

Il s'arrêta brusquement, et elle se demanda ce qu'il s'apprêtait à ajouter.

— Carter était trop jeune à la naissance de Shelby, dit-elle.

— Carter aurait toujours été trop jeune...

Il baissa ensuite le regard et se remit à marcher. Quelques instants plus tard, il s'arrêta devant le hangar dans lequel était stocké tout le matériel destiné à l'entretien du verger.

— Tu vas le ranger ? demanda-t-il en montrant le sécateur.

— Oui. Inutile que tu m'attendes.

— Cela ne me fait rien de t'attendre, Kendall.

Elle le regarda tout en ouvrant la porte du hangar, et Gabe ne détourna pas les yeux. Elle se glissa ensuite dans la pénombre et accrocha le sécateur à son emplacement, puis elle referma la porte derrière elle.

— Alors, tu m'autorises à donner cette leçon à Jenna ?

— Oui, concéda-t-elle. Vas-y, et achète-lui une raquette.

— Merci.

La main de Gabe frôla celle de la jeune femme, presque par accident.

— Où y a-t-il des courts de tennis ?

— A Big Hill Park, où Shelby joue au football. Tu pourrais y emmener Jenna.

— Pour que tu puisses me surveiller du coin de l'œil ? dit-il sur un ton résigné.

— Je n'ai pas besoin de te surveiller, répliqua-t-elle sur un ton plus sec qu'elle ne l'aurait voulu. Si je ne te faisais pas confiance, je ne te laisserais pas lui apprendre le tennis.

— Merci.

Elle prit une inspiration.

— Une fois que Jenna et toi aurez terminé, vous pourriez venir regarder Shelby jouer. Pour éviter une crise de jalousie, crut-elle bon de préciser.

En effet, elle ne voulait pas qu'il se méprenne et croie qu'elle cherchait une occasion de passer du temps avec lui.

— Les filles se disputeraient à mon sujet ? demanda-t-il, surpris.

— Ne joue pas l'étonné. Tu les couvres d'attention. Tu ne sais donc pas qu'elles comptabilisent le temps que tu passes avec chacune d'elles ?

— Vraiment ? Je n'en avais aucune idée, répondit-il, l'air perplexe.

— Tu n'as pas l'habitude de passer du temps avec des enfants, n'est-ce pas ?

— En effet, répondit-il en haussant les épaules. Je n'ai pas beaucoup d'amis qui ont des enfants.

— Et Tommy Mitchell ?

Elle le sentit se crisper à côté d'elle.

— Qu'y a-t-il au sujet de Tommy ?

— Je crois que tu es ami avec sa mère.

Gabe fit quelques pas avant de finalement répondre :

— Que cherches-tu à dire ?

— Tu viens d'affirmer que tu ne passais pas beaucoup de temps avec des enfants. Tommy ne compte donc pas ?

Après un long moment, il répondit :

— Tommy est fils unique. Il n'y a aucun problème de jalousie.

Donc, il ne niait pas être proche d'Amy.

Kendall mourait d'envie de lui poser plus de questions sur sa relation avec la jeune femme, de lui demander si les soupçons de George sur sa supposée paternité étaient fondés, mais elle se tut car cela ne la concernait pas.

Et au fond, elle n'avait peut-être pas envie de savoir. Elle avait affirmé à George que Gabe n'était pas le genre d'homme à abandonner son enfant. S'était-elle trompée ? Connaissait-elle mal Gabe, finalement ?

Elle accéléra le pas.

— Tu sais où se trouve Big Hill Park, n'est-ce pas ?

— Vaguement. Je pense que je trouverai.

Elle posa le pied sur la première marche du porche arrière, puis elle se tourna vers lui.

— Jenna est très sensible, dit-elle calmement. Elle n'a pas la résistance de Shelby.

— Je sais, et je ferai attention.

Elle exhala un soupir.

— Je le sais, Gabe. Mais c'est mon rôle de m'inquiéter.

— Tu es une bonne mère, et tes filles ont beaucoup de chance.

Il sortit ensuite son téléphone portable et l'ouvrit pour regarder l'heure.

— Il est 10 heures. Si le match de Shelby est dans une heure, cela devrait nous laisser suffisamment de temps pour l'achat d'une raquette et une première leçon. Je vais chercher mes affaires et je retrouve Jenna à ma voiture.

— Je vais la préparer.

Kendall regarda la porte à moustiquaire se refermer derrière Gabe tout en repensant à ce qui s'était passé dans le verger. Au lieu d'être ennemis, Gabe et elle étaient devenus alliés. Il s'était produit un changement de taille dans leur relation, et elle n'était pas sûre d'être prête pour la suite…

— Pourquoi devons-nous arrêter ? demanda Jenna, tandis que Gabe rangeait sa raquette dans son sac et ramassait la dernière balle jaune.

— Parce que nous avons suffisamment joué pour aujourd'hui. Tu ne veux pas avoir de courbatures, demain ?

Jenna fronça les sourcils.

— Pourquoi est-ce que j'aurais des courbatures ?

— En effet, ce n'est pas obligatoire. Il n'y a peut-être que les adultes qui ont des courbatures. En fait, j'aurais mieux fait de dire que nous devions arrêter parce que moi, je risque avoir des courbatures.

Jenna rit doucement.

— D'accord. On pourra jouer demain ?

— Nous verrons.

Il l'entraîna en direction du terrain de football, où deux équipes de fillettes disputaient un match.

— Allons regarder ta sœur.

— Je lui raconterai ma leçon de tennis quand elle aura terminé. Elle ne sait pas jouer au tennis, *elle*, dit Jenna avec fierté.

Donc, Kendall avait raison : les deux sœurs étaient en compétition, et il devrait faire attention.

— Quelle est l'équipe de Shelby ?

— Les filles avec les shorts bleus et les maillots jaunes.

Puis, à voix basse, elle ajouta :

— Ne lui répète pas, mais je trouve que sa tenue est chouette.

— Est-ce que je peux lui dire que moi, je trouve que sa tenue est chouette ?

— Je crois. Surtout que tu ne lui apprends pas le tennis.

— Bien.

Ils étaient presque arrivés au bord du terrain. Kendall était en grande conversation avec une autre maman, mais elle leva les yeux comme si elle avait senti que Gabe approchait. Elle soutint son regard un peu plus longtemps que la normale, puis elle fit un signe de tête et reprit sa conversation. Jenna partit en courant rejoindre une fillette de son âge, et Gabe resta sur le côté du terrain, à regarder jouer Shelby.

Celle-ci traversait le terrain en dribblant avec le ballon. Une joueuse de l'équipe adverse s'approcha, et Shelby exécuta le mouvement de ciseau qu'il lui avait appris.

— Bien joué Shelby ! cria-t-il sans réfléchir.

La fillette se tourna alors vers lui avec un large sourire aux lèvres.

Les autres parents se tournèrent eux aussi vers lui et en souriant, et il se décontracta. Apparemment, il n'avait enfreint aucune règle en criant.

Sentant comme des petits picotements sur la nuque, Gabe se recula d'un pas et observa rapidement autour de lui. Il se rendit alors compte qu'un homme, vraisemblablement un parent, l'observait.

Quand il croisa le regard de Gabe, l'homme s'approcha.

— Townsend, c'est bien toi ?

Gabe hocha la tête, essayant de mettre un nom sur ce visage.

— Jim Donaldson, se présenta l'homme en tendant sa main. Nous avions histoire ensemble avec Mme Segunda, en dernière année de lycée.

Gabe se rappela alors vaguement un adolescent maigrichon et boutonneux, dont le visage était mangé par des lunettes aux verres épais.

— Salut Jim, répondit-il. Cela fait un bail.

Donaldson lui adressa un faible sourire.

— Tu ne te souviens pas de moi, n'est-ce pas ? Je me fondais plutôt dans la masse, à l'époque.

Pour ne pas le vexer, Gabe chercha en vain quelque chose à dire pour lui montrer qu'il se souvenait de lui.

— Tu portes des lentilles maintenant, non ?

— Oui, en effet, répondit Donaldson, qui sembla se décontracter un peu.

— C'est fou comme cela change la physionomie, n'est-ce pas ? Alors, que deviens-tu ?

— Tout va bien pour moi. Ma fille Sarah joue dans l'équipe de football.

Après un regard appuyé, il ajouta :

— J'ignorais que tu étais de retour à Sturgeon Falls.

— Seulement pour quelques jours. Pour la cérémonie au stade.

— Ah oui ! Ils vont donner au stade du lycée le nom du valeureux Carter Van Allen, répondit Donaldson avec un regard mauvais. L'événement va certainement attirer les foules.

— Carter était mon ami, dit calmement Gabe, et il est normal que je sois présent.

— Tu as toujours été un type loyal, Townsend, crut bon d'observer Donaldson avec un rictus amer.

Gabe le regarda un moment avant de demander :

— Avais-tu un problème particulier avec Carter ?

— Carter Van Allen était un sale enfant gâté, répliqua Donaldson. Il obtenait toujours tout ce qu'il voulait. Je ne comprends pas pourquoi ils donnent son nom au stade.

Il lança alors un coup d'œil en direction de Kendall et ajouta :

— C'est vrai, j'oubliais. L'argent a pour vertu d'effacer les souvenirs de beaucoup de personnes.

— Tu penses que Kendall a payé pour que le stade reçoive le nom de Carter ?

Donaldson ricana :

— Parce que tu vois une autre explication ?

— Le comité ne m'a pas donné ses raisons, répondit

Gabe en fixant l'autre homme d'un regard noir. Ecoute, Donaldson, j'ignore ce que tu reproches à Carter, mais tu ne crois pas qu'il est temps de passer l'éponge ? Il est mort depuis sept ans, bon sang !

Donaldson passa sa main dans ses cheveux clair-semés.

— Désolé, marmonna-t-il. J'ai tendance à perdre mon sang-froid chaque fois que j'imagine ma fille jouer dans le stade Carter Van Allen.

— Carter n'était pas parfait, mais l'étions-nous ? reprit Gabe. Je n'aimerais pas que l'une de ses filles entende quoi que ce soit de négatif au sujet de son père.

Comme Donaldson ne répondait pas, Gabe ajouta :

— C'est bien compris ?

— Tu le couvres toujours, n'est-ce pas ? demanda alors Donaldson.

— Non, je protège ses filles.

Haussant les épaules, Donaldson répondit alors :

— Je ne dirai rien à Shelby, si c'est ce que tu crains.

— Bon début.

Gabe sentit la présence de Kendall à côté de lui avant même qu'elle ne prenne la parole.

— Sarah joue très bien, aujourd'hui, Jim. As-tu vu le dernier but qu'elle a arrêté ?

— Non, je l'ai manqué, répondit Donaldson, en lançant à Gabe un regard indéchiffrable. Il va falloir que je fasse plus attention.

Ensuite, il s'éloigna et Gabe fourra ses mains dans ses poches.

— Tu es venue me porter secours, Kendall ?

— Jim ne fait aucun mystère de son antipathie pour Carter, expliqua-t-elle.

— Tu ne trouves pas cela étrange ?

Elle haussa les épaules.

— Il y a suffisamment de parents pour que nous puissions nous éviter. Sa femme m'a confié que Jim voulait devenir *quarter-back*, et il a toujours jalousé Carter parce qu'il était meilleur que lui.

— C'était il y a plus de dix ans. Il devrait grandir un peu.

— Certaines personnes ne dépassent jamais l'âge de dix-huit ans dans leur tête…

Et Carter était l'un d'eux.

— Vraiment ? demanda-t-il.

— Jim dit du mal de Carter depuis le lycée. Plus personne ne fait attention à ce qu'il raconte.

— Je me fiche de ce qu'il raconte, du moment qu'il se tait en présence de Shelby ou Jenna.

Les doigts de Kendall frôlèrent ceux de Gabe.

— Il n'est pas méchant, Gabe. Il a juste du mal à tourner la page.

— Nom d'un chien, marmonna Gabe. La vie est plus simple à Milwaukee.

— Oui. Sturgeon Falls est réputé pour ses intrigues, son insécurité et sa vie agitée, dit-elle en souriant.

C'était le premier sourire véritablement sincère qu'elle lui adressait depuis son arrivée, et il sentit sa gorge se serrer.

— Merci encore d'avoir volé à mon secours, dit-il en s'efforçant de prendre un ton léger.

— Je t'en prie, répondit-elle sur le même ton. Je vais aller demander à Jenna comment s'est déroulée sa leçon.

Gabe la regarda s'éloigner, se demandant si leur trêve apparente était permanente, ou bien si elle volerait en éclats une fois qu'Amy aurait parlé à George, ce soir.

Chapitre 8

Samedi soir

Assise sous le porche, à l'arrière de la maison, Kendall savourait la fin de la journée. Shelby, Jenna et Elena jouaient à cache-cache dans le verger. Le soleil filtrait à travers les pins plantés à côté de la plage, projetant une dentelle d'ombre sur l'herbe. La baie était calme, et les vagues venaient doucement mourir sur la plage. Une soirée parfaite.

Kendall adorait ce moment de calme, et elle s'était maintes fois assise ainsi, à regarder les filles courir partout dans le jardin, sur la plage ou dans le verger. Et jusqu'alors, être seule à en profiter ne l'avait jamais peinée.

Mais, ce soir, elle éprouvait une espèce de vide. Comme elle écoutait les fillettes rire et crier dans les rangées de cerisiers, elle ne cessait de se demander où se trouvait Gabe en ce moment. Après le match de football, il s'était changé, puis il était monté dans sa voiture avant de quitter Van Hallen House. Et il n'était toujours pas de retour à la maison.

Elle se leva, brusquement agacée. Qu'allait-elle chercher ? Gabe n'était pas ici « à la maison » ; il n'était qu'un client. Et si elle pensait à lui autrement, c'est qu'elle avait du temps à perdre !

Histoire de s'occuper les mains et l'esprit, elle s'agenouilla et se mit à arracher les mauvaises herbes autour d'un massif de fleurs.

Depuis quand Gabe s'était-il insinué dans ses pensées ? Et pourquoi avait-elle laissé faire ?

L'odeur humide de la terre se mêla à celles des pins et du lac, éveillant des souvenirs doux-amers : Gabe et Carter riant ensemble alors qu'elle plantait des fleurs. Gabe se tenant à côté de Carter à leur mariage, la regardant, avec en fond l'odeur enivrante des gardénias. Ce barbecue du 4 juillet sur la plage, Kendall et Gabe nageant dans les eaux froides de la baie, Gabe la cherchant dans l'eau, ses mains tièdes contre sa peau froide...

Elle attrapa le tas de mauvaises herbes qu'elle avait arrachées et l'emporta jusqu'au container de compost. Si au moins elle pouvait se débarrasser aussi facilement de ses souvenirs !

Quand elle se retourna vers la maison, Gabe était assis sous le porche, à l'endroit où elle-même se trouvait un peu plus tôt. Elle s'arrêta net. Avait-il lu dans ses pensées, et deviné qu'elle pensait à lui ? Ou bien l'avait-elle fait apparaître à force de penser à lui ?

Non, évidemment. Il était assis sous le porche parce que la soirée était douce et qu'il avait entendu les filles jouer.

— Salut Kendall, lança-t-il en la voyant approcher. Les filles ont l'air de bien s'amuser.

Elle s'installa une marche plus bas que Gabe et prit bien garde à ne pas le frôler.

— J'ai du mal à croire qu'elles aient encore de l'énergie à dépenser, dit-il. J'ai passé une bonne journée, entre la leçon de tennis de Jenna et le match de Shelby.

— Jenna n'a fait que parler de sa leçon pendant tout le trajet de retour. Elle était intarissable !

Repensant à l'enthousiasme de la plus jeune de ses filles et à la jalousie à peine dissimulée de l'autre, Kendall sourit.

— A en croire Jenna, elle sera bientôt prête pour Flushing Meadows.

Gabe regardait vers le verger.

— Je ne saurais le dire, mais le tennis semble lui plaire. Elle a un bon esprit d'analyse, non ?

— Comment as-tu deviné ?

Il haussa les épaules.

— Je l'ai observée et écoutée. Le tennis devrait lui convenir. Ce n'est pas uniquement un sport physique, mais il faut aussi analyser les angles et anticiper les mouvements de l'adversaire.

— Merci de prendre le temps de lui apprendre, et d'avoir deviné qu'elle aimerait. J'ai essayé de l'intéresser à une activité physique, mais elle me répète qu'elle n'est pas sportive et qu'elle trouve le sport stupide.

— Dans ce cas, je ferais mieux de ne pas lui dire que le tennis est un sport, dit-il avec un clin d'œil.

— En effet.

Ils restèrent ensuite assis en silence pendant que le soleil baissait sur l'horizon, dessinant des traînées roses et orange au-dessus de la baie. Kendall tendit l'oreille pour écouter les filles, mais bientôt leurs cris furent trop éloignés et elle ne les voyait plus du tout.

Elle se leva.

— Je vais les ramener par ici, expliqua-t-elle. Je n'aime pas les savoir dans le verger à la tombée de la nuit. Elles risquent de tomber ou se blesser.

— Tu permets que je t'accompagne ? demanda Gabe.

— Pourquoi ? N'as-tu pas mieux à faire ? Nous sommes samedi soir. Tu étais absent tout l'après-midi, et je m'attendais à ce que tu sortes ce soir aussi.

— Serait-ce une manière détournée de me demander où j'ai passé l'après-midi ?

— Bien sûr que non. La manière dont tu occupes ton temps ne me regarde pas.

— Cela ne me dérange pas que tu me poses la question. Tu veux savoir ?

— Pas particulièrement.

Menteuse. Décidément, elle mentait beaucoup ces derniers temps…

— Je vais peut-être te le dire malgré tout.

Ils étaient arrivés dans le verger, et les ombres profondes sous les arbres rappelèrent à Kendall la voix de Gabe — mystérieuse, sombre et dangereuse.

Elle ralentit, et presque malgré elle, se tourna vers lui.

— D'accord, Gabe. Où étais-tu ?

Avant qu'il ne puisse répondre, un cri perçant déchira le calme de la soirée et Kendall sentit immédiatement son sang se glacer dans ses veines.

— Shelby ! Jenna ! cria-t-elle en partant en courant.

Gabe la suivit. Dans la pénombre grandissante, Kendall ne vit pas une racine qui sortait de terre. Son pied se prit dedans et elle se tordit la cheville. Gabe la rattrapa de justesse par le bras avant qu'elle ne tombe. Dès qu'elle eut retrouvé son équilibre, il la relâcha.

— Shelby ! Où es-tu ? cria Kendall, d'une voix qui trahissait sa panique.

— Par ici maman, répondit la voix effrayée de Shelby.

Kendall accéléra le pas, mais Gabe l'obligea à ralentir en la retenant par le bras.

— Attention, pas si vite.

Elle se dégagea d'un mouvement sec.

— L'une de mes filles est peut-être blessée, dit-elle en repartant sur le sol inégal. Shelby ! Jenna !

— Maman, par ici. Vite.

Kendall regarda autour d'elle et aperçut enfin le T-shirt rose de Shelby à travers les arbres.

Shelby et Jenna pleuraient quand elle les rejoignit, et elle les attira dans ses bras.

— Laquelle de vous est blessée ?

— Elena, répondit Shelby en reniflant. Elle est là.

Kendall lâcha ses filles et courut en direction de la troisième fillette qui était recroquevillée sur le sol.

— Qu'est-il arrivé ?

— Nous étions en train de courir, et elle a trébuché sur

quelque chose. Il y a beaucoup de sang, expliqua Shelby en sanglotant. Nous lui avons dit de ne pas bouger et que nous allions te chercher.

— Vous avez très bien fait, dit Gabe, dont Kendall avait momentanément oublié la présence.

Quand elle arriva devant Elena, la fillette tenait le bord de son T-shirt contre son visage. Le tissu blanc était recouvert de sang.

— Elena, tu te souviens de moi ? Je suis la maman de Shelby, dit-elle doucement. Je peux voir ?

La fillette retira doucement le T-shirt de son visage. Son front portait une profonde entaille qui saignait abondamment.

— Sur quoi t'es-tu coupée ? demanda Kendall.

— Ça, répondit Elena en montrant une racine noueuse.

Gabe lança alors son T-shirt à Kendall :

— Appuie ça sur la blessure. Il est relativement propre.

Le vêtement portait encore la tiédeur du corps de Gabe. Kendall l'appuya contre la blessure d'Elena et passa son bras autour de la fillette.

— Je crois que nous allons devoir t'emmener chez le médecin, expliqua-t-elle doucement, pour ne pas l'effrayer plus. Allons chercher tes parents.

— Ils ne sont pas à la maison, répondit Elena, en s'efforçant de ne pas pleurer. Ils sortent le samedi soir.

— Qui s'occupe de toi, quand ils sortent ?

— Ma grand-mère.

— Dans ce cas, allons la voir.

— J'y vais, proposa Shelby. Je sais quelle maison ils habitent.

Avant que Kendall ne puisse répondre, Shelby avait disparu en courant entre les arbres. Le jour déclinait rapidement, et Kendall la perdit de vue.

— Shel, fais attention, cria-t-elle à sa fille. Crois-tu que tu peux te mettre debout ? demanda-t-elle ensuite à Elena.

Elena fit oui de la tête. Kendall l'aida à se relever, puis elle passa un bras autour de ses épaules.

— Tu veux marcher, ou tu préfères que je te porte ?

Elena fit un premier pas chancelant, puis un autre, et elle trébucha. Toutefois, elle se rattrapa et resta droite.

— Je peux marcher.

— Attends, Elena. Nous ferions peut-être mieux d'attendre ta grand-mère, proposa Kendall en s'asseyant par terre.

Elle fit asseoir la fillette à côté d'elle et continua d'appuyer le T-shirt contre la blessure. Elena se blottit contre elle.

Gabe s'accroupit à côté d'elles. La toison brune bouclée de son torse se trouvait à la hauteur des yeux de Kendall, et celle-ci préféra se tourner vers Elena pour réarranger le pansement de fortune.

— Veux-tu que j'approche ma voiture ? proposa-t-il. Elle est en état de choc et nous devons la conduire aux urgences.

— Tu as raison, mais prends ma voiture. Les clés sont suspendues à un crochet dans le bureau, sous l'escalier.

Gabe se leva.

— Jenna, tu veux bien m'accompagner, pour me montrer où se trouvent les clés ?

— D'accord, répondit Jenna d'une voix dans laquelle se devinait une pointe d'anxiété.

— Merci Gabe, murmura Kendall.

Gabe hocha la tête.

Prenant la petite main de Jenna dans la sienne, il l'emmena à travers les arbres.

— Vous avez été très courageuses avec Elena, dit-il à la fillette. Avec Shelby, vous avez fait exactement ce qu'il fallait pour que nous vous retrouvions.

Son dos nu paraissait plus large que sept ans plus tôt, et les muscles ondulaient sous sa peau bronzée à chacun de ses mouvements. Kendall les regarda jusqu'à ce qu'ils disparaissent dans la pénombre, puis elle examina une nouvelle fois la blessure d'Elena.

— Je pense que le saignement se calme.

— Vraiment ? demanda la fillette en touchant le T-shirt.

Kendall la berça doucement pendant que la nuit les enveloppait. Enfin, elle entendit le crissement de pas qui se rapprochaient.

— J'ai amené le frère d'Elena, dit Shelby, hors d'haleine.

Un garçon de douze ou treize ans s'accroupit devant Elena et lui parla en espagnol. Elena lui répondit dans la même langue. Kendall comprit presque tout, et elle resserra son étreinte autour de la fillette.

Après l'avoir traitée d'idiote et de maladroite, le frère d'Elena la prit par le bras et essaya de l'obliger à se relever.

Il lui ordonna de rentrer à la maison tout de suite. Il y avait certainement des pansements dans la salle de bains, et ils n'avaient de toutes les manières pas assez argent pour aller chez le médecin. Pendant qu'il la sermonnait, des larmes roulaient sur les joues d'Elena.

Kendall posa alors sa main sur le bras du garçon.

— Elena a besoin de points. Nous allons l'emmener chez le médecin.

— Elle ira bien, protesta le gamin, mal à l'aise en regardant le T-shirt souillé de sang. Ma grand-mère va s'occuper d'elle. Nous n'allons pas souvent chez le docteur.

— C'est bon, le rassura Kendall. Je paierai pour les soins.

Une expression mêlant honte et soulagement passa sur le visage du garçon.

— Dans ce cas, murmura-t-il en haussant les épaules.

Elena était complètement recroquevillée contre Kendall, pleurant en silence, et Kendall lui caressa les cheveux. Elle avait lu de l'humiliation dans ses yeux pendant que son frère lui parlait.

— Je vais te donner le numéro de mon portable, dit-elle au garçon. Demande à tes parents de m'appeler dès qu'ils rentrent. S'ils n'ont pas de téléphone, demande-leur de réveiller Bertie.

— Ils ont un portable, assura-t-il.

— C'est dommage que tu ne puisses pas accompagner Elena, mais tu dois être présent quand tes parents rentreront.

En réalité, Kendall n'était pas fâchée du tout, car elle se doutait qu'il aurait continué de réprimander sa sœur.

Le garçon acquiesça avec un air sérieux.

— Je vais les attendre, et je leur donnerai votre numéro.

— Bien, répondit Kendall en se levant. Peux-tu marcher ? demanda-t-elle à Elena en l'aidant à se lever à son tour.

— Je crois, oui.

Kendall garda un bras autour de la fillette, et elles sortirent du verger. Shelby, habituellement si bavarde, ne prononçait pas un mot.

Alors qu'elles approchaient de la limite du verger, Kendall reconnut le grondement si caractéristique de sa voiture. Il fallait changer le silencieux, mais cela figurait sur la liste de ce qui pouvait attendre — du moins tant que cela ne devenait pas absolument nécessaire.

Gabe sortit, et sa silhouette se découpa dans la lumière des phares.

— Est-ce que la grand-mère d'Elena sait comment joindre ses parents ? demanda-t-il.

— Son frère est venu la chercher. Il ignore où ils se trouvent et nous ne pouvons attendre leur retour, expliqua Kendall.

Gabe s'agenouilla alors devant Elena.

— Tu as peur, n'est-ce pas ma belle ? demanda-t-il d'une voix douce et rassurante.

Comme Elena acquiesçait, il tourna sa tête et écarta ses cheveux bruns pour lui montrer une fine cicatrice blanche derrière son oreille.

— Je suis tombé d'un arbre dans ce verger quand j'avais à peu près ton âge. J'ai aussi beaucoup saigné mais la blessure a été recousue et c'est tout ce qu'il en reste aujourd'hui. A l'hôpital, ils donnaient des sucettes aux enfants à l'époque. Quel est ton parfum préféré ?

— Raisin, répondit Elena.

— Dans ce cas, allons chercher une sucette au raisin !

Dix minutes plus tard, Kendall entra avec Elena dans la salle des urgences. L'infirmière qui se trouvait aux admissions leva les yeux et grimaça en voyant le T-shirt maculé de sang.

— Mon Dieu, que s'est-il passé ?

— Je suis tombée, répondit Elena.

— Ta maman et toi pouvez vous asseoir le temps que je prenne ton nom et d'autres informations, dit l'infirmière en s'installant devant son ordinateur. Nom de famille ?

— Je ne suis pas sa mère, indiqua Kendall.

L'infirmière la regarda.

— Vous êtes un membre de sa famille ?

— Non. Ses parents travaillent pour moi.

Le regard de l'infirmière passa de Kendall à Elena.

— Des travailleurs saisonniers ?

— Oui.

— Dans ce cas, j'imagine qu'elle n'a pas d'assurance.

— Je paierai, assura Kendall.

— Vous pourriez l'emmener à l'hôpital de Green Bay. Ils sont obligés de soigner toutes les personnes qui se présentent, avec ou sans assurance.

— Je ne vais pas l'emmener à Green Bay, répondit sèchement Kendall. Elle est blessée, elle saigne et elle est en état de choc.

— C'est vous qui voyez, répondit l'infirmière en haussant les épaules.

Kendall lui donna les informations nécessaires, puis l'infirmière se leva.

— C'est une chance que vous soyez arrivées tôt. D'habitude, il y a foule ici le samedi soir. Suis-moi ma chérie, dit-elle à Elena. Il n'y en a pas pour longtemps.

Elena se serra un peu plus contre Kendall.

— Je l'accompagne, dit celle-ci.

— Mais…, commença l'infirmière. Comme vous voulez.

Au moment où elles s'apprêtaient à pénétrer dans la salle des urgences, Gabe apparut avec Jenna et Shelby qui le tenaient par la main.

— Nous allons attendre ici, dit-il.

Puis il proposa aux fillettes :

— Et si nous allions faire un tour du côté du distributeur de friandises ?

Trois heures plus tard, Kendall, Gabe, Shelby et Jenna étaient de retour à Van Allen House. Elena avait été recousue, soignée, avait reçu un vaccin antitétanique puis ils l'avaient reconduite chez elle. Kendall se sentait mal à l'aise de l'avoir laissée alors que ses parents n'étaient toujours pas rentrés, mais ses trois frères avaient assuré à Kendall qu'ils aideraient leur grand-mère à s'en occuper.

Shelby et Jenna tombaient de sommeil.

— Allez vous préparer pour aller au lit, les filles, leur dit Kendall en les embrassant. Vous avez été formidables et vous avez fait exactement ce qu'il fallait avec Elena. Je suis fière de vous.

— Est-ce qu'Elena va aller bien, maman ? s'inquiéta Jenna.

— Elle ira très bien, la rassura Kendall. Elle aura sans doute un peu mal à la tête pendant quelques jours et ensuite un gros bleu, mais c'est tout.

— Tant mieux, répondit Jenna, qui semblait toujours impressionnée. Il y avait beaucoup de sang.

— Je sais que vous avez eu peur, mais c'est terminé. Sa coupure a été recousue et elle pourra bientôt jouer de nouveau avec vous.

— Bien, dit Jenna avec un sourire timide.

Ensuite, elle partit vers les escaliers, suivie par Shelby.

Une fois qu'elles eurent disparu et que Kendall eut entendu leur porte se refermer, elle se laissa tomber sur la dernière marche. Il y avait des taches de sang sur ses vêtements, et elle se mit à trembler.

— Kendall, dit Gabe en s'agenouillant devant elle. Monte et change-toi. Je vais te préparer un peu de thé.

— Tu n'as pas besoin de faire cela.

Il soupira.

— Je sais que tu peux le faire toi-même et que ce n'est pas mon rôle de te préparer du thé, mais je ne suis vraiment pas d'humeur à écouter toutes tes sottises, ce soir. De toutes les manières, je voulais me faire du café. Je te ferai du thé en même temps. D'accord ?

Kendall se mit difficilement debout car ses jambes semblaient refuser de la porter.

— Ce n'est pas ce que je voulais dire. Tu as déjà fait tellement, ce soir. Je ne veux pas abuser.

Il arrangea une mèche des cheveux de la jeune femme derrière son oreille.

— Tu n'abuses pas. Je voulais faire chauffer de l'eau pour moi.

— D'accord, dit-elle en s'efforçant de sourire. Merci. J'arrive.

Chapitre 9

Samedi soir

Dix minutes plus tard, Kendall réapparut dans la cuisine après avoir pris une douche rapide et enfilé des vêtements propres. Gabe était appuyé contre le plan de travail, deux tasses fumantes posées à côté de lui.

— Tu te sens mieux ? demanda-t-il.

— Nettement, répondit-elle avec un sourire las alors qu'il lui tendait sa tasse de thé. Merci pour tout ce que tu as fait ce soir.

— Ce n'était pas grand-chose, je t'en prie.

— Au contraire, tu as fait énormément.

Elle avala une gorgée de thé, et la boisson chaude et sucrée lui fit un bien immense.

— Tu t'es occupé de Jenna et Shelby pour que je puisse me consacrer à Elena. Et tu nous as conduites à l'hôpital.

A ce moment, elle détourna le regard, dérangée par la douceur qu'elle lisait dans le regard de Gabe. Le désir.

— Tu as été d'une grande aide.

— Tu t'en serais très bien sortie toute seule, protesta-t-il tout en l'observant dans la lumière tamisée. Pourquoi as-tu insisté pour prendre ta voiture ? La mienne est plus grande, et elle aurait été plus confortable.

Elle prit une nouvelle gorgée de thé, laissant la tiédeur réconfortante se diffuser dans son corps, puis elle posa ses deux mains autour de la tasse.

— Je sais ce que tu penses, et tu te trompes. Je n'essayais pas de démontrer que je n'avais pas besoin de ton aide. Seulement, tu as une voiture neuve et je ne voulais pas que les sièges soient tachés de sang.

— Cela n'a pas d'importance.

— Je le sais Gabe, et c'est vraiment adorable de ta part. Mais je préférais que ce soit mes sièges qui soient tachés.

— Je ne suis pas adorable, Kendall, répondit-il avec un regard sombre. Je suis beaucoup de choses, mais pas adorable.

Elle posa sa tasse.

— Tu es resté avec les filles.

— Je ne parlais pas des filles.

Leurs regards se croisèrent et le cœur de Kendall se mit à cogner fort dans sa poitrine. Soudain, elle eut du mal à respirer.

— Pourquoi es-tu revenu, Gabe ?

— Il fallait que je sois ici. Et pas seulement à cause de toi.

Son regard était aussi intime qu'une caresse.

— J'ai certaines choses à régler avant de pouvoir pour-suivre ma vie.

— Est-ce que tu n'es pas un peu jeune pour une crise de la quarantaine ?

Le Gabe d'avant aurait immédiatement réagi à la plaisanterie, mais le Gabe d'aujourd'hui se contenta d'un sourire ironique.

— Je te retrouve, Kenny ! Mais tu devras faire mieux si tu cherches à me changer les idées.

— Ne m'appelle pas Kenny, répondit-elle la gorge serrée.

Son frère, Carter et Gabe étaient les seuls à l'avoir jamais appelée ainsi.

— Pourquoi ? Ce surnom te va bien.

— Plus maintenant, rétorqua-t-elle en se reculant. Je suis différente. Je suis désormais Kendall.

— Sans doute, mais je pense que Kenny se cache toujours au fond de toi, prête à sortir et se montrer, dit-il en faisant glisser son doigt sur le bras de la jeune femme. Il me semble même l'apercevoir de temps en temps.

— Kenny a grandi, répondit-elle en se reculant. Les événements l'y ont obligée.

— La vie n'est pas toujours juste.

— Personne n'a jamais prétendu le contraire. Comme ma mère aimait tellement à me le répéter, je récolte ce que j'ai semé.

— Je crois que je préfère la Kenny adulte à celle que j'ai laissée derrière moi, murmura-t-il en s'approchant.

Elle pouvait sentir l'odeur de sa peau — cette odeur envoûtante qu'elle n'avait jamais pu oublier. Les yeux de Gabe s'étaient assombris, virant au bleu profond et intense. Quand il se pencha vers Kendall, le cœur de la jeune femme se mit à battre la chamade et son estomac se serra sous l'effet de l'anticipation. Elle posa alors ses mains sur ses épaules — pour le *repousser*.

— Je ne peux pas faire ça, Gabe.

— Faire quoi ? demanda-t-il avant d'embrasser sa main.

— *Ça*. Toi et moi. Ensemble.

— Je sais.

Il prit l'un de ses doigts dans sa bouche et elle soupira.

— Bien, répondit-elle d'une voix tendue. Je suis heureuse que ce soit clair.

— Moi aussi, dit-il en butinant de nouveau les doigts de la jeune femme.

Elle frémit, incapable de détacher son regard de celui de Gabe.

— S'il te plaît, laisse-moi partir…

Il lui embrassa la main une dernière fois, puis la lâcha.

— Tu es libre de partir quand tu veux, Kendall.

Elle baissa les yeux.

— Carter sera toujours présent entre nous. A nous observer.

— Carter est mort. Et il n'a pas toujours été entre nous, dit-il en caressant ses lèvres avec le pouce. Tu te rappelles le 4 juillet ? Et le nouvel an ?

Les souvenirs resurgirent de cette fête du 4 juillet et du baiser torride qu'ils avaient échangé.

— C'était mal, murmura-t-elle.

— Moi, j'ai trouvé ça très bien.

Il se pencha et déposa un baiser si léger sur la bouche de la jeune femme que leurs lèvres se touchèrent à peine. Elle sentit son corps se tendre vers lui, lui demander silencieusement de se rapprocher. Il prit un peu de recul alors et la regarda dans les yeux.

— As-tu vraiment trouvé que c'était mal ?

— Tu sais bien que non, avoua-t-elle.

Pourtant, quand il se pencha de nouveau, elle se refusa.

— Mais ça l'était malgré tout, reprit-elle. J'étais fiancée à Carter, et j'ai eu tort de t'embrasser.

— Dans ce cas, pourquoi l'avoir fait ?

— Je l'ignore.

Allons… Elle savait pertinemment pourquoi elle avait embrassé Gabe. Une bouffée de désir l'embrasa comme elle y repensait, lui rappelant ce qu'elle avait éprouvé d'intense ce jour-là.

Et la culpabilité suivit, comme toujours.

— Tu n'es plus fiancée à Carter, aujourd'hui.

Kendall se dégagea et, prise d'un vague vertige, prit appui sur le plan de travail pendant qu'elle repensait à ce qui était arrivé la nuit de la mort de Carter.

Gabe vint la rejoindre, l'enveloppa de ses bras, caressa ses épaules… Ses mains étaient un peu rugueuses et Kendall frissonna.

— Sept ans, c'est loin, murmura-t-il.

Son souffle lui caressait la nuque, l'oreille, attisant le désir qui menaçait de la consumer.

— Pas encore assez loin, répondit-elle, la gorge serrée.

— En es-tu sûre ?

Lentement, il l'obligea à se tourner vers lui. Puis il lui encadra le visage de ses mains et vint chercher ses lèvres, étouffant la protestation qu'elle aurait dû exprimer.

La bouche de Gabe avait un goût de café corsé entêtant et grisant. Un goût qui réveillait des sentiments qu'elle s'était interdits depuis des années.

Elle n'aurait pas dû embrasser Gabe, pourtant, elle ne pouvait plus lui résister. Il butinait ses lèvres, les mordillait, les caressait de la langue. Et quand elle entrouvrit les lèvres pour l'accueillir, il eut un soupir de pur volupté.

Il l'attira encore plus près de lui, la main sur ses reins, la plaquant contre ses hanches. Leurs corps s'épousaient parfaitement, comme si deux âmes sœurs se trouvaient enfin.

— Kenny, murmura-t-il en relevant la tête. Regarde-moi.

Elle ouvrit les yeux et vit qu'il la fixait du regard. Il caressa son visage, son cou.

— Je veux te regarder. Et je veux que tu me regardes.

Lentement, il laissa glisser ses mains sur les seins de Kendall qu'il sentit aussitôt frémir. Elle prit une profonde inspiration tandis que Gabe la fixait avec une intensité brûlante.

— Est-ce que je peux te toucher, Kenny ? chuchota-t-il. Vraiment te toucher ?

— Tu le fais déjà.

— Ce n'est pas ce que je voulais dire, répondit-il avec

le regard brillant, mais je saurai m'en contenter pour l'instant.

Il la caressa à peine — pourtant, elle sentit un éclair de chaleur lui déchirer le ventre, et un frisson la parcourut.

— Tu te souviens ? chuchota-t-il. Moi, je me souviens de tout.

Comment aurait-elle pu oublier ? Elle se rappelait de chaque seconde de la passion brûlante qu'ils avaient partagée, du désir si intense qu'il faisait mal. Et le même désir, intact, faisait vibrer son corps ce soir.

De nouveau, il l'embrassa — un baiser affamé et désespéré — et elle se laissa emporter. Plus rien n'existait en dehors de leur étreinte. Comme si le monde se concentrait dans ce baiser, dans les bras de Gabe, dans la sensation de leurs corps unis.

Elle sentait les pulsations de son cœur, celles de son ventre, et le feu qui couvait en elle. Tout le désir qu'elle retenait depuis si longtemps explosa soudain. L'urgence s'empara d'elle, le besoin irrépressible d'unir son corps à celui de Gabe, de le sentir en elle.

— Je n'ai jamais cessé de te désirer, dit-il dans un soupir. Jamais.

Et là, soudain, alors qu'elle s'apprêtait à le déshabiller, un brusque accès de lucidité la ramena sur terre. Mon Dieu, qu'était-elle en train de faire ?

— Je ne peux pas, murmura-t-elle en s'arrachant à lui.

Il l'observa un moment.

— Désolé.

— Moi aussi, répondit-elle en s'enveloppant frileusement de ses bras.

— Nous formons une sacrée équipe, n'est-ce pas ?

Il passa une dernière fois son pouce sur la bouche de Kendall, puis il croisa ses bras sur son torse et dit :

— Il y a tellement de choses entre nous. Tellement d'histoires. Tellement de secrets. Pourtant, il m'a suffi de te toucher pour tout oublier.

Elle aussi, mais elle avait heureusement recouvré la mémoire à temps.

— Il est tard et nous sommes tous les deux fatigués, dit-elle en s'efforçant de sourire. Cette soirée a été riche en émotions, et nous nous sommes… égarés. C'est tout.

— Tu as raison. Nous nous sommes égarés. Exactement comme à cette fête du 4 juillet, ajouta-t-il en écartant une mèche du visage de Kendall.

Ainsi, ni l'un ni l'autre n'évoqueraient l'autre nuit : celle du nouvel an, au cours de laquelle Carter avait trouvé la mort.

— Tu as été une épouse irréprochable pour Carter, reprit Gabe calmement. Cesse de te faire des reproches et essaie de vivre ta vie, à présent.

— Je vis ma vie, assura-t-elle.

— Je sais. Tu as construit ta vie ici, une vie réussie et heureuse. Il t'a fallu beaucoup de courage pour en arriver là où tu es aujourd'hui alors que Carter ne t'avait laissé que des cendres. Tu as toujours été forte.

Elle s'obligea à se retourner vers lui.

— Nous savons tous deux que c'est faux. Si j'avais été forte, je n'aurais pas épousé Carter.

Il lui adressa un sourire doux-amer.

— Forte… et toujours cruellement réaliste et honnête, n'est-ce pas ?

— J'ai appris très tôt que l'on peut mentir à tout le monde sauf à soi-même, parce que la vérité ne cesse jamais de te hanter, tant que tu ne l'as pas affrontée.

Gabe vint prendre les mains de Kendall dans les siennes, et elle les serra.

C'est alors que la sonnerie du téléphone portable de la jeune femme retentit, et elle s'éloigna. A l'autre bout de la ligne, une voix de femme déversa un flot de paroles en espagnol.

— Attendez, dit Kendall en espagnol. Moins vite. Je ne vous comprends pas.

La femme prit une profonde inspiration et recommença. Il s'agissait de la mère d'Elena, qui la remerciait d'avoir emmené la fillette à l'hôpital. D'une voix tremblante, elle proposa à Kendall de retenir l'argent sur sa prochaine paie pour rembourser les soins médicaux.

— C'est inutile, protesta fermement Kendall.

Elle ignorait où elle prendrait elle-même l'argent, mais les parents d'Elena en avaient encore moins qu'elle.

— Tout est payé.

Elle expliqua à la femme ce que le médecin avait fait, et comment prendre soin des points d'Elena.

— Il faut la ramener à l'hôpital dans une semaine pour retirer les points. Si vous n'avez pas de médecin ici, je pourrai vous indiquer mon médecin de famille.

La mère d'Elena hésita pendant si longtemps que

Kendall s'attendait à ce qu'elle refuse, mais finalement elle la remercia et raccrocha.

— La mère d'Elena ? demanda Gabe.

— Oui.

— Tu lui as assuré que tu allais payer le médecin, mais je croyais que tu avais des problèmes d'argent.

— Je m'arrangerai, répondit-elle en haussant les épaules.

— Comme toujours, n'est-ce pas ?

Alors qu'il la fixait du regard, elle s'apprêta à faire un pas vers lui, mais elle entendit heureusement la porte d'entrée s'ouvrir, lui évitant de commettre une énorme erreur.

Quand Dylan entra dans la cuisine, elle se tenait à une distance respectable de Gabe et buvait son thé maintenant froid. Le journaliste s'immobilisa quand il la vit.

Son regard passa de Kendall à Gabe, et elle put lire de la curiosité et des questions dans ses yeux.

— Désolé, dit-il avec un sourire. Je ne voulais pas vous interrompre.

Dylan avait bu. Il n'était pas vraiment soûl, mais il articulait ses mots de manière exagérée et suspecte.

— Vous n'interrompez rien. Je buvais du thé. Avez-vous besoin de quelque chose ?

— Non, de rien, répondit-il sur un ton enjoué.

Toutefois, il était visiblement en train de réfléchir.

— Que faites-vous debout si tard, vous deux ?

— La même chose que vous, Smith. Je viens juste de rentrer et j'avais envie d'une tasse de café, répondit habilement Gabe. Vous en voulez un peu ?

— Non merci, répondit Smith. J'aimerais plutôt un verre d'eau.

— Voilà, dit Kendall en remplissant un verre. Etiez-vous sorti pour travailler sur votre article, ce soir ?

Dylan avala une longue gorgée d'eau.

— Je faisais ce que tout le monde fait le samedi soir dans le comté de Door : j'ai passé la soirée dans un bar.

— Vous en avez trouvé un qui soit fréquentable ? s'enquit Kendall, essayant d'être polie.

— Oui, le Blue Door.

— Vraiment ? Je n'aurais jamais cru que vous fréquentiez des endroits comme celui-ci.

Il haussa les épaules.

— J'ai parlé avec quelques personnes, et j'ai perdu la notion du temps, répondit-il sans vraiment croiser le regard de Kendall. Je vous laisse. A demain.

La porte battit doucement derrière Dylan, et Kendall écouta ses pas s'éloigner dans la salle à manger, puis continuer dans le salon.

— C'est quoi, le Blue Door ? demanda Gabe.

— Un bar à Sturgeon Falls. L'un des endroits où les travailleurs saisonniers aiment se retrouver. En fait, je ne crois pas que l'endroit soit fréquenté par d'autres personnes.

— Il ne le savait peut-être pas.

— Il aurait pu facilement le deviner en entrant et en entendant tout le monde parler espagnol, répliqua-t-elle. Je me demande avec qui il a pu discuter.

— Tu crois qu'il cherchait encore des informations sur Carter ? risqua Gabe.

Elle passa sa tasse sous l'eau puis la mit dans le lave-vaisselle.

— Il a très bien pu interroger des personnes qui travaillaient au verger à l'époque.

Gabe s'appuya contre le plan de travail.

— Carter passait beaucoup de temps dans le verger. Si je cherchais des informations sur lui, j'irais en effet interroger des employés qui l'ont connu.

— Dylan Smith n'écrit pas un petit article anodin, dit Kendall d'une voix grave. Il pose trop de questions sans rapport. Il est trop fuyant et trop charmeur. Je veux savoir ce qu'il cherche exactement.

— Moi aussi, affirma Gabe sur le même ton. Lundi, j'irai jusqu'à Green Bay pour rencontrer son rédacteur en chef.

— Je pense que c'est une bonne idée. A demain.

— Attends un peu, Kendall.

— Pourquoi ?

— Smith n'est toujours pas monté. Il n'a certainement rien pu voir dans la pénombre, ici, mais tu devrais éviter de passer devant lui, expliqua-t-il en montrant son T-shirt qui portait encore les traces humides de sa bouche.

Instinctivement, elle posa ses mains sur sa poitrine. Les yeux de Gabe s'assombrirent et il s'avança.

Le bruit des pas de Dylan dans l'escalier vint rompre la magie de l'instant, et elle laissa retomber ses mains.

— Bonne nuit, Gabe.

— Bonne nuit, Kenny. Dors bien.

La voix de Gabe était douce dans la cuisine sombre,

et elle hésita en le regardant. Comme il ne bougeait pas, elle se dirigea vers les portes battantes.

— Toi aussi, Gabe.

— Fais de beaux rêves.

La main de Kendall se crispa sur la porte en l'entendant murmurer ces paroles. Pas de doute, elle rêverait cette nuit, mais ses rêves seraient-ils beaux, et sereins ? Rien ne lui semblait moins sûr…

Chapitre 10

Samedi soir

Amy vérifia sa tenue et regarda autour d'elle pour s'assurer qu'elle n'avait rien oublié. Des bougies, disposées un peu partout, baignaient la pièce d'une lueur intime et dorée. Elle avait préparé des lasagnes, le plat préféré de George, et l'odeur des tomates, des épices et du fromage fondu flottait agréablement dans la maison. Un excellent vin rouge décantait dans la carafe… Il ne manquait plus que George pour que le tableau soit parfait.

Elle jeta un coup d'œil à la pendule : il arriverait d'une minute à l'autre. George ne la faisait jamais attendre.

Nerveuse, elle alla surveiller la cuisson des lasagnes. Le fromage commençait à gratiner, et le plat était presque prêt à servir. Au moment où elle fermait la porte du four, elle entendit le crissement de pneus sur le gravier de l'allée.

Réprimant une bouffée de panique, Amy s'obligea à respirer calmement. Il fallait qu'elle fasse preuve de cran, se répéta-t-elle, sinon comment imaginer un avenir avec George ?

Après avoir recouvré sa contenance, elle ouvrit la porte d'entrée alors même que George posait un pied sous le porche.

— Mmm, dit-il avec un air gourmand. Tu es belle à croquer.

Puis il prit Amy dans ses bras et l'embrassa tendrement.

— Est-ce que Tommy est bien chez David ?

Amy acquiesça.

— Gabe l'a emmené acheter un jeu vidéo pour la soirée, et il l'a ensuite déposé chez David.

George fronça les sourcils.

— J'aurais pu me charger d'emmener Tommy acheter ce jeu. Pourquoi as-tu demandé à Townsend ?

— Il était là. En fait, il est venu m'aider, pour que j'aie le temps de me préparer, dit-elle en se haussant sur la pointe des pieds pour embrasser George à son tour.

— Dans ce cas, il faudra que je le remercie parce que tu es superbe.

Il l'attira contre lui, lui donna un baiser plus appuyé, et Amy se sentit envahie par le désir. Il aurait été tellement plus facile de laisser George l'emporter dans sa chambre, tellement facile de faire l'amour et d'oublier tout le reste. Retarder le moment fatidique de lui révéler l'identité du père de Tommy...

Refusant de céder à la facilité, elle recula.

— On peut passer à table, c'est prêt, annonça-t-elle d'une voix haletante.

— Pour l'instant, j'ai envie d'une seule chose...

Déposant un baiser sur sa joue, elle lutta pour ne pas succomber et murmura :

— Et si je te dis qu'il y a des lasagnes dans le four ?

Avec un sourire, il répondit :

— Des lasagnes ? Alors là, je suis partagé.

Elle mordilla la lèvre inférieure de George.

— Mon pauvre chéri ! Quel dilemme… Entre donc et sers-nous du vin.

Ensuite, elle se tourna pour se rendre dans la cuisine, mais George la saisit par le bras et l'attira une nouvelle fois vers lui. Ses mains s'égarèrent sur les seins d'Amy, puis il déposa un baiser derrière son oreille.

— Quelle bonne chose, l'attente…, murmura-t-il. Ça te laisse tout le loisir d'imaginer ce que nous ferons après le dîner.

Amy ferma les yeux, et elle sentit sa gorge se serrer en se demandant si, une fois la vérité dite, George aurait autant envie de rester après le dîner… Elle resta un moment blottie contre lui, s'imprégnant de sa chaleur et son odeur. Puis vint l'inévitable moment de s'arracher à ses bras.

Pendant que le plat tiédissait sur le plan de travail, elle mit le couvert et alluma les chandeliers posés sur la table. George lui tendit un verre de vin, et elle but goulûment.

— Doucement. Nous avons toute la soirée pour apprécier ce vin, chuchota George.

Elle s'obligea à sourire en apportant le dîner sur la table. Ils parlèrent de tout et de rien en mangeant, et elle finit par se rendre compte que George était aussi tendu qu'elle.

— Que se passe-t-il, mon chéri ? demanda-t-elle avec appréhension. Je te sens nerveux.

Il avait annoncé qu'il voulait lui aussi lui parler de quelque chose : était-ce la raison de sa nervosité ?

— Allons dans le salon, proposa-t-il en repoussant son assiette encore à moitié pleine. Nous serons mieux pour ce que j'ai à te dire.

Ils s'assirent sur le canapé, et George posa son verre de vin sur la table basse. Quand il se tourna vers Amy, son regard était grave et incertain.

Comme si elle avait deviné ce qu'il s'apprêtait à dire, Amy l'empêcha de parler :

— Attends, George. Ne dis rien. Laisse-moi parler en premier.

— Il n'y a rien de plus important que ce que j'ai en tête, murmura-t-il.

Il caressa alors la joue de la jeune femme.

— Je t'aime Amy. Tu es mon cœur, mon âme, mon univers.

Sur ce, il plongea la main dans sa poche et en sortit le petit écrin de velours noir.

— Amy chérie, veux-tu m'épouser ? demanda-t-il en ouvrant l'écrin.

— Oh, George…

Les facettes du diamant scintillèrent dans la lueur des bougies, et la vue de la jeune femme se brouilla de larmes.

— Elle est magnifique.

— Dois-je comprendre que c'est oui ? demanda George, dont la main tremblait.

— Je t'aime, George, et j'aimerais tellement accepter. Mais je ne peux pas. Pas encore, du moins.

Elle prit une profonde inspiration et expliqua :

— Je ne t'ai pas tout dit de moi. Quand ce sera fait, tu pourras m'épouser si tu le souhaites encore…

George referma lentement l'écrin.

— Je me doutais qu'il y avait un problème, dit-il d'une voix sombre.

— Tu n'es pas en cause, chéri. C'est moi.

— J'ai déjà entendu ça quelque part, répondit-il avec un rictus.

— Arrête, George.

Elle lui prit les mains et l'écrin roula sur le tapis.

— Il n'y a aucun problème entre nous. Je t'aime, et rien ne pourra changer les sentiments que je te porte, commença-t-elle en serrant les mains de George dans les siennes. Mais je ne peux pas t'épouser tant que je ne t'ai pas révélé la vérité au sujet de Tommy. Au sujet de son père.

Les traits de George se détendirent.

— C'est bon, Amy. Je sais que c'est Townsend.

— Est-ce quelqu'un qui t'a dit ça ?

— Inutile. C'est évident. Il passe du temps avec Tommy et toi, vous lui rendez visite à Milwaukee, et Tommy l'adore. Ce n'était pas difficile à deviner, expliqua George en haussant les épaules.

Amy ferma alors les yeux, en priant pour savoir trouver les mots justes.

— Ecoute, j'aurais aimé que Gabe soit le père de Tommy, mais… hélas, ce n'est pas lui.

— Non ? demanda George, interloqué. Mais alors, pourquoi passez-vous autant de temps ensemble ?

— C'est compliqué. Gabe est un bon ami.

— Essaies-tu de me dire que tu es sortie avec lui... ou bien même que ça continue ?

— Mais non, bien sûr que non, répondit-elle en croisant ses mains qui tremblaient. Non, Gabe et moi ne sommes jamais sortis ensemble.

— Et lui, sait-il *qui* est le père de Tommy ?

— Oui, il le sait.

George se leva alors et lança avec colère.

— Tu le lui as dit à lui, et pas à moi ?

— Je n'ai pas eu besoin de lui dire quoi que ce soit. Il savait.

Amy attrapa le bras de George et le força à se rasseoir.

— C'est tellement difficile, murmura-t-elle. Je n'ai jamais révélé à personne la vérité. Gabe est le seul à savoir.

— Pourquoi changes-tu soudain de cap, dans ce cas ?

Elle noua ses doigts à ceux de George.

— Je t'aime, George, et je ne veux pas qu'il y ait de secret entre nous. Je sais que tu m'aimes aussi. Deux personnes qui envisagent de passer le reste de leur vie ensemble ne peuvent pas vivre avec un secret comme celui-ci.

Le regard de George se radoucit.

— D'accord, Amy. Je t'écoute : qui est le père de Tommy ?

Elle déglutit difficilement et serra la main de George encore plus fort.

— Carter Van Allen. Le mari de ta sœur.

George demeura interdit. Et tandis qu'il prenait lentement la mesure de cet aveu et considérait ses conséquences et sa portée, il lâcha la main d'Amy. Avant de se lever et de laisser éclater sa colère.

— Van Allen ! Mais comment as-tu pu… ?

— J'avais dix-sept ans, George, et j'étais convaincue qu'il m'aimait et qu'il allait quitter Kendall pour m'épouser, expliqua-t-elle au bord des larmes. Seulement, quand je lui ai annoncé que j'étais enceinte, il m'a jeté quelques dollars à la figure en me disant d'aller me faire avorter.

— Mon Dieu…

George serra les poings et tourna le dos à Amy. Il se dirigea vers la fenêtre et resta un moment immobile à contempler la nuit qui tombait.

— Je pensais que tu allais m'annoncer qu'il s'agissait d'un type avec qui tu étais au lycée, dit-il enfin. Bon sang, Amy ! Tu as couché avec Carter ? Alors qu'il était marié à Kendall !

— Tu n'imagines pas combien je regrette. Crois-moi, tu ne peux pas me faire de reproches que je ne me sois déjà faits à moi-même.

Il se tourna pour lui faire face.

— Je pensais que je te connaissais mieux que personne. Et aujourd'hui, je me rends compte que je me suis trompé ! Tu n'es pas du tout la femme que je croyais.

— C'était il y a neuf ans, George, dit Amy. J'ai changé. Es-tu toujours le même qu'à dix-sept ans ?

— Il était le mari de ma sœur, répliqua George.

Il regarda Amy avec des yeux dans lesquels se lisait toute sa douleur.

— Alors, comme ça, Tommy est le demi-frère de Shelby et Jenna, murmura-t-il. Maintenant, chaque fois que je regarderai Tommy, je penserai que tu as trahi ma sœur.

Amy pâlit.

— Ne confonds pas tout : ce n'est pas la faute de Tommy. Il n'est responsable de rien.

Les sanglots lui serraient la gorge, des larmes brûlaient ses yeux, mais elle ne voulait pas pleurer.

— Quitte-moi si tu veux, mais ne passe pas ta colère sur Tommy.

— Kendall adorait Carter. Et tu as essayé de le lui voler !

— Es-tu sûr, vraiment, qu'elle l'*adorait* ? répliqua Amy. Pas moi.

— Et quand bien même ce ne serait pas le cas, ce que tu as fait est injustifiable !

— Je n'essaie pas de me justifier, répondit-elle en essuyant les larmes qui maintenant roulaient sur ses joues. Je sais que je n'ai aucune excuse.

George donna un coup de poing dans le mur.

— Quelle attitude suis-je censé adopter avec Kendall, à présent ?

— Je ne te demande pas de garder le secret. Je préférerais que le reste de Sturgeon Falls ne l'apprenne pas, mais si c'est inévitable…

— Tu penses que je vais le claironner dans toute la ville ? Ne t'inquiète pas, ton secret est en sécurité avec moi.

George fit les cent pas, avant de se figer.

— Alors, c'est pour cela que Townsend traîne dans le coin ? Il est toujours passé derrière Carter pour réparer ses conneries !

— Ne parle pas de Gabe de cette manière. Il est merveilleux avec Tommy, protesta-t-elle en se levant. Il a tenu le rôle de père, c'est celui avec qui Tommy peut faire des choses de « garçons » quand nous allons à Milwaukee. Et il se montre très gentil aussi avec moi. On ne peut rien reprocher à Gabe, au contraire.

— Si Townsend est si formidable, pourquoi ne pas l'épouser ? répliqua sèchement George avant de lui tourner le dos.

— Tu crois que je n'y ai jamais pensé ? C'est difficile d'être mère célibataire, et quand Gabe est venu me voir après la mort de Carter pour m'expliquer qu'il était au courant au sujet de Tommy, j'ai envisagé de l'épouser. J'étais terrifiée, seule, et complètement perdue.

Elle posa une main sur l'épaule de George, mais celui-ci s'écarta.

— Mais Gabe ne s'est jamais intéressé à moi de cette manière. Et même si cela avait pu résoudre certains de mes problèmes, je ne me sentais pas non plus attirée par lui. Alors, il est devenu l'oncle de Tommy et mon ami.

— Je suppose que Townsend t'a conseillé de garder le silence. De ne rien me révéler au sujet de Tommy, dit George avec un rire amer.

— Au contraire, c'est lui qui m'a incitée à parler, mais j'avais trop peur, répondit-elle.

Ses lèvres tremblaient.

— Bien sûr. Et pour me lâcher le morceau, tu as attendu que je sois bien mordu ?

— Non. J'essaie seulement de faire ce qui est juste. J'aurais pu attendre que nous soyons mariés. Ou j'aurais très bien pu ne rien te dire du tout.

— Et maintenant, je suis obligé de choisir entre ma sœur et toi !

Elle eut l'impression de recevoir un coup de poing en plein estomac.

— Non ! Pourquoi devrais-tu choisir ?

— Que suis-je censé lui dire ? Salut Kendall, je vais épouser Amy. Au fait, tu sais quoi ? Elle a couché avec Carter alors qu'il était marié avec toi, et Tommy est son fils.

Il resta silencieux quelques secondes, et Amy devina qu'il était en train de calculer.

— Bon sang ! s'exclama-t-il. Tu es tombée enceinte de Tommy *pendant* que Kendall était enceinte de Jenna. Crois-tu que Kendall pourras te pardonner et oublier une telle trahison ?

— Tout cela s'est passé il y a longtemps…

— Pas suffisamment longtemps. Kendall est ma seule famille et nous passons beaucoup de temps ensemble. Comment lui demander de t'accueillir chez elle ?

— Les gens ont de grandes capacités de pardon, répondit calmement Amy. J'espère que tu me pardonneras. Et j'espère que Kendall le pourra aussi. J'irai la voir demain pour lui avouer la vérité.

— Non, ne t'approche pas de ma sœur. C'est moi qui vais lui parler.

— Comme tu veux.

Elle regarda George qui se tenait toujours à coté de la fenêtre, si loin d'elle.

— Et toi et moi ? Que faisons-nous ?

— Je ne sais pas. J'ai besoin de réfléchir, répondit-il en refusant de la regarder dans les yeux. J'ai longtemps cru que Carter était un grand enfant égoïste mais qu'il ne pouvait rien faire de vraiment mal. Il était un exemple de sportif que tout le monde enviait. Et aujourd'hui, je découvre que non seulement il a trompé ma sœur, mais qu'en plus il l'a fait quand elle était enceinte. Avec la femme que je croyais aimer.

— Je sais que tu es blessé, George, mais comme je te le répète : tout ceci est arrivé il y a longtemps. Toi et moi ne nous connaissions pas encore.

— Alors, tu pensais que j'allais hausser les épaules et dire que je m'en moque ?

— J'espérais que tu dirais… que nous allions faire ce qu'il faut pour surmonter cette épreuve. Que nous pourrions en parler. Je croyais que c'était ce que font les gens qui s'aiment : parler, chercher des solutions ensemble… On dirait que tu n'as aucune envie de faire face à ce qui nous arrive. M'as-tu jamais aimée, ou bien étais-tu seulement séduit ?

— Pardon ? s'écria-t-il avec une expression incrédule. Maintenant, ça va être ma faute ! Désolé, je dois partir, ajouta-t-il en attrapant ses clés de voiture.

La porte claqua et, quelques secondes plus tard, la voiture de George partait en faisant crisser les pneus sur le gravier de l'allée.

Amy resta un long moment prostrée à côté de la fenêtre, espérant qu'il finirait par revenir une fois calmé.

Au bout d'un moment, elle finit par se laisser tomber sur le canapé, en sanglotant. Mais pourquoi avait-elle écouté Gabe, avec ses belles idées de morale et de vérité ! Elle aurait dû écouter son intuition et ne jamais rien avouer.

Elle sentit alors quelque chose sous son pied. Baissant les yeux, elle vit le petit écrin.

Elle se pencha, le prit, l'ouvrit. Le solitaire brillait de tous ses feux. Elle resta un moment à observer la bague, puis referma l'écrin d'un coup sec. Certains rêves étaient aussi aveuglants que les feux d'un diamant mais moins durables, hélas…

Chapitre 11

Dimanche matin

Gabe ouvrit la porte de la cuisine et s'arrêta sur le seuil pour observer Kendall. Celle-ci sortait une plaque de muffins du four, elle la déposa sur le plan de travail, puis se retourna vers la cuisinière pour y faire cuire des omelettes. Le parfum des pommes et de la cannelle emplissait la pièce.

La cuisine semblait différente de la veille au soir. Après minuit, la pâle lumière artificielle et le silence de la maison endormie avaient tissé un cocon d'intimité autour d'eux. Le cœur de Gabe s'accéléra en se remémorant la sensation du corps de Kendall appuyé contre le sien, le goût de ses baisers, ou les petits gémissements qu'elle avait poussés sous ses caresses.

Ce matin, la lumière était claire, et le plan de travail était encombré de plats, d'assiettes et de gâteaux. Et Kendall fuyait son regard.

— Gabe, dit-elle en lui jetant un coup d'œil furtif.

Ses joues étaient rosies et ses cheveux décoiffés.

— Installe-toi dans la salle à manger et je t'apporte ton petit déjeuner.

— J'ai le temps. Tu n'es pas obligée de me traiter en client.

— Mais tu *es* un client, répliqua-t-elle en retournant les omelettes.

Du bacon et des saucisses cuisaient dans une autre poêle et elle les retourna aussi avant d'attraper la plaque de muffins. D'un vigoureux coup de poignet, elle les fit tomber dans une panière tapissée d'une serviette. Elle en garda quatre et arrangea les autres dans la panière avant de replier la serviette pour les maintenir au chaud.

Ensuite, elle déposa les omelettes dans les assiettes, ajouta du bacon dans l'une et des saucisses dans l'autre, et elle décora le tout avec trois fraises. Elle emporta les assiettes dans la salle à manger, où elles furent accueillies avec des exclamations admiratives.

Une fois ses clients servis, Kendall revint dans la cuisine et prit la tasse de café qui se trouvait sur le plan de travail. Elle en avala une gorgée et grimaça.

— Froid, expliqua-t-elle en vidant la tasse dans l'évier.

Comme elle tendait la main vers la cafetière pour se resservir, elle se tourna vers Gabe.

— Inutile de te demander si tu veux du café. J'imagine que la réponse est oui.

— Tu me connais trop bien, reconnut Gabe. Depuis toujours.

La main de Kendall s'immobilisa, puis elle attrapa une

tasse propre qu'elle remplit. Indiquant la table de la cuisine d'un signe de tête, elle précisa :

— Le lait se trouve ici.

Ensuite, elle reprit son travail et déposa des noix de pâte sur une autre plaque à muffins. Après avoir glissé la plaque dans le four, elle se dirigea vers la cuisinière.

— Que puis-je te préparer ?

— Rien pour l'instant, répondit-il entre deux gorgées de café. Je vais attendre que le coup de feu soit passé.

— Pourquoi ne passes-tu pas à côté ? Il y a plus de place que dans cette cuisine.

— Je ne te dérangerai pas, mais je préfère la vue que l'on a ici.

— La vue est encore plus jolie de la salle à manger. Tu peux voir la plage.

— Je me moque de la plage.

Les épaules de Kendall se raidirent.

— Les clients ne sont pas admis dans la cuisine.

— Pourtant, j'étais bien dans la cuisine hier soir, dit-il d'une voix basse. Et cela ne semblait pas te déranger.

Le saladier qu'elle tenait à la main lui échappa et tomba sur le plan de travail.

— Je ne faisais pas la cuisine, hier soir.

— En effet…

— S'il te plaît, Gabe. Nous avons reconnu l'un et l'autre que ce qui s'est passé hier soir était une erreur.

— Moi, je n'ai jamais dit ça. Est-ce ce qui te rend si nerveuse ? Hier ?

— Je ne suis pas nerveuse, rétorqua-t-elle en lâchant une nouvelle fois le saladier. Je suis seulement occupée.

— C'est ce que je vois.

Gabe s'appuya contre le plan de travail, se demandant combien de temps il faudrait à la jeune femme pour se résoudre à le regarder.

— As-tu passé une bonne nuit ?

Kendall se tourna enfin vers lui et le fixa un long moment. Ensuite, son visage rougit et elle détourna les yeux.

— Oui, merci.

— Mais je parie que tu as eu du mal à t'endormir...

Elle plissa les yeux et ouvrit la bouche pour dire quelque chose, mais il reprit la parole avant qu'elle n'ait pu parler.

— A cause d'Elena. Tu devais être inquiète à son sujet.

Comme elle le regardait, un léger sourire se dessina sur ses lèvres.

— Bravo, Gabe. Je suis impressionnée. Eh oui, j'étais inquiète au sujet d'Elena mais cela ne m'a pas empêchée de dormir.

— Bien.

Il termina son café et se resservit.

— Combien de cafés bois-tu par jour ? s'enquit-elle.

— Trop. C'est une mauvaise habitude prise quand je travaillais quinze heures par jour, pour lancer mon entreprise. Pourquoi ? Tu t'inquiètes pour moi ?

— Tes mauvaises habitudes ne me concernent pas. Je veux seulement m'assurer que j'ai en permanence suffisamment de café.

Ce fut au tour de Gabe de sourire.

— Tu as toi aussi la repartie facile, Kenny.

Avant qu'elle ne puisse répondre, la porte s'ouvrit et Dylan débarqua dans la cuisine, visiblement mal réveillé.

— Par pitié, un café, gémit-il.

Pendant que Kendall le servait, elle suggéra sèchement :

— Dans la salle à manger, Dylan. Je vous prépare la même chose que d'habitude ?

Le journaliste lui adressa une grimace de dégoût.

— Rien. J'ignore si je pourrai encore manger un jour.

— Que diriez-vous du cocktail anti-gueule de bois de mon père ? proposa-t-elle alors.

— Vous êtes une sainte, répondit Dylan en s'arrêtant sur le seuil de la cuisine. S'il me débarrasse de mon mal de tête, j'embrasserai vos pieds.

Elle ouvrit alors le réfrigérateur et en sortit du jus de tomate auquel elle ajouta plusieurs ingrédients. Quand elle lui tendit un verre de sa préparation maison quelques minutes plus tard, elle dit à Dylan :

— Vous devriez éviter de boire cette bière bon marché qu'ils servent au Blue Door.

— Croyez-moi, j'ai retenu la leçon, marmonna-t-il. Vous permettez que je me roule en boule dans un coin et que je me laisse mourir ?

— Pas de clients dans la cuisine, lui rappela Kendall avec un sourire. Vous devrez mourir dans le salon.

Dylan tourna alors son regard vers Gabe, et Gabe y vit que la curiosité du journaliste était piquée malgré le brouillard provoqué par l'alcool.

— Dans ce cas, que fait-il dans la cuisine ?

— Je suis un ami de la famille, répondit Gabe.

A ce moment, les filles déboulèrent en criant, chassant Smith qui partit en grimaçant.

— Où est oncle George ? demanda Shelby.

Kendall regarda la pendule et fronça les sourcils.

— Il est en retard. Oncle George est sorti hier soir, mais je ne crois pas qu'il vous ait oubliées.

— Vous avez prévu une sortie avec votre oncle ? demanda Gabe.

— Il nous emmène à l'église, parce que maman est trop occupée, expliqua Jenna avant de prendre un muffin et de mordre délicatement dedans.

— Oui, et ensuite il nous emmène manger des glaces, ajouta Shelby. Même en hiver.

La porte arrière de la cuisine s'ouvrit alors et George entra.

— Vous êtes prêtes ?

Quand il remarqua la présence de Gabe, sa bouche se crispa et il demanda :

— Que fais-tu ici, Townsend ?

— Je prends une tasse de café.

Tournant un regard sévère vers sa sœur, George dit :

— Je croyais que les clients n'étaient pas admis dans la cuisine.

Kendall se glissa alors entre les deux hommes.

— Qu'est-ce qui ne va pas ? demanda-t-elle calmement à son frère.

— Rien.

Il essaya de passer, mais elle lui bloqua le passage.

— Et moi je crois qu'il y a un problème.

George gratifia Gabe d'un regard rempli de haine, puis il ouvrit la porte dans un grand geste.

— Pose la question à ton pote Townsend. Je vais attendre les filles dans la voiture.

Jenna regarda son oncle partir avec de grands yeux.

— Est-ce qu'oncle George est en colère contre nous ?

— Bien sûr que non, ma chérie. Il s'est certainement couché trop tard, expliqua Kendall en s'efforçant de sourire.

— Merci pour le café, Kendall. Je dois y aller, annonça Gabe.

Mon Dieu, que s'était-il passé avec Amy ?

— Oh non, pas si vite, répondit la jeune femme en le retenant par la manche. Que voulait insinuer George ? Pourquoi suis-je censée te poser la question ?

Il retira la main de Kendall et posa sa tasse de café sur la table.

— Demande à ton frère.

Kendall alla alors se placer dans la porte de la cuisine pour l'empêcher de sortir.

— Je *veux* savoir ce qui se passe, Gabe.

Le regard de celui-ci passa de Shelby à Jenna, qui observaient les deux adultes avec un intérêt non dissimulé.

— C'est entre Amy et George, dit-il d'une voix grave.

Après avoir obligé Kendall à s'écarter, il ajouta à l'attention des filles :

— Passez un bon moment.

Au moment où il poussait les portes battantes, il entendit Jenna demander :

— Qu'est-ce qui se passe avec oncle Gabe ? Pourquoi est-ce que tout le monde est de mauvaise humeur, ce matin ?

— Je l'ignore, ma chérie, répondit Kendall en soupirant.

Une fois dans le salon, Gabe sortit son téléphone portable de sa poche pour appeler Amy, et il trouva un SMS de celle-ci : « Appelle-moi ».

Il l'appela donc immédiatement.

— Allô, c'est Gabe.

— C'était horrible, répondit Amy entre deux sanglots.

— J'arrive tout de suite.

Comme Gabe s'engageait sur la route locale B, il vit le soleil se refléter dans le pare-brise d'une autre voiture, au bout de l'allée de chez Kendall. Sans y prêter plus d'attention, il accéléra et prit la direction du sud, vers Sturgeon Falls. La perspective de trouver Amy en larmes le terrifiait, mais il le méritait. Après tout, c'est lui qui l'avait convaincue de passer aux aveux.

Quelques minutes plus tard, il était arrivé. Il frappa à la porte, et il fallut un long moment à Amy avant de venir ouvrir. Elle avait les yeux rougis de larmes.

— Gabe, dit-elle d'une voix brisée, avant que les larmes ne l'interrompent.

— Laisse-moi entrer.

Une fois à l'intérieur, il la prit dans ses bras et la tint

contre lui pendant qu'elle pleurait toutes les larmes de son corps.

— Je n'ai pas fait de café, s'excusa-t-elle.

— Ne t'inquiète pas pour le café, dit-il en la faisant asseoir sur le canapé. Que s'est-il passé ?

— Exactement ce que je craignais, répondit-elle sur un ton amer. Il m'a rejetée, il est parti.

Gabe serra les poings puis il enlaça de nouveau Amy.

— Le salaud, jura Gabe entre ses dents.

— Ce n'est pas un salaud. Je me doutais que c'était une erreur de parler…

— Il reviendra. Il a parlé sous l'effet de la surprise et de la colère. Une fois qu'il sera calmé, il réfléchira et reviendra vers toi.

— Pourquoi est-ce que je n'ai pas pu lui mentir ? gémit Amy en se dégageant de l'étreinte de Gabe pour se moucher. Lui dire qu'il s'agissait d'un petit ami du lycée.

— Parce que tu es une fille bien et que tu n'as pas envie de bâtir ton avenir sur un mensonge par omission.

— Mais il ne serait pas parti…

Amy se retourna et attrapa quelque chose sur la table.

— Avant que je lui parle, il m'avait demandée en mariage, expliqua-t-elle en ouvrant l'écrin et en pleurant de plus belle. Et maintenant, il dit que je l'oblige à choisir entre Kendall et moi.

— Je suis persuadé qu'il a dit beaucoup de bêtises qu'il doit regretter aujourd'hui. Va donc te doucher pendant que je nous prépare un petit déjeuner.

— Tu n'as pas mangé chez Kendall ? Je suis pourtant

sûre que le petit déjeuner était parfait. Tout ce qui concerne Kendall est parfait.

— Arrête, Amy. Kendall n'a rien à voir avec ce qui arrive.

Kendall allait certainement être elle aussi anéantie. Allait-elle pleurer ? Il espérait sincèrement que non, car cela lui briserait le cœur de la voir pleurer à cause d'un mari qui ne l'avait jamais respectée.

Amy ferma les yeux et prit une profonde inspiration.

— Je suis injuste, je sais. Mais je souffre tellement, Gabe. J'étais en colère après ma rupture avec Carter, et j'avais peur. Tellement peur. Mais cette douleur n'était rien en comparaison de ce que j'éprouve aujourd'hui. J'ai l'impression d'un grand vide à la place de mon cœur. Cela me fait même mal de respirer.

— Je sais, dit-il.

Il aurait aimé pouvoir rassurer Amy, lui promettre que la douleur finirait par s'estomper puis disparaître, mais il savait que ce n'était pas vrai.

Elle se leva pour quitter la pièce et ajouta en regardant par-dessus son épaule.

— Il pensait que tu étais le père de Tommy.

— J'imagine qu'il n'est pas le seul.

— Est-ce que cela t'ennuie ?

— Pourquoi ?

— Je ne veux pas que l'on croie que tu as abandonné ton enfant, répondit-elle avec un air farouche.

— Que les gens pensent ce qu'ils veulent, dit Gabe avec un haussement d'épaules. Je n'y peux rien et je m'en moque.

Son regard fit le tour du petit séjour d'Amy, et il vit les dessins de Tommy au mur, le pot à crayons fabriqué à partir d'une canette de jus d'orange. Des œuvres d'art identiques décoraient son appartement à Milwaukee.

— Tommy et toi faites partie de ma vie. Vous m'avez apporté tellement. Et même si cela doit donner lieu à des ragots, cela valait la peine.

— Pourquoi es-tu revenu ? demanda Amy. Il n'y a rien à Sturgeon Falls pour toi, à part de mauvais souvenirs et du chagrin.

— Et vous, alors ? dit Gabe en s'efforçant de sourire. Je pense que votre présence compense largement toutes les remarques d'un Jim Donaldson.

— Gabe, franchement, est-ce que cette cérémonie valait bien la peine de revenir ici ? D'affronter tous ces souvenirs ?

Il pensa alors à Shelby, et au sourire qu'elle lui avait adressé après avoir réalisé le mouvement ciseau qu'il lui avait appris. Il pensa à Jenna, tapant de toutes ses forces dans une balle de tennis avec sa nouvelle raquette. Il revit aussi Kendall dans la cuisine la veille au soir, son odeur, son goût, la sensation de son corps contre le sien. Les sentiments qu'elle avait éveillés en lui.

— Oui, cela en vaut largement la peine, répondit-il enfin. Je t'assure.

Ensuite, il poussa gentiment Amy vers la salle de bains.

— Et te donner des ordres, pour une fois, en vaut aussi la peine. Maintenant, file sous la douche pendant que je m'occupe du petit déjeuner.

Une heure plus tard, Amy reconduisit Gabe à la porte.

— Vas-y, dit-elle en tentant de sourire. Tu as eu largement ton compte de larmes pour aujourd'hui.

— Veux-tu que j'aille récupérer Tommy et que je m'en occupe aujourd'hui ?

— Inutile. J'irai dans un petit moment.

— En es-tu sûre ? Je sais que tu n'as pas envie qu'il te voie dans cet état.

— Cela ira, merci.

Son sourire s'effaça, et ses yeux se remplirent une nouvelle fois de larmes.

— Je ne pleurerai pas devant Tommy, je te le promets. Je ne lui expliquerai jamais pour quelle raison George est parti.

— Tu as fait ce qu'il fallait, lui assura Gabe en posant une main sur les épaules de la jeune femme. Rappelle-toi de cela. Et si George n'est pas capable de regarder la vérité en face, c'est un pauvre type et tu n'y peux rien.

Elle regarda ailleurs.

— Est-ce censé m'aider à me sentir mieux ?

— Pas aujourd'hui ni demain. Mais un jour peut-être.

— Parles-tu en connaissance de cause ? demanda-t-elle en le regardant dans les yeux. As-tu fait le bon choix quand tu es parti, il y a sept ans ? Et est-ce que cela te réconforte et te tient chaud quand tu te retrouves tout seul, le soir ?

Il déposa un baiser sur le front d'Amy, puis détourna le regard.

— Cela n'a rien à voir.

— Je savais que tu allais me faire cette réponse, répondit Amy en serrant ses bras autour d'elle. Je sais que c'est le prix à payer pour ma faute. Je peux le comprendre, mais je peux ne pas être d'accord.

— Krippner est un idiot.

— Oui, mais c'était mon idiot à moi. Je me sens mieux, maintenant. Allez, file.

— D'accord, mais on se voit demain, promit-il. Et si tu as besoin, n'hésite pas m'appeler.

— Je ne suis pas sûre de comprendre pourquoi tu veux t'infliger un peu plus de ma compagnie, mais merci.

Elle le serra dans ses bras et ajouta :

— Tu es quelqu'un de si bon, Gabe.

— C'est ce que disent toutes les femmes qui m'inondent de leurs larmes. Prends soin de toi et de Tommy.

Du coin de l'œil, il aperçut une voiture qui passait lentement dans la rue et qui s'arrêta devant la maison d'Amy. Il se tourna pour voir Dylan Smith assis au volant, occupé à prendre des notes dans un calepin.

— Bon sang ! s'exclama Gabe en poussant Amy à l'intérieur de la maison. Ne sors pas tant qu'il est là. Et assure-toi bien qu'il soit parti avant d'aller chercher Tommy.

— Qui est-ce ?

— Un sale journaliste qui met son nez partout.

Amy se recula.

— Que veut-il ?

— On ne va pas tarder à le savoir.

Gabe partit en direction du trottoir et se pencha par la fenêtre de la portière de Smith.

— Que fichez-vous ici ?

Smith ferma les yeux et grimaça.

— Pitié, Townsend, inutile de crier. Je fais mon travail.

— Et qu'est-ce que cela signifie au juste ?

— Que je suis des pistes pour mon article.

— C'est plutôt moi que vous suivez.

Le sourire de Smith n'était qu'une pâle imitation de son sourire habituel.

— A ma connaissance, rien n'interdit de rouler sur des voies publiques.

— Que voulez-vous ? Que cherchez-vous ?

Smith rangea le calepin dans la poche arrière de son jean.

— Je cherche seulement des informations pour écrire un article. Les gens adorent lire les histoires des autres.

Avant que Gabe n'ait eu le temps de répondre, le journaliste démarra et partit sur les chapeaux de roues, manquant faire tomber Gabe.

Il regarda Smith disparaître au coin de la rue, puis il courut à sa voiture et démarra lui aussi en trombe. Il ne ralentit qu'une fois arrivé dans l'allée de Kendall.

Kendall sortait de la cuisine au moment où Gabe ouvrait la porte d'entrée. L'ignorant, il monta l'escalier quatre à quatre et essaya d'ouvrir la porte de la chambre de Smith. Quand il comprit que la porte était fermée à clé, il redescendit jusqu'à sa voiture pour prendre la trousse à outils qui se trouvait dans le coffre, puis il remonta.

D'un coup de tournevis, il ouvrit la vieille serrure qui n'offrit aucune résistance.

— Mais que fais-tu ? s'exclama Kendall, affolée.

— J'essaie de découvrir ce que Smith mijote, répondit Gabe en pénétrant dans la chambre.

Son regard balaya la pièce, remarquant un tas de linge sale sur le sol, un ordinateur portable — éteint — sur le bureau et des produits de toilette sur la commode. L'ordinateur était posé sur une pile de papiers, et Gabe décida de les consulter.

— Gabe, arrête, ordonna Kendall en le tirant par le bras. Tu n'as pas le droit. Tu ne peux pas pénétrer de force dans la chambre d'un client et la fouiller.

— Ecoute. Il m'a suivi ce matin, et il attendait quand je suis sorti de...

— Quand tu es sorti d'où ?

— Peu importe. Je veux savoir pourquoi il me suivait.

Il prit les papiers qui se trouvaient sous l'ordinateur et les examina rapidement, n'en croyant pas ses yeux. Il sentit une colère froide et profonde gronder en lui.

— Ces papiers te rappellent quelque chose ? demanda-t-il en les tendant à Kendall.

— Hors de question que je regarde les affaires appartenant à Dylan, répondit-elle en mettant ses mains derrière son dos.

— Non ?

Il choisit alors une feuille et commença à la lire :

— « Madame Van Allen, mon comptable m'a signalé que vous n'avez toujours pas réglé votre facture d'avril, pour le changement des plaquettes de freins de votre voiture. Merci de prendre contact avec moi le plus rapidement

possible pour que nous essayions de trouver une solution. »
Alors, c'est un courrier adressé à Smith ?

Kendall était devenue pâle.

— Quoi ? demanda-t-elle en arrachant le papier des mains de Gabe. Où a-t-il eu cela ?

— L'as-tu jeté à la poubelle ?

— Oui, répondit-elle les mains tremblantes.

— Tu n'as pas de déchiqueteuse ?

— J'avais le projet d'en acheter une quand je pourrais, mais j'imagine que c'est devenu une priorité désormais…

Gabe feuilleta le reste des papiers, et il trouva plusieurs documents portant le nom de Kendall. Et certains lui appartenant.

— Voilà le brouillon de mon discours, que j'ai jeté hier.

Il adressa alors à Kendall un regard sombre.

— Débarrasse-toi de lui. Mets-le dehors. Aujourd'hui.

Elle regarda la lettre qu'elle tenait toujours à la main, puis Gabe.

— Je ne peux pas. J'ai besoin de son argent.

— Tu préfères sans doute qu'il fouille ta poubelle et s'immisce dans ta vie privée ?

— J'achèterai une déchiqueteuse aujourd'hui.

Sa main se crispa sur le papier, et elle affichait une telle expression d'humiliation que Gabe eut envie de casser la figure de ce Smith.

— Par ailleurs, ajouta-t-elle, il vaut mieux l'avoir ici, pour garder un œil sur lui.

Gabe voulut lui proposer de payer pour la chambre de Smith uniquement pour se débarrasser de lui, mais il se ravisa car cela ne ferait qu'ajouter à l'humiliation de Kendall.

— Tu as raison, concéda-t-il malgré lui.

— Que faisons-nous de cela ? demanda-t-elle en montrant les papiers.

— Emporte-les.

Elle froissa la lettre du garagiste dans sa main.

— Je les emporterai quand je ferai le ménage dans la chambre.

Gabe prit la feuille dans la main de Kendall, la défroissa, puis la replaça dans le tas. Ensuite, il rangea le tas de papiers sous l'ordinateur.

— Tout ira bien, lui assura-t-il.

— Je vais chercher de quoi faire le ménage.

A ce moment, on entendit des pneus crisser sur le gravier de l'allée et Gabe lui prit le bras.

Elle regarda par la fenêtre.

— Il s'agit de mon frère et des filles. Je remonte dès que possible.

— Descends, dit-il. Je refermerai la porte.

Elle hocha la tête et descendit dans la cuisine. Gabe s'assura que les papiers étaient en place et referma la porte, puis il suivit Kendall.

Décidément, c'était la journée des coups de théâtre…

Chapitre 12

Dimanche après-midi

Gabe suivit Kendall au rez-de-chaussée et se rendit dans la salle à manger. George aurait peut-être suffisamment de bon sens pour ne pas raconter à sa sœur ce qu'il avait appris de la part d'Amy. Au moins tant qu'il n'aurait pas recouvré son calme.

— Les filles, pourquoi ne pas apporter ces muffins à Elena, et en profiter pour prendre de ses nouvelles ? Dites à sa mère que je passerai les voir plus tard, entendit-il Kendall déclarer parvint malgré la porte fermée.

— D'accord, répondit Shelby.

Ensuite, il entendit la porte de la cuisine se refermer.

Dans la salle à manger, Gabe se servit une nouvelle tasse de café. Il ferait mieux de retourner dans sa chambre pour ne pas déranger Kendall et George, qui devaient avoir une conversation privée et personnelle.

Néanmoins, George était en colère et contrarié, ce matin. Allait-il s'en prendre à Kendall ? Gabe n'en avait aucune idée, car il ne connaissait pas vraiment George.

Etant donné qu'aucun des hommes qui avaient fait, ou faisaient encore, partie de la vie de Kendall n'avaient semblé se préoccuper de son bien-être, Gabe éprouvait une certaine inquiétude.

Le père de Kendall l'avait en effet encouragée à épouser Carter, parce qu'il convoitait la fortune des Van Allen et le prestige de leur nom. Malheureusement, Carter avait changé sitôt après leur mariage : le garçon gâté mais bien intentionné s'était transformé en homme égoïste plus préoccupé par la satisfaction de ses propres plaisirs que par le bien-être de son épouse et de ses filles. Il s'était comporté comme si sa famille entravait sa vie.

Même Gabe s'était éloigné au moment où Kendall avait le plus besoin de lui.

Peu importe qu'elle n'ait pas voulu entendre parler de lui. Il aurait pu rester, tenir bon, et être là quand elle avait besoin d'aide. Mais à la place, sa culpabilité l'avait incité à fuir.

Comme il s'apprêtait à regagner sa chambre, accordant le bénéfice du doute à George Krippner, il stoppa net quand il entendit celui-ci élever la voix.

— J'admirais Carter. Je voulais lui ressembler. Tous mes amis voulaient lui ressembler. Mais il se trouve que, en fait, c'était le dernier des salauds. Il couchait avec Amy pendant que tu attendais Jenna.

— Il… Je l'ignorais, balbutia Kendall, sous le choc.

— Mais ton pote Townsend le savait, lui. Depuis longtemps.

— Je ne te crois pas.

George ricana.

— Amy me l'a dit. Il sait tout depuis le début.

— Alors, Tommy Mitchell est le demi-frère de mes filles, dit Kendall d'une voix dans laquelle perçaient l'étonnement et l'incrédulité.

— Ouais ! Nous formons tous une grande et belle famille ! Formidable, n'est-ce pas ?

— C'est le passé, George. Si tu aimes Amy, tu ne peux pas mettre cela de côté ?

La main de Gabe se crispa autour de la tasse. En dépit de son propre chagrin, Kendall tentait de réconforter son frère.

— Il a couché avec Amy ! Il est le père de Tommy ! Comment veux-tu que je passe l'éponge ?

La porte à moustiquaire vibra dans son cadre, comme si George avait donné un coup de pied ou de poing dedans.

— Et moi qui croyais que Carter et toi formiez un couple heureux ! Qui voulais qu'Amy et moi soyons comme vous autrefois ! Quelle ironie, tu ne trouves pas ?

Gabe pénétra à ce moment dans la cuisine.

— Assez, Krippner. Je sais que tu es hors de toi, mais ça suffit.

Il se tourna vers Kendall, qui était livide, et ajouta :

— Tu ne vois pas que ta sœur est bouleversée ? Tu ferais mieux de partir.

George lui adressa un regard furieux.

— Ça t'arrangerait, n'est-ce pas ? Comme ça, tu pourrais continuer à lui faire croire que tu es son ami, que tu t'occupes des filles. Où étais-tu pendant que ce salaud la trompait ? Tu le couvrais, voilà ce que tu faisais !

— Kendall a raison, tout cela est de l'histoire ancienne. Quelle différence, aujourd'hui ?

— Je ne connais pas Amy, finalement. Comme je ne connaissais pas Carter, ni même toi, lança amèrement George à Kendall.

Kendall saisit alors son frère par la manche et le secoua.

— Non, je ne t'ai pas raconté que Carter et moi avions des problèmes. Pourquoi l'aurais-je fait ? Les détails intimes de mon mariage ne te concernaient pas. Tu avais dix-neuf ans à la mort de Carter, et tu le vénérais.

Elle le secoua une nouvelle fois.

— Rentre chez toi et reprends-toi, George. Pense à Amy et Tommy. As-tu envie de les perdre pour quelque chose qui est arrivé il y a si longtemps ?

George se dégagea.

— Désormais, chaque fois que je regarderai Tommy, je verrai Carter. Je saurai qu'Amy a couché avec lui. Je ne sais pas si je peux le supporter.

Kendall semblait tellement abattue, avec ses bras passés autour d'elle et ses yeux exprimant une douleur profonde, que Gabe n'y tint plus. Il s'avança devant elle et poussa George, le faisant légèrement trébucher.

— Bon sang, Krippner. Quel est le problème ? Tu viens juste d'annoncer à Kendall que son mari l'avait trompée, et elle essaie de te réconforter. Est-ce que tu ne peux pas penser à quelqu'un d'autre que toi ?

— Tu étais au courant, n'est-ce pas ?

— Fiche le camp.

— Pourquoi ? Pour que tu puisses consoler Kendall ?

Tu étais plutôt doué il y a sept ans, n'est-ce pas ? Tu es parti sans jamais regarder en arrière, accusa George en adressant à Gabe un regard furieux. Elle n'a pas besoin de toi. A moins que tu n'aies encore une révélation à faire ? Quels autres secrets de Carter couvres-tu ?

Sur ces paroles, George partit en claquant la porte et descendit les marches du porche en courant.

— J'aurais aimé que tu l'apprennes d'une autre manière…

Kendall entendit à peine Gabe, et elle regarda la voiture de son frère disparaître, en emportant ses dernières illusions. La jeune femme avait la sensation de flotter au-dessus de son propre corps, comme si elle en était détachée. Elle avait du mal à croire que Carter ait toujours le pouvoir de lui faire du mal après toutes ces années. Et cette fois encore, Gabe avait été présent pour assister à son humiliation.

Est-ce que Carter et Gabe seraient toujours associés dans sa vie à ce qu'il y avait de pire ? Arriverait-elle, un jour, à penser à Gabe sans que l'ombre de Carter ne plane au-dessus d'eux ?

— C'est vrai ? demanda enfin Kendall, qui avait du mal à parler.

— Que Tommy est le fils de Carter ?

Elle hocha la tête.

— C'est vrai, répondit Gabe.

Elle tira alors une chaise et s'y laissa tomber.

— Shelby et Jenna ont donc un demi-frère…

— Oui.

— Carter m'a trompée, articula-t-elle avec difficulté. Il a eu un enfant avec une autre femme.

Gabe s'accroupit alors à côté d'elle.

— Tu n'y es pour rien, Kendall.

Il tenta de prendre la main de la jeune femme, mais elle la retira.

— Ne me touche pas, ordonna-t-elle.

Elle avait les nerfs à fleur de peau et le moindre contact déclenchait une douleur insupportable.

— Carter n'était pas raisonnable, expliqua Gabe d'une voix sombre. Il se comportait comme un enfant gâté qui cherchait absolument à attirer l'attention. Ce n'était pas le Carter avec lequel j'avais grandi.

La culpabilité déchira Kendall — la culpabilité qu'elle ressentait de l'avoir rendu ainsi.

— Veux-tu dire que c'est ma faute s'il m'a trompée ? S'il a changé ?

Sans le savoir, elle l'avait en effet peut-être poussé dans les bras d'Amy…

— Penses-tu que c'est à cause de moi qu'il se comportait ainsi ?

— Bien sûr que non, Kenny.

— Ne m'appelle plus ainsi ! s'exclama-t-elle en repoussant Gabe, qui bascula en arrière. Ne m'appelle plus *jamais* ainsi.

— Ce que Carter a fait ne change pas qui tu es, répliqua-t-il. Tu es la même personne que ce matin.

— Vraiment ?

Elle regarda autour d'elle — cette cuisine qu'elle avait aménagée de ses mains. Une pièce qu'elle aimait. Maintenant, il lui semblait que le fantôme de Carter était assis à table et l'observait avec un sourire cynique.

Ne sachant quoi faire, elle se leva et se posta devant la fenêtre. Le ciel était d'un bleu pur et sans nuages. Une journée d'été parfaite — pas le genre de journée au cours de laquelle on s'attend à sentir le sol s'ouvrir.

Kendall serra les dents pour ne pas pleurer. Gabe passa alors ses bras autour de sa taille et l'attira vers lui.

— Pleure, Kendall. Cela fait toujours du bien de pleurer, dit-il en posant la tête de la jeune femme contre son épaule.

— Non, je ne pleurerai pas ! s'écria-t-elle en le repoussant.

Elle refusait le réconfort qu'il lui offrait par peur de s'effondrer complètement à la moindre marque de compassion ou de tendresse. Pas question de se laisser aller devant Gabe : cette faiblesse risquait d'ouvrir une brèche en elle, un gouffre au bord duquel elle redoutait de basculer.

— Tu n'es pas obligée d'affronter cette épreuve seule, reprit Gabe. Laisse-moi partager ton fardeau, dit-il calmement.

— Partager ? répéta-t-elle en se dégageant dans un geste de colère. Alors que, de ton côté, tu as gardé pour toi seul des choses graves me concernant, pendant des années ? Tu ne m'as jamais parlé d'Amy. D'Amy et de Carter.

— Quand aurais-je dû t'en parler ? Quand tu es venue me voir à l'hôpital, après l'accident ?

Kendall tourna la tête. Elle avait voulu rendre visite à Gabe, s'assurer qu'il irait bien, mais elle n'en avait pas eu le courage. Quand elle s'était rendu compte que sa première pensée avait été pour Gabe et non pour son mari défunt, elle avait été submergée par la honte et s'était sentie incapable de se retrouver face à Gabe et à ses propres sentiments.

— Tu aurais dû m'en parler plus tôt. Au moment où tu l'as appris.

— A ton avis, quand l'ai-je appris ?

— Carter te racontait tout. Tu étais plus proche de lui que…

« Que moi, son épouse… », faillit-elle conclure.

— Tu penses que j'étais au courant, pour Amy, depuis le début ?

— Carter s'en est certainement vanté auprès de toi, répondit-elle sur un ton amer. Et notamment après la naissance de Tommy. Il avait toujours voulu un fils.

Elle n'avait jamais oublié la déception de Carter à la naissance de Jenna. Encore une fille. Il avait essayé de dissimuler sa déconvenue, mais elle l'avait vue dans son regard.

— Tu te trompes, assura doucement Gabe. Il adorait ses filles.

— Dans ce cas, il avait une manière bien particulière de le montrer.

Se rappelant le manque d'attention de Carter, son indifférence désinvolte, les yeux de la jeune femme se remplirent de larmes.

Gabe l'obligea à se tourner, et il l'enlaça pour l'empêcher de se dégager.

— Il avait honte de ce qui était arrivé avec Amy. Il ne m'a rien confié avant le soir de sa mort. Et alors, c'était seulement parce que nous étions…

Il ne termina pas sa phrase.

— Parce que vous étiez quoi ?

— Peu importe. Il regrettait ce qui était arrivé, et il regrettait de ne pas avoir respecté son mariage.

Il n'avait pas été le seul, et Kendall portait aussi sa part de responsabilité.

— Je ne te crois pas. Carter ne regrettait jamais rien.

— Il savait qu'il avait eu tort.

Son cœur s'ouvrait naturellement aux paroles de Gabe, et elle s'y refusa. Comme si Carter avait été capable de changer ! Si elle admettait cette absurdité, elle admettrait n'importe quoi. Or, la vérité, c'était qu'elle n'avait pas pu faire plus que ce qu'elle avait fait, pour sauver leur mariage.

— Est-ce que tout Sturgeon Falls est au courant ? Tout le monde sauf moi ?

— Arrête. Personne d'autre n'est au courant. Seulement toi, moi et George. Sturgeon Falls est une petite ville. Tu crois vraiment que tu n'en aurais pas entendu parler plus tôt, si tout le monde savait ?

Elle se recula, pour mettre un peu d'espace entre eux.

— Soit. Mais pourquoi ne m'as-tu rien dit après la mort de Carter ?

— A quel moment aurais-je dû te le dire ? demanda-t-il une nouvelle fois. Quand nous nous tenions devant la tombe de Carter ? Ou plus tard, quand tu essayais de reconstruire ta vie ? Quand tu m'as fait clairement comprendre que tu ne voulais plus entendre parler de moi ?

Elle frémit et détourna le regard. Il avait raison : elle

avait repoussé toutes les tentatives d'approche de Gabe. Elle avait refusé de répondre à ses appels et lui avait réexpédié toutes ses lettres sans les ouvrir.

— Carter était mort, dit-il. Et tu étais en colère contre moi. Tu ne voulais pas m'écouter. Et pour être honnête, je ne voulais rien te dire pour ne pas te causer encore plus de chagrin.

— Savais-tu qu'Amy avait prévu de tout révéler à George ? Est-ce pour cela que tu es revenu ? demanda-t-elle, avec la sensation que son cœur volait en éclats. Pour être là au moment de la grande révélation ? Etait-ce ta vengeance pour la manière dont je t'ai écarté de nos vies ?

— C'est ce que tu penses ?

La douleur qui se lisait dans le regard de Gabe toucha Kendall, et elle eut honte.

— Désolée Gabe. Je suis injuste.

— Je suis venu pour la cérémonie, répondit-il. Parce que je le dois à Carter. Il était mon ami. Il m'a fait une place dans sa famille pendant mon enfance, et je ne l'oublierai jamais. Et j'ai encouragé Amy à parler à George pendant que j'étais en ville, de manière à être présent si elle avait besoin de moi. Ou si toi, tu avais besoin de moi.

— Pourquoi, Gabe ? Je ne voulais même pas t'adresser la parole. Pourquoi revenir pour moi ?

— Je n'étais pas là quand tu as eu besoin de moi après le décès de Carter, et je voulais me rattraper.

— Je ne voulais plus entendre parler de toi, précisa-t-elle d'une voix tremblante.

— Peu importe. Les amis restent fidèles, quoi qu'il arrive.

— Est-ce ce que nous étions, Gabe ? Des amis ?

— Oui, nous étions amis. N'est-ce pas ?

Ce qu'elle lut dans les yeux de Gabe lui fit mal au cœur et sa gorge se serra.

— S'il te plaît, murmura-t-elle, ne me regarde pas ainsi.

— Comment ?

— Comme si c'était important. Comme si cela comptait pour toi.

— Mais tu comptes pour moi ! Et c'est important.

— Tu penses avoir une dette envers moi, à cause de la mort de Carter. Mais je refuse, dit-elle sur un ton devenu cassant. J'ai juré de ne plus jamais être un fardeau pour personne.

— Tu n'es pas un fardeau, assura-t-il en caressant la joue de la jeune femme. Tu ne laisses donc jamais personne t'aider ?

— Je n'ai pas besoin d'aide.

— Et tu n'as pas non plus besoin de discuter du passé ?

— Non, répondit-elle la gorge serrée. Cela ne changerait rien.

— Peut-être que si.

— Peu importe que nous en discutions ou non. Nous pourrions passer notre vie à en parler, et le fantôme de Carter serait toujours présent. Il sera toujours là.

— Pas si nous faisons en sorte de nous en libérer, répondit Gabe en prenant les mains de Kendall dans les siennes. Si tu refuses de parler du passé, alors parlons du présent, et de l'avenir ? Je regrette de ne pas avoir vu les

187

filles pendant toutes ces années. Je me souviens combien je m'amusais avec Shelby, et combien j'aimais regarder Jenna quand elle était bébé. J'ai envie de passer du temps avec elles aujourd'hui, et d'apprendre à les connaître. Si tu me le permets, bien entendu.

La scène qui s'était déroulée dans la cuisine la veille au soir s'imposa à l'esprit de Kendall, éveillant son désir. Un désir qu'elle s'ordonna d'ignorer.

— Tu as tué leur père. A ton avis, comment vont-elles réagir le jour où elles comprendront ?

Il lâcha les mains de Kendall et lui tourna le dos.

— Toujours aussi directe, n'est-ce pas ?

— Je suis réaliste. Je ne veux pas que tu nourrisses de faux espoirs.

— Moi, ou bien Shelby et Jenna ?

— Je ne veux pas non plus qu'elles souffrent, répondit-elle, tout en se sentant renforcée par son besoin de les protéger. Je ne veux pas qu'elles s'attachent à toi, car elles risquent d'être anéanties le jour où elles apprendront la vérité.

— Vas-tu leur dire ce qui est arrivé ? demanda-t-il calmement.

— Je n'en aurai pas besoin. Elles en entendront parler, tôt ou tard. Et d'autant plus tôt qu'elles passeront plus de temps avec toi. Tu sais comme moi combien les gens aiment faire courir des rumeurs.

— Donc, je devrais partir ? Pour protéger Shelby et Jenna. Pour te protéger.

— Je n'ai pas besoin de protection.

— Je pense que tu as envie d'être protégée, Kendall.

De toi-même. De ce que tu as ressenti lorsque je t'ai embrassée hier soir. Je n'étais pas seul, pendant ce baiser. Tu partageais mon désir.

— C'était une erreur. J'étais fatiguée, et stressée. C'est tout.

— Du stress ?

Il laissa glisser un doigt sur sa joue puis le long de son cou jusqu'à son épaule. Elle fut traversée par une onde de chaleur.

— C'était un moment stressant pour moi aussi, ajouta-t-il dans un murmure, et je suis content que tu aies partagé mon « stress », comme tu dis.

Elle écarta sa main d'un petit geste sec.

— N'interprète pas de travers.

Avant qu'il puisse répondre, Kendall entendit Shelby et Jenna dans le jardin et elle éprouva un profond soulagement.

— Les filles sont de retour, annonça-t-elle en ouvrant la porte.

— Coucou, maman, lança Jenna avant de s'arrêter net. Que se passe-t-il ? demanda-t-elle en regardant tour à tour sa mère et Gabe.

— Il ne se passe rien, ma chérie, lui assura Kendall en s'obligeant à sourire. Comment va Elena ?

— Bien, répondit Jenna, qui ne quittait pas sa mère des yeux. Où est oncle George ? Toujours grognon ?

— Oncle George a dû repartir. Salut Shel.

Shelby plongea sa main dans le bocal à cookies pour attraper un cookie aux pépites de chocolat.

— Nous avons vu Elena, annonça-t-elle la bouche pleine.

— Comment va-t-elle ?

— Son front est tout bleu, répondit Shelby avec délectation.

— C'est vraiment dégoûtant, ajouta Jenna en plissant son nez.

— Et elle a mal à la tête.

— J'irai la voir plus tard. Ils ont peut-être besoin de quelque chose mais, avant cela, nous avons de l'occupation qui nous attend. Comme le ménage dans les chambres des clients, rappela Kendall à ses filles.

— D'accord ! répondirent en chœur les deux fillettes en partant en courant dans l'escalier.

Gabe fronça les sourcils.

— J'avais oublié Smith, dit-il à voix basse. Et les papiers dans sa chambre. Qu'allons-nous faire ?

— *Nous* n'allons rien faire, répondit-elle d'une voix ferme. *Je* vais faire le ménage dans sa chambre, et me débarrasser de ces papiers.

— Et que se passera-t-il quand il se rendra compte qu'ils manquent ?

— Que peut-il me dire ? Au fait, où sont les papiers que j'ai volés dans votre poubelle ? Il est plus intelligent que cela.

Elle vit la mâchoire de Gabe se crisper, et elle devina qu'il n'était pas content.

— Bon sang, Kendall. Tu n'es pas obligée de…

— Cette affaire me concerne, et je peux la régler seule.

190

Elle se tourna pour quitter la pièce mais ajouta :

— Si tu veux te rendre utile, va m'acheter une déchiqueteuse. Je te passe ma carte de crédit.

— Je n'ai pas besoin de ta carte de crédit, gronda-t-il tout en sortant par la porte arrière. Et garde ton portable avec toi, au cas où tu aurais besoin d'appeler à l'aide.

— Tu ne crois pas que tu en rajoutes un peu ?

— J'espère. J'espère vraiment…

Chapitre 13

Dimanche après-midi

— Donne-moi la boîte, demanda Jenna en haussant le ton. C'est à mon tour de mettre le shampoing et le savon. Toi, tu dois accrocher les serviettes.

— Je fais ce que je veux, répondit Shelby sur un ton marquant sa supériorité de grande sœur.

— Ce n'est pas juste, protesta Jenna. Donne-moi ça !

Le bruit obligea Kendall — qui faisait le ménage dans la chambre de Dylan Smith — à intervenir.

— Les filles, que se passe-t-il ?

Silence… Puis elle entendit le bruit des petites bouteilles de shampoing que l'on replaçait dans la boîte où elles étaient rangées.

— Tout va bien. Nous avons terminé notre travail, annonça la voix de Shelby sur un ton bien sage. Que devons-nous faire ensuite ?

Normalement, elle leur donnait autre chose à faire, un travail différent chaque semaine. Aujourd'hui, elle jeta un coup d'œil par la fenêtre, guettant la voiture de Dylan, et elle jugea préférable que les filles ne soient pas présentes en cas d'affrontement.

— Avez-vous déposé les draps et les serviettes sales à côté de la machine à laver ? demanda Kendall.

— Oui ! répondirent-elles en chœur.

— Bon, alors vous pouvez sortir jouer, mais restez en dehors du verger et ne vous approchez pas du lac tant que je n'ai pas terminé ici.

— Vraiment ? Tu ne nous donnes rien d'autre à faire ?

Les fillettes échangèrent un regard étonné, puis elles descendirent les escaliers en courant, comme si elles craignaient que leur mère ne change d'avis. Kendall sourit et mit l'aspirateur en marche.

Quand elle l'éteignit, elle trouva Dylan qui était appuyé contre la porte et qui l'observait.

— Dylan…

Elle jeta un coup d'œil en direction du sac poubelle posé, ouvert, contre le mur, puis elle enroula le cordon de l'aspirateur.

— Comment évolue votre migraine ?

— Ça va mieux, répondit-il en s'avançant dans la chambre. Votre cocktail est magique.

— Mon père ne jurait que par ça.

Elle passa à côté de lui pour mettre l'aspirateur dans le couloir, puis elle noua le sac poubelle d'un air dégagé.

— Donnez-moi encore quelques minutes et j'en ai terminé.

— Prenez votre temps.

Elle surprit le regard de Dylan qui balayait la pièce et s'arrêta sur le bureau : les papiers avaient disparu.

— Vous avez nettoyé ma chambre à fond, observa-t-il. J'avais laissé du désordre, ce matin.

— Pas de problème, répondit-elle avec un large sourire. C'est mon travail de m'assurer que vous disposez de tout ce dont vous avez besoin. A condition que vos requêtes et vos exigences restent raisonnables, bien entendu, ajouta-t-elle en soutenant son regard.

— Bien entendu.

Il sourit, reconnaissant sa défaite.

Elle remit la couverture et le dessus-de-lit en place, passa une dernière fois son chiffon à poussière sur la commode puis sortit dans le couloir.

— Voilà, dit-elle légèrement.

Dylan referma la porte sans ajouter un mot. Kendall prit une profonde inspiration et attrapa le sac poubelle pour le descendre. Une fois dans son bureau, elle sortit les papiers qu'elle avait pris sur le bureau de Dylan, les fourra dans son meuble de classement et ferma celui-ci à clé.

Elle avait terminé son ménage et jeta le reste des ordures dans les grandes poubelles qui se trouvaient dans le local à poubelles. C'est à ce moment qu'elle entendit une voiture arriver.

Gabe.

Ignorant les battements précipités de son cœur, elle referma le local à poubelles et chercha les filles du regard. Shelby jouait sur la plage, et Jenna était allongée sur le ventre à côté d'elle, occupée à lire.

— Ne t'approche pas davantage de l'eau, cria Kendall.

Malgré la distance, elle vit Shelby lever les yeux au ciel.

Quand elle rentra dans la cuisine, Gabe l'attendait.

— J'ai déposé la déchiqueteuse dans ton bureau, l'informa-t-il à voix basse.

— Merci.

Elle essaya de passer à côté de lui sans le regarder, mais il l'arrêta en posant une main sur son bras.

— Vas-tu me raconter ce qui est arrivé ? Je sais que Smith est ici. J'ai vu sa voiture.

— Laisse-moi terminer et ensuite nous irons dehors, chuchota-t-elle.

Elle prit tout son temps pour terminer ses corvées ménagères car elle n'était pas pressée de se retrouver en tête à tête avec Gabe. L'âpreté de leur dernière discussion la hantait encore et elle redoutait de se lancer dans une nouvelle conversation. Quand il lui fut impossible de reculer davantage, elle rejoignit Gabe sous le porche arrière. Ses cheveux étaient ébouriffés, comme s'ils avaient été chahutés par le vent. La tête appuyée contre la main courante, il gardait les yeux fermés.

— Il faut que j'aille prendre des nouvelles d'Elena, lui dit-elle. Nous pourrons parler à mon retour.

— Je t'accompagne.

Elle accéléra le pas pour mettre un peu de distance entre eux et se dirigea vers les filles.

— Nous allons voir Elena, annonça-t-elle.

— Je veux venir, cria Shelby.

Les deux fillettes se levèrent et coururent en direction du verger, prenant de l'avance sur Kendall et Gabe. Jenna serrait précieusement son livre contre elle, et le livre était presque aussi gros qu'elle.

— Besoin de chaperon ? demanda Gabe avec un léger sourire en coin.

— Non, rétorqua Kendall en le regardant fixement. Je suis assez grande pour m'occuper de moi toute seule. Mais je n'aime pas les savoir seules sur la plage.

— Bien, j'ai compris. Je vais éviter tout sujet à caractère trop personnel... Est-ce que Smith est rentré pendant que tu étais dans sa chambre ?

— En effet, lui répondit-elle avant de lui relater ce qui était arrivé. Il savait que j'avais pris les papiers, et il se comportait comme s'il s'agissait d'un grand jeu. Comme si j'avais gagné cette manche mais que la partie n'était pas terminée.

— Ça, c'est sûr que la partie n'est pas terminée, dit Gabe d'une voix grave. Pas tant que je n'aurai pas trouvé ce qu'il mijote.

— Ce n'était pas illégal de fouiller dans mes ordures, lui rappela-t-elle. Si on lui demande pourquoi, il répondra qu'il ne faisait que son travail de journaliste d'investigation.

— Oui, mais quel genre d'article écrit-il ?

— Garde tes distances avec lui, Gabe. Ne prends pas toute cette affaire trop à cœur, sinon sa curiosité n'en sera que plus piquée.

Elle repoussa une branche basse.

— Je ne veux pas qu'il découvre la vérité au sujet d'Amy et de Tommy, reprit Kendall.

— Tu peux compter sur Amy et moi pour garder le silence. Tu ferais mieux de prévenir George de la boucler.

— J'essaierai, mais George est suffisamment en colère pour faire quelque chose de stupide.

— Dans ce cas, empêche-le d'approcher de la maison. Je ne souhaite pas me battre avec ton frère, ajouta Gabe en posant une main sur le bras de Kendall, mais s'il parle de quoi que ce soit à Smith, il y aura de la bagarre.

— Je ferai de mon mieux, promit-elle en s'éloignant de lui.

Ils sortirent de l'ombre du verger et approchèrent d'une rangée de coquettes petites maisons de plain-pied dans lesquelles les ouvriers logeaient à la saison de la cueillette des cerises. Shelby et Jenna attendaient impatiemment devant l'une d'elles.

Comme Kendall s'apprêtait à sonner, elle entendit une voix familière à l'intérieur : Dylan, qui parlait en espagnol.

Gabe s'approcha et l'empêcha de sonner.

— Mais que fait-il ici ?

Ils se regardèrent un moment, puis Kendall dit :

— Allons voir pour en avoir le cœur net.

La mère d'Elena vint leur ouvrir la porte.

— Bonjour.

— Je suis venue prendre des nouvelles d'Elena, expliqua Kendall en espagnol.

— Je vous en prie, entrez.

Ils pénétrèrent dans le petit salon. Dylan était assis sur le canapé à côté d'une femme âgée, et Elena était allongée par terre et elle lisait une revue. Dès qu'elle vit les filles, elle sauta sur ses pieds.

— Salut Shelby et Jenna ! lança-t-elle, les yeux pétillants. Vous êtes revenues.

— Dylan, vous ici ? s'écria Kendall.

— Je m'entretiens avec la *señora* Gutierrez.

— Le *señor* Smith a été très gentil, précisa la mère d'Elena avec un sourire. Très respectueux.

Son expression se radoucit en regardant la vieille femme.

— Ma mère ne reçoit pas beaucoup de visites, et les enfants ont déjà entendu toutes ses histoires à de nombreuses reprises.

— De quoi parliez-vous donc avec la *señora* Gutierrez ? demanda Kendall à Dylan.

— De choses et d'autres, répondit-il en se levant.

Ensuite, il se tourna vers la vieille femme et lui dit :

— Je vous remercie pour votre accueil. Je passerai une autre fois, quand je vous dérangerai moins.

Comme il se dirigeait vers la porte, Kendall se posta devant lui :

— Je crois qu'il faut qu'on parle, vous et moi.

— Quand vous voulez, répondit-il en l'esquivant.

Il y eut un moment de silence gêné quand la porte se referma derrière lui, puis Kendall sourit à la mère d'Elena.

— J'ignorais que vous connaissiez M. Smith.

— Mon mari a fait sa connaissance samedi soir, au Blue Door. Quand il a appris que ma mère logeait avec nous, il a demandé s'il pourrait lui parler. Il s'intéresse à l'histoire du verger.

— L'histoire du verger ?

— Oui, quand elle venait ici pour ramasser les cerises à l'époque du vieux M. Van Allen.

— C'était il y a longtemps, remarqua Kendall.

La mère d'Elena sourit.

— Ma famille vient travailler ici depuis de nombreuses années.

— M. Smith est l'un de mes clients. Je suis désolée s'il vous a importunés.

— Importunés ? Bien sûr que non ! Au contraire, cela fait du bien à ma mère d'avoir de la compagnie.

— Oui, bien sûr…

Kendall émit un soupir discret puis elle regarda les filles, assises par terre. Elena feuilletait le *Harry Potter* de Jenna avec beaucoup d'intérêt.

— Comment va Elena ?

— Elle va bien. Merci de l'avoir emmenée chez le médecin. Nous vous sommes reconnaissants pour votre aide.

— Je suis désolée pour l'accident.

— Les racines des arbres se voient mal dans le noir, mais elle n'aurait pas dû courir dans le verger la nuit. Elle a un peu mal à la tête, mais elle se sentira mieux dans un jour ou deux.

Ensuite, Mme Montoya partit dans la cuisine et revint avec l'assiette dans laquelle se trouvaient les muffins que Jenna et Shelby avaient apportés un peu plus tôt.

— Et merci pour les gâteaux.

— Je vous en prie.

Elles parlèrent pendant encore quelques minutes, puis Kendall annonça :

— Nous allons partir pour vous laisser profiter de votre dimanche. Prévenez-moi si Elena a besoin de quelque chose.

— Merci.

— Elena a besoin de se reposer, les filles, dit Kendall.

Shelby et Jenna se levèrent à contrecœur et Jenna reprit son livre. Après avoir promis à Elena de revenir prendre des nouvelles le lendemain, ils repartirent vers la maison.

— Que prépare cette petite vermine ? marmonna Gabe.

— Tu comprends l'espagnol ? demanda Kendall.

— Suffisamment pour savoir que Smith tentait de tirer les vers du nez d'une vieille femme.

— Dylan est un charmeur. Je veux savoir pourquoi il essaie de charmer mes voisins et mes employés.

— Nous trouverons, fais-moi confiance.

Toutefois, Dylan était parti quand ils arrivèrent à Van Allen House. Le regard de Gabe était froid et dur en observant la place de parking habituelle du journaliste.

— Je vais l'attendre.

— Gabe, je vais lui parler. Il a loué une chambre chez moi, il questionne mes employés. Je m'en charge.

— Tu fais ce que tu veux, répondit-il, le regard implacable.

Kendall eut soudain l'impression de ne plus connaître Gabe, et elle se sentit mal à l'aise.

— Je vais faire ce que je dois faire, ajouta-t-il.

— Et moi je veux que tu le laisses tranquille. Je ne veux pas que tu le harcèles.

— Le harceler ? répéta-t-il sur un ton sarcastique. Je ne harcèle personne. Je veux seulement lui poser quelques questions.

— Tu vas lui faire peur.

— A t'entendre, on croirait que c'est une mauvaise chose…

— En effet. Il pourrait…

Partir. Elle se tut car elle ne pouvait dire cela devant Gabe alors que c'était exactement ce qu'il cherchait : faire partir Dylan. Or, elle ne pouvait se le permettre. L'argent de Dylan assurerait le règlement de certaines factures en attente, comme celle du garagiste qu'il avait trouvée dans la poubelle.

— Si tu essaies de l'effrayer, il sera convaincu que nous essayons de dissimuler quelque chose, et il se montrera encore plus curieux.

— Il a interrogé une vieille femme qui peut à peine parler anglais, répliqua Gabe. Je le trouve déjà suffisamment curieux.

— Garde tes distances, et laisse-moi faire.

Il la fixa longuement du regard, puis ses yeux s'adoucirent et il lui adressa un sourire empreint d'ironie.

— J'essaie de te protéger et tu piétines mon ego de mâle. Est-ce que tu ne peux pas ravaler ta fierté et me laisser m'occuper de ce journaliste pour toi ?

Instinctivement, elle posa sa main sur le bras de Gabe.

— Merci, Gabe. Je sais que tu cherches à m'aider et

j'apprécie vraiment. Mais c'est mon problème. Dylan est mon client et c'est à moi de régler cette histoire.

Il regarda la main de la jeune femme posée sur son bras.

— Soit, je te laisse t'occuper de Smith, dit-il en prenant sa main sur laquelle il déposa un léger baiser. Mais s'il t'ennuie, je me charge de lui.

Elle laissa sa main dans celle de Gabe pendant une fraction de seconde de trop, puis la retira.

— Il ne va pas m'embêter. Dylan obtient ses informations en charmant les gens, pas en les menaçant, et moi je suis immunisée contre le charme.

— C'est bon à savoir, répondit Gabe avec un petit sourire.

— Tu n'essaierais pas de me charmer, Gabe. Tu es trop honnête pour cela.

Gabe la regarda partir. « Si tu savais, Kendall, si tu savais », songea-t-il alors. C'était justement faute d'honnêteté qu'il avait quitté Sturgeon Falls puis qu'il y était revenu.

A présent, il fallait qu'il rétablisse la vérité. Cet élan mettrait-il un point final à leur relation au lieu de la relancer comme il le souhaitait ? Il n'avait pu résister à l'envie d'embrasser Kendall, hier. Et si jamais la chance de recommencer se présentait encore, il la saisirait.

Il était remonté dans sa chambre pour travailler sur son discours quand il entendit claquer la porte d'entrée. les filles étaient encore dans le jardin — il les voyait depuis sa fenêtre. Alors, c'était peut-être Smith…

Il descendit et se rendit dans la cuisine. Comme Kendall l'interrogeait du regard, il montra la cafetière :

— J'ai besoin de ma dose.

— Tu devrais apprendre à mieux mentir, répondit-elle. Ce n'était pas *lui*.

D'un signe de tête, elle indiqua alors une jeune femme de grande taille portant ses cheveux blonds courts, et qui était appuyée contre le plan de travail.

— Je te présente Charlotte Burns, la cousine de Carter. Charlotte, est-ce que tu te souviens de Gabe Townsend ?

— Bien entendu, répondit Charlotte en se penchant pour serrer vigoureusement la main de Gabe. Vous étiez un ami de Carter, n'est-ce pas ?

— En effet, répondit Gabe en observant la jeune femme. Mais j'avoue ne pas me souvenir de vous.

— Evidemment, dit-elle avec un grand sourire. J'étais plus jeune que Carter et vous, et je le vénérais à distance.

— La mère de Charlotte et celle de Carter étaient sœurs, précisa Kendall. Elle a passé du temps avec la famille de Carter pendant son enfance.

La jeune femme continua de sourire, mais une ombre voila ses grands yeux bleus.

— Une grande et heureuse famille, dit-elle sur un ton ironique. Il faut que je file, Ken. A plus tard.

— Tu ne restes pas dîner avec nous ? s'étonna Kendall, en se tournant vers un paquet emballé dans du papier journal et posé sur la table de la cuisine.

— Pas ce soir. J'ai aussi un poisson pour Kate, et ensuite je dois m'occuper de mon bateau. Le moteur a du mal à démarrer, et je préfère le regarder avant qu'il ne tombe en panne pour de bon.

Kendall embrassa Charlotte et la raccompagna à la porte. Quand elle revint, elle prit le paquet et le déposa dans le réfrigérateur.

— Un saumon, expliqua-t-elle à Gabe.

— Ta cousine t'apporte du poisson ?

Kendall sourit.

— Charlotte loue des bateaux de pêche à côté de Sturgeon Falls, et tu serais étonné du nombre de personnes qui pêchent mais qui ne veulent pas de leur poisson.

A ce moment, les portes battantes s'ouvrirent et Dylan entra.

— Townsend, dit-il en saluant Gabe d'un signe de tête. Dites-moi, Kendall, qui était cette superbe blonde dans le pick-up ?

— Charlotte, la cousine de Carter.

— Dommage, répondit Dylan en souriant. J'espérais qu'elle serait une nouvelle cliente.

— Eh non… Au fait, Dylan, que faisiez-vous chez les Montoya ? Pourquoi interrogiez-vous la grand-mère d'Elena ?

— A vous entendre, on croirait que je la torturais ! répondit-il avec un sourire qui creusa des fossettes de chaque côté de sa bouche. Je m'entretenais simplement avec une vieille dame qui aime avoir de la compagnie.

— Je doute que vous lui ayez rendu visite par pure bonté, rétorqua Kendall. J'ignore ce que vous cherchez, mais je vous interdis de harceler mes saisonniers, particulièrement un dimanche. C'est leur seul jour de repos, et vous feriez mieux de les laisser tranquilles.

— Je ne la harcelais pas. Nous parlions, c'est tout. Les personnes âgées aiment raconter leurs souvenirs.

— Dans ce cas, demandez plutôt à votre grand-mère de vous raconter les siens. Je vous interdis de profiter de vieilles personnes vulnérables pour votre article.

Smith grimaça, et son sourire disparut.

— Je n'ai pas de grands-parents, répondit-il un peu sèchement. J'ai apprécié parler avec la *señora* Guttierez, et je pense qu'elle aussi a apprécié parler avec moi. Sa famille travaille pour vous, mais cela ne signifie pas qu'ils vous appartiennent. Je retournerai lui parler quand bon me semblera.

Chapitre 14

Dimanche soir

Assis devant son bureau, Gabe repoussa son siège et s'étira. Il était si fatigué, qu'il lui semblait voir danser les chiffres sur l'écran de son ordinateur portable. Le craquement de son fauteuil sur le parquet résonna dans le silence — un silence que perturbait à peine le murmure discret et distant des vagues mourantes sur la plage.

La lune scintillait au-dessus des eaux noires du lac Michigan et des ombres vacillaient dans le jardin de Kendall. Il faudrait vraiment qu'elle éclaire mieux que cela l'arrière de sa maison. Dans cette obscurité, un rôdeur pouvait se faufiler et se cacher comme il voulait.

Après avoir éteint son ordinateur, Gabe ouvrit la porte de sa chambre. Des éclats de rire montèrent du rez-de-chaussée. Il fut alors envahi par un sentiment de solitude, et il décida de descendre.

Kendall, Shelby et Jenna étaient assises autour de la table de la salle à manger, et elles jouaient à un jeu de société. Shelby leva les bras dans un geste de menace, puis elle passa ses dents du haut sur sa lèvre inférieure. Jenna l'observa un moment, puis elle cria :

— Vampire !

Avec un sourire, Shelby se laissa retomber contre le dossier de son siège.

— Trouvé, Jen.

Ravie, Jenna déplaça son pion.

Quand Kendall leva les yeux et aperçut Gabe appuyé contre le cadre de la porte, elle s'immobilisa pendant un moment puis lui adressa un grand sourire.

— Nous jouons à Cranium, dit-elle. As-tu envie de te joindre à nous ?

— Vous êtes au beau milieu d'une partie, répondit-il. Je ne voudrais pas vous interrompre.

Il alla se servir un verre d'eau, et au moment où il revint, c'était de nouveau le tour de Shelby. Elle tira une nouvelle carte et sourit.

— J'ai encore une carte Etoile Montante.

— Shelby tire toujours les cartes Etoile Montante, se plaignit Jenna. Ce n'est pas juste.

Gabe s'assit à côté de Jenna.

— En quoi consistent les cartes Etoile Montante ?

— Ce sont des cartes où il faut chanter ou mimer, expliqua Jenna. Ce sont les préférées de Shelby. Elle tombe toujours dessus, et elle est très bonne.

— Et toi, quelles sont tes cartes préférées ?

— Les Neuronautes et les Vocabuver, répondit Jenna. Il faut deviner des mots.

— Je parie que tu es douée avec ces cartes parce que tu aimes beaucoup lire, observa Gabe.

Il prit appui contre le dossier de son siège et regarda Shelby lever ses bras, tournoyer sur elle-même et se balancer d'un côté sur l'autre pour mimer une tornade. Elle était réellement douée.

— Très jolie tornade, Shel, dit-il. C'était très bien joué.

— Quand je serai grande, je veux être actrice, déclara la fillette.

— C'est vrai ?

— Oui. Je commencerai au lycée. Il y a des cours de théâtre.

— Tu n'es pas obligée d'attendre aussi longtemps.

Il lança ensuite un coup d'œil à Kendall, se rappelant de leur récente conversation au sujet de Shelby et du théâtre.

— Je sais qu'une troupe de Tin Harbor donne des cours de théâtre et monte des pièces pendant l'été. Du reste, T...

Mais il s'arrêta, car il ne trouvait pas judicieux de mentionner Tommy Mitchell pour l'instant.

— Tu devrais te renseigner.

— Vraiment ? demanda la fillette dont le regard pétillait. Je peux, maman ?

— Je vais me renseigner, d'accord ? dit Kendall avec un sourire forcé, puis elle adressa à Gabe un regard exprimant à la fois sa résignation et un léger ressentiment.

— D'accord, répondit Shelby en se rasseyant. A ton tour, maman.

Gabe resta dans la salle à manger à les regarder jouer.

Une fois la partie terminée sur la victoire de Jenna, Kendall se leva.

— Je vais préparer un petit en-cas pendant que vous rangez le jeu, annonça la jeune femme avant de disparaître dans la cuisine.

Gabe la suivit.

— Besoin d'aide ?

— Il n'y a rien à faire, répondit Kendall en posant des bols sur le plan de travail et en attrapant une boîte de glace dans le congélateur.

— Que se passe-t-il ?

— Rien.

Elle referma la porte du congélateur avec un peu trop de vigueur, puis plongea une cuiller à glace dans la boîte.

Gabe posa sa main sur celle de la jeune femme, prit la cuiller et commença à servir la glace.

— Dis-moi ce qui ne va pas, Kendall.

Elle soupira.

— J'aurais préféré que tu ne parles pas des cours de théâtre à Shelby.

— Pourquoi cela ? demanda-t-il en fronçant les sourcils. Elle veut devenir actrice, et il y a des cours pas loin. Quel est le problème ?

Kendall glissa un torchon dans la poignée du four.

— J'ai entendu parler de cette troupe, expliqua-t-elle calmement. Leurs cours sont d'un très bon niveau, mais ils coûtent cher et les enfants doivent fournir leurs costumes et leur maquillage. Tu as vu le courrier du garagiste : je ne peux même pas payer les réparations de ma voiture. Maintenant, je suis coincée.

Avant qu'il puisse répondre, Kendall avait attrapé deux bols de glace et était repartie dans la salle à manger. Il prit les deux autres bols et la suivit.

— Est-ce que nous pouvons regarder les photos pendant que nous mangeons notre glace ? demanda Shelby. Tu as promis que nous pourrions choisir celles que nous voulions pour le stade.

— Evidemment. Allez les chercher.

— Non ! Allons plutôt les regarder dans ta chambre. C'est toujours là que nous les regardons, dit Shelby.

— D'accord, mais faites attention à ne pas renverser de glace sur mon lit.

Les fillettes partirent en direction des escaliers, mais Shelby revint sur ses pas et passa sa tête dans la salle à manger :

— Tu viens avec nous, oncle Gabe ?

— Je préfère vous laisser en famille, Shel.

— Mais tu fais partie de la famille, répondit-elle en souriant. Alors viens.

— Je voulais dire que c'était réservé à toi, ta sœur et votre mère.

— Maman ! appela Shelby. Est-ce qu'oncle Gabe peut venir regarder les photos avec nous ?

Le silence fut un peu trop long, et Kendall répondit enfin :

— Bien sûr.

— Peut-être une autre fois, Shel. D'accord ?

— Non ! rétorqua la fillette en tapant du pied. Tu fais partie de la famille et il faut que tu nous aides à choisir les photos.

Qu'était-il censé répondre à cela ?

— Bon, d'accord. J'arrive.

Il suivit Shelby jusqu'au deuxième étage, hésitant devant la chambre de Kendall. La pièce était peinte en jaune clair, avec des meubles blancs et un parquet brut. Les tapis étalés par terre semblaient légèrement élimés et vieux, comme ceux du rez-de-chaussée, et le dessus-de-lit et les rideaux étaient en tissu jaune à fleurs bleues.

A l'image du reste de la maison, la pièce était paisible et accueillante. Kendall, pour sa part, semblait mal à l'aise et elle se redressa quand elle aperçut Gabe.

— Entre, Gabe, dit-elle sans le regarder.

— Ce n'était pas mon idée, s'excusa-t-il à voix basse.

— Je sais, répondit-elle dans un soupir, en prenant un album qui se trouvait dans la bibliothèque. J'aurais dû te le demander moi-même. On te voit beaucoup sur ces photos.

Kendall regarda ensuite ses filles, qui s'amusaient à rebondir sur le lit, puis elle lança un coup d'œil à Gabe. Elle rougit.

— Les filles, venez vous asseoir par terre. Le lit n'est pas assez grand pour nous quatre.

Elle s'assit ensuite par terre sans le regarder, et Gabe s'installa à côté de Jenna.

L'un après l'autre, de nombreux souvenirs resurgirent dans sa mémoire pendant que Kendall tournait les pages de l'album : Carter sur la plage, montrant un poisson qu'il venait de pêcher ; Carter et Kendall enlacés.

— Celle-ci, dit Jenna. C'est ma maman et mon papa.

— Bon choix, répondit Kendall, en sortant la photo de sa pochette. C'était juste après que j'aie rencontré votre père.

— Et là, c'est toi oncle Gabe, observa Shelby en montrant une autre photo sur laquelle Gabe et Carter étaient appuyés contre un arbre, dans le verger.

— Votre père et moi travaillions chaque été dans le verger, expliqua Gabe.

Kendall tourna encore quelques pages et trouva des photos de Shelby bébé. Sur la plupart, c'était Kendall qui la tenait en ayant l'air ravie. Ils en trouvèrent finalement une sur laquelle Carter tenait Shelby, mais il avait l'air emprunté et mal à l'aise.

— C'est moi ? demanda la fillette.

— En effet.

Kendall sortit la photo.

— Essayons d'en trouver une de Jenna avec papa, et ensuite une sur laquelle vous êtes toutes les deux avec votre père.

— Tu as sauté des pages, fit remarquer Shelby.

— C'est parce que les photos qu'elles contiennent ont été prises avant votre naissance, répondit Kendall. Vous n'êtes pas dessus.

— Je sais, mais j'ai quand même envie de les regarder.

La main de Kendall se crispa sur l'album, puis elle tourna les pages pour revenir en arrière. Shelby l'arrêta.

— C'est toi et oncle Gabe ! Vous étiez *vraiment* jeunes.

Gabe éclata de rire.

— Et maintenant, je me sens *vraiment* très vieux !

Mais son sourire s'évanouit quand il leva le regard vers Kendall, complètement figée.

Elle voulut tourner rapidement la page, mais il l'arrêta et comprit quand il vit de quelle photo il s'agissait…

— On dirait notre plage, non ? demanda Jenna.

— Oui, parvint-il à répondre. Cette photo a été prise pendant une grande fête que vos parents avaient organisée pour le 4 juillet.

— Où est papa ? demanda Shelby, en observant la photo.

— C'est certainement lui qui prenait la photo, répondit Kendall en refermant l'album. Allez, il est temps de vous coucher, les filles.

Les fillettes protestèrent, mais Kendall rangea l'album sur l'étagère et Gabe ramassa les bols pour les descendre dans la cuisine.

Il avait chargé le lave-vaisselle et cherchait quoi faire d'autre quand Kendall apparut dans la cuisine.

— Merci, dit-elle sans croiser son regard. Pour avoir rangé.

— Je t'en prie.

Après un moment de silence, il reprit :

— Les filles n'ont rien remarqué de particulier sur cette photo du 4 juillet, dit-il calmement. Ne t'inquiète pas.

— Je ne suis pas inquiète.

— Tu étais contrariée de la voir.

— Je n'étais pas contrariée.

Elle déplaça une corbeille de fruits et une pomme tomba et roula sur le plan de travail de granit vert.

Ils tendirent la main pour la rattraper au même moment, et une sorte de courant électrique passa de la main de Kendall à celle de Gabe. Retirant sa main, Kendall replaça la pomme puis fourra ses mains dans ses poches.

— J'ai été surprise, voilà tout. Je ne m'attendais pas à la voir.

— Cette photo a réveillé beaucoup de souvenirs…

Elle tenta de sourire.

— Les filles adorent regarder ces photos… Bon, il est tard et je vais me coucher. Bonne nuit, Gabe.

— Attends, Kendall. J'ai une chose à te demander.

— Quoi ? demanda-t-elle avec un regard inquiet.

— C'est au sujet de Shelby.

— Oh, d'accord. De quoi s'agit-il ?

— J'aimerais lui offrir ces cours de théâtre à Tin Harbor.

— Non, s'empressa-t-elle. Merci, mais non.

— Pourquoi ? Tu m'as bien laissé acheter une raquette de tennis à Jenna.

— Ces cours de théâtre coûtent bien plus cher qu'une raquette de tennis. A moins que tu n'aies payé la raquette de tennis bien plus cher que ce que tu m'as dit.

— Ne t'inquiète pas. J'ai acheté la raquette qui convenait à une débutante.

— Bien. Mais je refuse que tu paies pour les cours de théâtre.

— Est-ce que tu ne peux pas ravaler ta fierté pour faire plaisir à ta fille ?

— La fierté n'a rien à voir là-dedans.

— Vraiment ?

Elle regarda par la fenêtre bien qu'il n'y ait rien à voir dans la nuit, et elle soupira.

— Tu as peut-être raison, concéda-t-elle. J'aurais dû comprendre qu'elle avait envie de rejoindre cette troupe. J'aurais dû prendre mes dispositions moi-même, sans attendre que tu me le suggères… Tu les comprends, Gabe, et tu as su immédiatement cerner leur personnalité. Je suis peut-être un peu jalouse.

— Donc, tu m'autorises à inscrire Shelby aux cours de théâtre ? Et Jenna aux cours de tennis ?

— Je vais y réfléchir.

Elle tourna la tête et regarda Gabe par-dessus son épaule.

— Je ne veux pas que les filles te considèrent comme quelqu'un qui offre des cadeaux de luxe. Ce n'est pas un bon moyen pour construire une relation avec elles.

— Parce que tu comptes me laisser tisser des liens avec elles ?

— On dirait que c'est déjà le cas. A toi de décider si tu veux que ça dure ou pas.

— Ai-je le droit de revenir ? De passer du temps avec les filles ?

— Je te le répète : si c'est ce que tu souhaites, je ne t'en empêcherai pas.

Elle se tourna et s'appuya contre le plan de travail.

— Tu avais raison : tu peux leur parler de Carter. Il était leur père, elles veulent apprendre des choses sur lui, et tu peux leur donner ce qu'elles veulent.

— Quelle est la raison de ce revirement soudain ?

demanda-t-il en s'approchant. Je pensais que tu attendais mon départ avec impatience.

Elle se glissa à côté de Gabe et poussa les portes battantes menant dans la salle à manger.

— Le fait de regarder ces photos. De penser à notre conversation, cet après-midi. Au sujet de Carter, du genre de personne qu'il était devenu. Je souhaite que les filles aient une autre image de lui. Tu étais son ami proche, cela se voit sur les photos, et je sais aussi que Shelby et Jenna comptent pour toi. Tu peux faire revivre leur père pour elles.

— Je ne suis pas sûr de mériter ta confiance, murmura-t-il en sentant la culpabilité lui serrer l'estomac. Mais je te promets de ne pas en abuser.

— Je compte sur toi, assura-t-elle en s'efforçant de sourire. Toutefois, ne leur raconte que ce qu'elles peuvent entendre, à l'âge qu'elles ont.

— Je suis sûr que je peux y arriver.

— Bonne nuit, Gabe. La journée a été longue.

— Je monte avec toi.

Il attendit qu'elle éteigne les lumières et ferme les portes à clé, puis il la suivit dans l'escalier. Quand elle arriva devant la porte de sa chambre, au deuxième étage, elle s'arrêta, une main posée sur la poignée.

— A demain, murmura-t-elle sans même le regarder.

— Attends, dit-il en la retenant doucement par le bras.

Elle se tourna alors vers lui, et Gabe eut l'impression qu'elle le faisait à contrecœur.

— Quoi ?

— Merci Kendall. De m'autoriser à faire partie de leur vie.

— Je le fais pour elles, crut-elle bon de préciser à voix basse.

— Tu veux dire, répondit-il en l'attirant vers lui, qu'il n'y aura rien entre nous, n'est-ce pas ?

— C'est impossible, et tu le sais.

Elle tremblait mais ne tenta pas de se dégager.

— Je ne veux pas et je ne peux pas avoir besoin de toi.

Lui non plus n'avait pas envie d'avoir besoin d'elle, c'était un sentiment trop douloureux qui réveillait trop de souvenirs et trop de culpabilité. Toutefois, il lui suffisait de la regarder, de la frôler pour tout oublier. Il posa les lèvres sur celles de la jeune femme, les yeux fermés, et, au moment où leurs bouches se rencontrèrent, la douceur de Kendall lui fit perdre la tête. Elle avait un léger goût de chocolat et de thé.

Prisonnière entre le corps de Gabe et le mur, elle s'abandonna et se blottit contre lui. Elle frissonnait de désir.

— Gabe, dit-elle pourtant, il faut qu'on arrête.

— En es-tu certaine ?

Il mordilla sa lèvre inférieure. Elle frémit.

— Non. Oui.

Elle se dégagea et entra dans sa chambre.

— Bonne nuit, murmura-t-elle en refermant doucement la porte.

Gabe se laissa aller contre le chambranle et murmura à son tour.

— Bonne nuit, Kenny.

Gabe rejeta son drap et s'assit sur le bord de son lit. La chambre de Kendall se situait juste au-dessus de la sienne et au lieu de dormir, il l'avait écoutée aller et venir, se demandant si l'insomnie de la jeune femme avait un quelconque rapport avec lui.

Le cas échéant, se rappela-t-il, elle ne l'aurait de toutes les manières pas admis. Kendall était en effet la personne la plus entêtée qu'il connaissait.

Finalement, le calme revint et elle sembla s'être couchée. Il allait peut-être enfin dormir lui-même.

La lune, qui commençait déjà à baisser, scintillait au-dessus de la baie et soulignait le relief des vagues. Elle soulignait la lisière de la plage et Gabe tourna le regard : la plage lui rappelait trop de souvenirs.

Au moment où il s'apprêtait à se recoucher, il entendit le bruit d'une porte, au rez-de-chaussée. Où est-ce que Smith avait encore pu traîner, ce soir ? Chez Elena, en prétendant vouloir écouter les histoires de sa grand-mère tout en enquêtant sur Carter ? Ou au Blue Door, à la recherche de nouveaux informateurs ?

Il guetta les bruits de pas dans l'escalier, mais à la place il entendit de nouveau la porte. Avait-il oublié ses clés ?

Parfait. Qu'il passe la nuit dans sa voiture : ça lui ferait les pieds. Toutefois, il se doutait que Smith n'était pas du genre à dormir dans sa voiture, mais qu'il appellerait plutôt Kendall pour qu'elle descende lui ouvrir.

Gabe enfila donc un jean et descendit rapidement, voulant éviter que Smith ne réveille Kendall.

Une fois au rez-de-chaussée, il ne trouva personne devant la porte d'entrée.

Encore le même bruit : c'était la porte de derrière. Il courut dans la cuisine, se débattit avec les verrous et réussit enfin à ouvrir. Personne là non plus.

Il descendit alors les marches du porche et observa le jardin plongé dans la pénombre, puis le verger encore plus sombre. Rien.

L'herbe était fraîche sous ses pieds, et la légère brise apportait l'odeur du lac. Y avait-il quelqu'un de tapi dans l'ombre, qui l'observait ?

Impossible à dire. Comme Gabe commençait à faire le tour de la maison, il entendit la porte de devant s'ouvrir.

Il repartit alors en courant dans la cuisine, la traversa, et se trouva nez à nez avec Smith, en bas des escaliers. Le journaliste lui adressa son sourire habituel.

— Que fabriquez-vous dans le noir ?

— Est-ce vous qui avez essayé d'entrer par la porte de la cuisine ? demanda Gabe à voix basse.

— Pourquoi le ferais-je ? Je sais que la clé ouvre la porte de devant.

— Je voulais juste m'en assurer.

— Pourquoi ?

— Quelle importance ?

Dylan l'observa, son regard s'attarda sur la tenue de Gabe, et il afficha un sourire entendu.

— Désolé de vous avoir interrompus, mon vieux.

— Que suis-je censé comprendre ? demanda Gabe en serrant les poings.

— Kendall et vous. Désolé de vous avoir interrompus.

— Il n'y a pas de « Kendall et moi », répondit Gabe avec froideur. Et vous n'avez rien interrompu.

— Vraiment ? Ce n'est pas l'impression que l'on a, vu d'ici.

— Vous faites erreur, Smith. A moins que cela ne vous soit égal ? Vous seriez prêt à raconter n'importe quoi pour que votre article soit un peu plus croustillant, n'est-ce pas ?

Dylan ricana.

— Fichez-moi la paix, Townsend. Il faudrait être aveugle pour ne rien voir…

— Je suis un client, ici, tout comme vous. C'est tout.

Le reporter leva les yeux au ciel et soupira.

— Si vous le dites.

— J'imagine que votre version de l'histoire se retrouvera dans votre article. Vraie ou fausse. Un petit peu de sexe a toujours stimulé les ventes, non ?

Toute trace d'humour disparut du regard de Smith.

— Je n'ai pas besoin de détails croustillants, Townsend. J'ai déjà suffisamment d'informations à exploiter.

Il commença à monter l'escalier pour regagner sa chambre, puis s'arrêta et se retourna.

— Cela dit, vous avez raison : les gens s'intéressent toujours beaucoup à la vie sexuelle des autres. Surtout quand ces autres sont des piliers de la communauté.

Et on peut dire que les Van Allen sont des piliers de la communauté, non ?

— Qu'insinuez-vous ? demanda Gabe, qui rattrapa le journaliste et vint se poster devant lui pour lui bloquer le chemin. Sur quoi écrivez-vous, à la fin ? ajouta-t-il en s'efforçant de ne pas hausser la voix. Je suis prêt à parier que cela n'a pas grand-chose à voir avec le stade.

Dylan contourna Gabe et ouvrit la porte de sa chambre.

— Je ne parle jamais de mes articles avant leur publication, répondit-il avec un sourire froid. Je n'ai pas envie que mes petits secrets s'ébruitent prématurément. Je suis sûr que vous me comprenez. Bonne nuit.

Kendall était encore tout ensommeillée quand elle descendit dans la cuisine, le lendemain matin, avant le lever du soleil. Une nouvelle nuit sans sommeil... Ce n'était pas la première depuis que Gabe avait sonné à sa porte.

Alors qu'elle préparait de la pâte à muffins, elle entendit la porte d'entrée se refermer. Quelques instants plus tard, une voiture démarra.

Regardant par la fenêtre de la salle à manger, elle vit la voiture de Gabe descendre l'allée. Il parlait au téléphone et conduisait un peu trop vite.

Elle le suivit du regard jusqu'à ce qu'il s'engage sur la route locale B. Ensuite, à la fois vexée qu'il ne lui ait pas dit où il allait et furieuse contre elle-même de se sentir concernée, elle retourna dans la cuisine pour préparer le petit déjeuner.

Gabe ne lui devait absolument rien. Il n'avait aucune raison de lui confier ce qu'il faisait ou de lui rendre des comptes sur ses déplacements. Jamais ils n'auraient ce genre de relations. Non, jamais.

Quand la voiture de Gabe s'engagea de nouveau dans l'allée, un peu plus tard, Kendall faisait le ménage dans sa chambre. Elle retira les draps de son lit, les jeta en boule dans le couloir et se dépêcha de les remplacer avant qu'il ne monte.

Elle entendit Gabe entrer dans la salle à manger, et ensuite aller dans la cuisine. Un moment plus tard, elle l'entendit monter les escaliers, certainement à sa recherche.

Les doigts de Kendall se crispèrent sur le dessus-de-lit, puis elle le fit voler au-dessus du lit avant de le laisser retomber. Au moment où il arriva sur le palier, elle refermait la porte de sa chambre.

— Bonjour Gabe, dit-elle avec un sourire neutre.

Quand elle voulut s'éloigner, il posa une main ferme sur son bras et montra la chambre de Dylan d'un signe de tête :

— Il est là ? demanda-t-il à voix basse.

— Je crois, oui. Il n'est pas encore descendu, ce matin.

Gabe prit alors les draps qu'elle tenait dans ses bras et l'entraîna vers les escaliers.

— Il faut que je te parle, viens dehors, s'il te plaît.

Chapitre 15

Lundi matin

— Dehors, répéta Gabe en tirant Kendall vers la porte de derrière. Je ne veux pas qu'il nous entende.

— Descendons sur la plage, suggéra Kendall en dégageant doucement son bras. Nous y serons plus tranquilles.

Une fois sur la plage, elle s'assit sur une chaise longue de bois, tandis que Gabe s'asseyait sur le bord d'une autre, face à elle.

— Quel est donc ce grand secret ? Pourquoi es-tu parti en douce ce matin, alors qu'il faisait encore nuit ?

— Je ne suis pas parti en douce, se défendit-il. J'essayais seulement de ne réveiller personne.

Avec un petit sourire, il ajouta :

— Mais je suis content que tu aies remarqué mon départ.

Elle haussa les épaules et regarda en direction du lac.

— J'ai entendu ta voiture démarrer, se contenta-t-elle de répondre, refusant d'avouer qu'elle s'était demandé où il allait.

— Je suis allé à Green Bay.

— Pour te renseigner sur Dylan ? demanda-t-elle en se redressant.

— Exactement. J'ai rencontré son rédacteur en chef au *Green Bay News*, expliqua Gabe sur un ton grave. Dylan Smith a pris un congé sans solde.

— Quoi ?

— Il est bien journaliste d'investigation, mais il a demandé un congé sans solde, en prétendant faire quelques recherches personnelles. Il a rendu son dernier article il y a plusieurs semaines.

Gabe se leva et se mit à faire les cent pas sur la bande de sable. Kendall se leva elle aussi.

— Le rédacteur lui a demandé de quel type de recherches il s'agissait, lui proposant de le payer s'il pouvait en tirer un article intéressant pour le journal. Smith a répondu qu'il le tiendrait au courant en temps utile, mais qu'il n'était pas sûr de trouver matière pour un article.

— Alors que fait-il ici ? demanda Kendall en lançant rageusement un galet dans le lac. Pourquoi m'a-t-il menti ?

— Il est possible qu'il enquête sur toi.

Elle se retourna pour le regarder.

— Qu'est-ce qui te fait penser cela ?

— J'ai entendu quelqu'un à la porte, la nuit dernière. Je pensais que c'était Smith qui avait oublié sa clé, et je suis descendu pour lui ouvrir. Je ne voulais pas te réveiller.

— Merci.

Une mèche de cheveux tombait sur le front de Gabe et

Kendall brûlait d'envie de la repousser doucement. Mais elle se l'interdit et fourra les mains dans ses poches.

Il lui expliqua ce qui était arrivé, sa discussion avec Smith dans l'escalier et les réponses que celui-ci lui avait faites.

— Je ne vois pas pourquoi…

— Tu es une Van Allen, et il loge chez toi. Tu penses que c'est une coïncidence ?

— J'ai plutôt l'impression qu'il cherche des informations sur Carter, répliqua-t-elle. Qu'il essaie de trouver des histoires croustillantes à son sujet. Et il en trouvera certainement. N'est-ce pas ?

— Il ne peut pas faire de mal à Carter. Mais il peut en faire à vos filles. Il peut détruire l'image de leur père. Il peut saboter la cérémonie du stade. J'ai fait une recherche sur Internet, mais je n'ai trouvé que quelques-uns de ses articles où rien ne peut expliquer sa présence ici.

Kendall s'enveloppa de ses bras, le regard perdu sur les eaux de la baie.

— Le rédacteur a indiqué qu'il s'agissait d'une recherche personnelle, lui rappela Gabe. Smith pourrait-il avoir un lien quelconque avec Carter ?

— Aucune idée. Mais je te rappelle que j'ignorais beaucoup de choses concernant Carter…

— Il a fouillé dans ta poubelle, continua Gabe. Il a récupéré des papiers te concernant. Et il semblait très intéressé par notre prétendue liaison.

— Dans ce cas, je n'ai aucune raison de m'inquiéter, n'est-ce pas ? Puisque nous n'avons aucune liaison.

— Arrête, Kendall. Il faut que nous jouions cartes sur table.

Il parlait d'une voix calme, et elle avait envie de lui hurler dessus. Elle voulait lui demander de la laisser tranquille et de ne pas la tenter en se comportant comme un homme sur lequel elle pourrait compter.

— Avec qui es-tu sortie depuis le décès de Carter ?

— Avec qui ai-je couché, tu veux dire ?

— Kendall…

Il posa les mains sur les épaules de la jeune femme et elle se raidit.

— Je n'essaie pas de me mêler de ta vie. J'essaie seulement de trouver ce que Smith recherche.

Elle retira les mains de Gabe.

— Tu n'essaies pas de te mêler de ma vie ? Vraiment ? Pourtant, me demander avec qui j'ai couché est plutôt indiscret, tu ne trouves pas ?

— D'accord, je vais reformuler ma question. As-tu fréquenté quelqu'un susceptible d'intéresser Smith ?

— S'il est à la recherche d'un scandale dans lequel je serais impliquée, il va être déçu. C'est la réponse que tu attendais ?

— Pas de liaison secrète, ou autres ?

— Tu connais tous mes secrets, répondit-elle en se tournant pour lui faire face. Vas-tu les lui raconter ?

— Tu sais que je ne dirai rien à Smith te concernant, assura-t-il en s'approchant. Et tu te trompes concernant tes secrets.

Il caressa la joue de Kendall et laissa sa main posée.

— Je ne les connais pas tous, et je le regrette.

Pendant un moment, elle se laissa aller à savourer sa caresse puis elle se recula.

— Alors, que faisons-nous ?

— Et si tu commençais par me raconter tes secrets ?

La question de Gabe fut suivie d'un long silence. Puis Kendall se mit à jouer avec les galets. Sous ses pieds, les cailloux et les coquillages la blessaient comme autant de petits couteaux. Tant mieux, songea-t-elle, elle avait besoin de mettre de la distance entre elle et la tendresse, la douceur qu'elle lisait dans les yeux de Gabe et qui lui donnaient envie de faire ou ressentir des choses interdites…

— Je vais suivre Smith, voir où il va et qui il rencontre, annonça Gabe.

— Ça ne va pas lui plaire.

Gabe haussa les épaules.

— Et alors ? Comme il l'a dit lui-même, tout le monde a le droit de se déplacer sur les voies publiques.

— Soit, répondit-elle en serrant un peu plus la pierre dans sa main pour ne pas être tentée de toucher Gabe. Ne prends pas de risques stupides.

— Hé, je suis un grand garçon. Je ne fais jamais rien de stupide.

Elle sourit et se détendit un peu.

— D'accord, grand garçon… Mais sois prudent.

— J'aime bien savoir que tu t'inquiètes pour moi.

Comme ils repartaient vers la maison, Smith apparut sous le porche, une tasse à la main. Quand il les aperçut, il leur fit un petit signe de la main puis s'appuya contre le cadre de la porte pour les regarder approcher. Kendall s'éloigna un peu de Gabe.

— Je passe par devant, dit Gabe entre ses dents. Je n'ai pas envie de lui parler, ce matin.

Il disparut de l'autre côté de la maison, et Kendall plaqua un sourire sur son visage.

— Bonjour Dylan.

Le soleil était haut dans le ciel en ce début d'après-midi, mais l'eau encore froide du lac engourdissait ses pieds. Kendall ignora la douleur. Elle continua d'avancer en traînant derrière elle le chapelet de bouées de plastique qu'elle utilisait pour délimiter la zone réservée à la baignade. Au fur et à mesure que l'eau montait contre sa combinaison de plongée, elle sentait la morsure du froid à travers l'épaisseur du Néoprène, qui la gardait néanmoins isolée et au sec.

Les lourdes ancres qu'elle tirait derrière elle rebondissaient sur le fond sableux. Une fois arrivée à l'endroit où les poser, il lui fallut plusieurs minutes pour tout installer.

Comme elle repartait vers la plage, elle aperçut son frère, assis sur les rochers et qui la regardait. Elle se demanda si George était toujours en colère, car elle ne se sentait pas d'humeur à affronter une nouvelle dispute.

— Tu ne devrais pas aller dans l'eau toute seule, la gronda-t-il gentiment tout en lui tendant la main. Même avec une combinaison de plongée. L'eau du lac est encore froide en cette saison.

— Il ne faut que quelques minutes pour installer les bouées, protesta-t-elle en goûtant à la tiédeur du sable sous ses pieds. Ensuite, je n'ai plus besoin d'y penser de tout l'été.

Visiblement mal à l'aise, George se dandinait d'un pied sur l'autre, fuyant le regard de sa sœur.

— Tu aurais dû me laisser faire.

— La prochaine fois. Je voulais seulement m'en débarrasser.

Elle présenta son dos au soleil pour se réchauffer.

— Que fais-tu ici ? demanda-t-elle. Je te croyais en train de planter des clous. Tu travailles bien comme bénévole pour restaurer des maisons, cet été encore ?

— Oui, mais je me suis accordé quelques jours de vacances avant de commencer, expliqua-t-il en donnant un coup de pied dans le sable. J'avais prévu de partir quelques jours avec Amy et Tommy…

— Je suis navrée, George, dit-elle en serrant son frère dans ses bras. Je suis navrée…

Il la serra un moment contre lui puis desserra son étreinte.

— Ne t'inquiète pas, murmura-t-il. Je suis venu te présenter des excuses, pour mon comportement idiot d'hier. Townsend avait raison : je me suis comporté en égoïste.

— Pas de problème. Je comprends.

— Ne sois pas aussi gentille avec moi, Kenny, répondit-il en souriant. Crie-moi dessus. Traite-moi de pauvre type, et dis-moi que je n'aurais jamais dû te parler de Tommy et de Carter.

— D'accord. Tu n'es qu'un pauvre type. Tu te sens mieux ?

— Nettement, merci, dit-il en passant un bras autour des épaules de sa sœur.

— Que vas-tu faire ? demanda-t-elle calmement. Tu aimes Amy, et tu voulais l'épouser. As-tu si rapidement changé d'avis ?

— Je ne sais pas, répondit-il sur un ton qui trahissait sa souffrance. Quand je pense à Amy, je ne peux m'empêcher de l'imaginer dans les bras de Carter.

— C'était il y a longtemps et vous ne vous connaissiez pas encore. Elle était très jeune, et tout le monde commet des erreurs.

— Et toi ? Si j'épouse Amy, elle viendra souvent ici, comme moi. Les filles et toi, vous viendrez chez nous. Penses-tu être capable d'être son amie ? Et Tommy ? Que vas-tu faire de lui ?

Il aurait fallu qu'elle mente à George, et qu'elle lui assure que tout se passerait bien, qu'elle n'aurait aucun problème à fréquenter Amy et Tommy. Mais elle n'arriva pas à s'y résoudre.

— Je ne sais pas, reconnut-elle enfin avec un soupir. J'ignore ce que je ressentirai face à Amy et Tommy. Ce n'est pas la faute de Tommy si Carter m'a trompée. Je ne peux pas lui en vouloir.

Elle ferma les yeux pendant que la douleur l'envahissait.

— Mais je ne vais pas prétendre que ce n'est pas dur de savoir ce que Carter faisait pendant que j'étais enceinte de Jenna. Alors qu'il était censé passer du temps avec moi, construire un foyer avec moi, il couchait avec une autre femme.

— Et Amy ? demanda George. Si nous arrivons à surmonter cette épreuve, parviendras-tu à oublier ce qu'elle a fait ? Pourras-tu être son amie ?

— Je sais que je devrais te répondre que oui, que je peux tirer un trait sur tout cela, mais je ne sais pas, George. C'est un peu tôt pour te répondre.

— Dans ce cas, je crois qu'il vaut mieux qu'Amy reste à l'écart, pour l'instant, dit-il d'une voix amère.

— Qu'attends-tu de moi ? Veux-tu que je fasse semblant ? Que j'affirme que tout va pour le mieux dans le meilleur des mondes ? Ce serait te prendre pour un imbécile, et ce serait injuste envers Amy et Tommy. Tu sais, j'essaie seulement de me montrer honnête envers toi. Je ne dis pas que c'est ce que j'éprouverai tout le temps, mais pour l'instant, c'est ce que j'éprouve. Il me faut du temps pour digérer la nouvelle et apprendre à vivre avec.

Ils marchèrent encore un peu, puis George exhala un soupir.

— Je sais, Kenny. Je suis désolé. C'est juste que je me sens perdu…

Kendall prit le bras de son frère et le regarda dans les yeux.

— Fais ce que tu crois juste, George, et écoute ton cœur. Il ne s'agit pas de moi, mais de toi et Amy. Et Tommy.

— Ce n'est pas aussi simple. Tu es ma seule famille. Si je dois renoncer à toi pour épouser Amy, je ne suis pas sûr d'en être capable.

— Tu exagères, George, et il faut que tu arrêtes. Tu ne vas pas renoncer à qui que ce soit. Cesse de t'inquiéter à mon sujet, et efforce-toi de faire le point sur tes sentiments.

Peux-tu regarder cet enfant sans voir son père à travers lui ? Voir celui qu'il est vraiment ? Ou bien verras-tu toujours Carter ? Pose-toi les mêmes questions au sujet d'Amy. Es-tu capable d'oublier le passé ? Parce que si tu l'épouses, tu devras oublier Carter.

— J'ignore ce que je veux, si ce n'est te garder, Kenny. Tu es ma sœur. Tu le seras toujours.

Elle l'embrassa.

— Pareil pour moi, George, et tu le sais. Bien que tu sois un pauvre type.

La souffrance commença à disparaître du regard de son frère.

— Quel vocabulaire ! Et si les filles t'avaient entendue ?

— Aucun danger : elles ne sont pas à la maison. Shelby a un entraînement de football et Gabe donne une leçon de tennis à Jenna.

— Au fait, que se passe-t-il avec Gabe ? demanda alors George avec un air faussement dégagé.

— Rien. Il est venu pour le stade. Il fera un discours mercredi, racontera combien Carter était formidable, puis il repartira à Milwaukee. Fin de l'histoire.

Il la regarda fixement.

— J'ai toujours cru que vous vous mettriez ensemble, après le décès de Carter.

— Non, se défendit-elle alors que la douleur lui déchirait le cœur. Gabe est seulement un autre fantôme du passé.

— Je ne l'aimais pas, reconnut George, parce que je pensais qu'il était le père de Tommy et qu'il avait abandonné

Amy. Mais il a pris ta défense, hier, et il n'est peut-être pas aussi mauvais, finalement.

— Eh bien ! Gabe vient de recevoir l'approbation de George Krippner. Cependant, il n'y a rien entre Gabe et moi.

Comme ils arrivaient à la porte de la cuisine, Kendall demanda :

— Tu restes dîner ?

— Non. Je préfère laisser un peu plus de temps aux filles pour oublier l'ours que j'étais hier. A plus tard, Ken.

La jeune femme entra dans la maison, désertée par ses autres habitants. Les deux filles étaient sorties, et la maison était plongée dans le silence. Elle pourrait essayer de se détendre. Alors qu'elle s'apprêtait à monter dans sa chambre pour aller prendre un livre, son regard fut attiré par un paquet posé devant la porte d'entrée.

Le paquet était adressé à Gabe, et il venait de Milwaukee. Gabe ne l'avait pas prévenue qu'il attendait un paquet, pensa-t-elle comme elle essayait de tirer le paquet à l'intérieur. Que pouvait-il contenir de si lourd ? Gabe repartirait dans quelques jours. De quoi pouvait-il avoir besoin ?

Laissant le paquet dans l'entrée, Kendall monta. Ce paquet ne la regardait pas : il était adressé à l'un de ses clients. Malgré tout, elle ne pouvait s'empêcher d'être intriguée par son contenu…

Chapitre 16

Lundi après-midi

Gabe baissa la tête et éclata de rire quand la raquette de tennis siffla au ras de son oreille.

— Jenna, est-ce que ma tête ressemble à une balle de tennis ?

Tout en gardant une main sur le volant, il s'empara de la raquette et la posa sur le siège passager.

— Attends d'être de retour à la maison, d'accord ? Nous nous entraînerons contre le mur du garage.

— D'accord, répondit Jenna en sautant sur son siège. Je me suis bien amusée avec toi, oncle Gabe.

— Moi aussi, répondit Gabe.

L'enthousiasme de la fillette était contagieux, et il avait des crampes aux zygomatiques à force de sourire.

— Est-ce que nous pourrons jouer demain ? demanda la fillette, le regard brillant d'excitation. S'il te plaît ?

— Pas de problème, du moment que ta maman est d'accord.

La joie était un sentiment qu'il avait oublié depuis

longtemps, et il appréciait pleinement chaque instant passé avec Jenna.

L'allée était vide quand ils arrivèrent à Van Allen House, indiquant que Smith devait fouiner ailleurs. Gabe aurait dû le suivre, aujourd'hui, mais il avait promis à Jenna de lui donner une leçon de tennis. Smith attendrait !

Gabe montra à Jenna comment pratiquer ses coups droits et ses revers contre le mur du garage, puis il se dirigea vers la maison. Le paquet qu'il attendait était posé dans l'entrée, à côté de la porte, et il portait une étiquette neutre — exactement comme il l'avait demandé à sa secrétaire.

Soulevant le lourd colis, il l'emporta dans sa chambre. Il n'y avait pas d'urgence et il s'en occuperait plus tard.

La maison était silencieuse et paisible, et le soleil la baignait de sa lumière dorée. Où étaient les autres ?

Il redescendit et aperçut alors Kendall, assoupie sur le canapé du salon. Ses cheveux étaient légèrement décoiffés et ses longs cils bruns étaient posés sur ses pommettes telles des plumes. D'une main, elle tenait un livre contre sa poitrine, tandis que son autre main était posée contre son corps.

Il n'avait jamais vu Kendall dormir et elle lui parut innocente et jeune. Vulnérable, aussi. Il n'avait pas l'habitude de la voir ainsi, toutes ses défenses baissées.

Gabe sentit son cœur se remplir de tendresse. Il était incapable de tourner le regard, et il mourait d'envie de la prendre dans ses bras, de poser sa bouche sur la sienne et s'enivrer de son parfum.

Les paupières de la jeune femme s'entrouvrirent légèrement et quand elle l'aperçut, elle sourit.

— Gabe.

— Salut belle endormie, murmura-t-il en s'accroupissant à côté du canapé.

Il passa une mèche de cheveux derrière l'oreille de la jeune femme et laissa sa main glisser sur sa joue.

— Je ne voulais pas te réveiller. Rendors-toi.

Elle posa une main sur celle de Gabe et la maintint contre sa joue.

— Je ne dormais pas, répondit-elle d'une voix qui indiquait le contraire.

Elle appuya sa main un peu plus fort contre sa joue et ses paupières se refermèrent.

— Kenny…

Son pouce caressa la peau de la jeune femme, douce comme un pétale de rose, et il la sentit frémir.

— Tu n'aurais pas dû me laisser te surprendre dans ton sommeil, chuchota-t-il. Cela me donne envie de toutes sortes de choses que je ne peux pas avoir.

— Oui, moi aussi…

Elle tourna la tête pour embrasser la paume de Gabe et elle y posa sa joue. Son souffle tiède le frôlait mais lui faisait l'effet d'une brûlure.

Elle dormait. Elle n'avait aucune idée de ce qu'elle disait ni de ce qu'elle faisait. S'il avait été un véritable gentleman, il se serait éloigné et aurait effacé de son esprit ce qu'elle lui avait dit. Il aurait même oublié la sensation de sa bouche.

Toutefois, il n'avait jamais été un gentleman en ce qui

concernait Kendall. Il n'avait jamais réussi à l'effacer de son esprit, même après qu'elle eu épousé son meilleur ami. A l'époque, il avait profité de chaque moment d'intimité avec elle. La plupart de ces instants volés, il ne les avait pas cherchés. C'était des secondes imprévues et innocentes — à deux exceptions près : la baignade dans le lac le jour du 4 juillet, et le baiser du nouvel an. Ces deux moments-là, il les avait voulus.

Et Kendall avait suivi.

Gabe avait attendu bien trop longtemps pour la voir dormir. Pour voir sa poitrine se soulever et se baisser au rythme régulier de sa respiration, pour la sentir fondre contre lui. Il savait qu'il devait partir mais il n'arrivait pas à s'y résoudre, comme envoûté par le souffle de Kendall contre sa peau.

Quand enfin il retira sa main et qu'il couvrit la jeune femme avec le plaid, elle battit des paupières.

— Gabe ? murmura-t-elle.

— Tout va bien, Kendall. Tu faisais la sieste.

Elle passa alors ses mains dans ses cheveux.

— Je ne fais jamais la sieste, répondit-elle en regardant tout autour d'elle avec un air étonné. Où est Jenna ? Je croyais que tu jouais au tennis avec elle.

— Elle s'entraîne contre le mur du garage.

On pouvait en effet entendre le bruit étouffé de la balle qui tapait contre les briques, et Kendall se leva pour aller regarder par la fenêtre.

Tout en observant sa fille, elle s'étira avec lenteur et langueur, et se cambra. Son T-shirt se tendit sur ses seins qui pointèrent à travers le tissu, et Gabe sentit un désir exigeant sourdre dans ses reins.

De peur de se trahir, il préféra quitter la pièce. Mais comme il tournait les talons, Kendall l'appela :

— Attends. Il y a un paquet pour toi dans l'entrée.

— Je l'ai vu. Merci.

Il devina que la curiosité de la jeune femme était piquée, mais aussi qu'elle se refusait à poser des questions.

Sans plus s'attarder, il partit rapidement dans sa chambre. S'il restait plus longtemps en compagnie de Kendall, il ne répondait plus de rien.

Gabe s'échauffait avant de partir courir sur la plage. Soudain, un monospace gris métallisé s'arrêta. Shelby en sortit, en sanglots.

— Shelby ? demanda Gabe en posant ses mains sur les épaules de la fillette. Que se passe-t-il ? Es-tu blessée ?

— Je veux maman…

Une jeune femme sortit à son tour du monospace, l'air affolé.

— Où est Kendall ?

— Dans le jardin, je crois.

Il passa un bras autour des épaules de Shelby et elle s'appuya contre lui.

— Que s'est-il passé ?

Un bébé se mit à pleurer dans le monospace et la jeune femme se retourna.

— Shelby vous racontera. Je dois y aller.

Comme le véhicule repartait, Gabe appela Kendall.

Elle travaillait à l'un de ses massifs de fleurs, et leva les yeux en entendant son nom et les pleurs de sa fille. Vite, elle lâcha son plantoir, retira ses gants et se précipita à leur rencontre.

Shelby se jeta dans les bras de sa mère en sanglotant.

— Que se passe-t-il, ma chérie ? murmura-t-elle en berçant doucement sa fille. Raconte-moi.

— Sheila s'est fait mal à la jambe pendant l'entraînement. Elle ne pouvait plus marcher. Ils ont dû la porter, et puis ils ont appelé sa mère pour l'emmener à l'hôpital. Je crois qu'elle va mourir.

Comme elle se mettait à pleurer de plus belle, Kendall la serra plus fort contre elle.

— On ne meurt pas pour une simple blessure à la jambe. Est-ce que votre entraîneur ne vous a pas rassurées ?

— Non ! Il a juste dit que notre équipe ne pourra pas participer au tournoi ! C'est très très grave, ça !

A ces mots, Kendall vit Gabe se détendre. Elle essaya de ne pas sourire. De toute évidence, il ne s'était jamais trouvé en présence d'une fillette de dix ans complètement paniquée.

— Es-tu inquiète au sujet de Sheila, ou au sujet du tournoi ? demanda Kendall.

— Les deux, avoua la fillette entre deux hoquets. Nous nous sommes entraînées dur pour le tournoi. Et je ne veux pas que Sheila meure.

— Sheila ne va pas mourir, affirma calmement Kendall. J'appellerai sa mère tout à l'heure, pour prendre de ses nouvelles. D'accord ?

— N'empêche qu'on ne participera pas au tournoi puisqu'il va manquer une joueuse.

— Vous n'avez pas de remplaçantes dans l'équipe ?

— Madison et Ashley non plus ne seront pas là !

Gabe crut alors bon d'intervenir.

— Shelby, j'ai une idée.

— Quoi ? demanda la fillette, soudain pleine d'espoir.

Gabe se tourna vers Kendall, attendant son approbation. La jeune femme acquiesça.

— Elena est une très bonne joueuse. Tu pourrais peut-être lui demander de se joindre à ton équipe ?

— Oui, Elena pourrait jouer avec nous ! s'exclama Shelby, qui en oublia immédiatement son chagrin. Allons lui demander.

Elle se dégagea de l'étreinte de sa mère et se mit à sauter sur place.

— Tout de suite !

— Pas tout de suite, répondit fermement Kendall. Commence par te doucher, et nous en reparlerons.

— D'accord, répondit-elle en disparaissant en courant.

— J'ai perdu une occasion de me taire, n'est-ce pas ? demanda Gabe, penaud.

— Ce n'est pas une mauvaise idée, mais je ne suis pas sûre que ça se fasse.

— Pourquoi ?

— Il faudra à Elena une tenue, des chaussures et tout le reste de l'équipement, et je doute que ses parents aient les moyens de les lui payer.

— Ne peut-elle pas emprunter la tenue de l'une des filles qui ne jouent pas ?

— Sans doute, mais pas tout.

— Ne prends pas mal ce que je vais dire, car je ne cherche pas à me mêler de ce qui ne me concerne pas, mais je serais heureux de lui offrir son équipement.

Kendall évita le regard de Gabe.

— Soit, admit-elle. A condition que les parents d'Elena acceptent.

— Et l'entraîneur de Shelby ? Faut-il lui en parler avant ?

— Probablement. Je devrais commencer par là.

Gabe la suivit à l'intérieur.

— Est-ce que tu ne t'apprêtais pas à faire un jogging ?

— Si, mais j'avais besoin d'une diversion, répondit-il avec un clin d'œil. Le drame du tournoi de football de Shelby est nettement plus intéressant !

Elle sourit et hocha la tête, soulagée qu'il ne cherche pas à évoquer ces moments sur le canapé.

— Elle a un tel esprit de compétition. Elle parle de ce tournoi à Green Bay depuis des semaines.

— Dans ce cas, j'espère que nous trouverons une solution.

D'une main, il frôla le visage de Kendall. La jeune femme se figea et l'air autour d'eux sembla soudain se charger en électricité.

— De la terre, expliqua-t-il avec un demi-sourire.

— Oh…

Instinctivement, elle frotta sa joue, là où Gabe l'avait

touchée. Mais à ce moment, Shelby descendit l'escalier en courant et Gabe et Kendall durent s'écarter l'un de l'autre.

— Allons voir Elena, lança Shelby.

— Il faut d'abord que j'appelle votre entraîneur, dit Kendall. Pour m'assurer qu'il est d'accord.

— Il dira oui, insista Shelby. Il n'a aucune raison de dire non.

— Shelby, allons dehors et attendons ta mère, suggéra Gabe en entraînant la fillette vers la porte. Nous allons regarder Jenna jouer au tennis.

Kendall les regarda partir. Gabe semblait réellement bien s'entendre avec les filles, et être toujours à leur écoute. Comment avait-il réussi à devenir aussi proche d'elles en seulement quelques jours ?

L'observer en compagnie de ses filles suscitait en elle un sentiment doux-amer, car elle ne pouvait s'empêcher de comparer Gabe à Carter.

A la naissance des filles, son mari était bien plus jeune que Gabe aujourd'hui, et sa disparition prématurée ne lui avait pas donné l'occasion de découvrir les joies de la paternité. Chez Gabe, en revanche, l'instinct paternel semblait complètement naturel.

En attendant que l'entraîneur décroche son téléphone, Kendall se pencha pour regarder dehors. Gabe et Shelby se tenaient près du garage tandis que Jenna tapait dans la balle. Kendall se rendit compte qu'elle cherchait à se rendre intéressante pendant que Gabe l'encourageait.

Il comprenait le manque d'assurance de Jenna par rapport au sport, et il savait qu'elle avait besoin d'être meilleure que sa sœur dans quelque chose. Kendall sentit son cœur se serrer.

— Allô ?

La voix de l'entraîneur de Shelby détourna l'attention de Kendall.

— Bonjour Ted, c'est Kendall Van Allen. J'ai une idée à vous soumettre concernant le tournoi à Green Bay.

Kendall et Gabe allèrent trouver la mère d'Elena dans le verger. Les filles étaient parties à la recherche de la petite, et le regard de Mme Montoya passait de l'un à l'autre. Etonnée, elle ne savait que répondre.

— Vous voulez qu'Elena joue dans l'équipe de votre fille, c'est bien cela ?

— Elles doivent participer à un tournoi le week-end prochain et plusieurs joueuses seront absentes. Il faut une joueuse supplémentaire sinon l'équipe ne pourra pas jouer, et Shelby a pensé à Elena, expliqua Kendall en souriant. Il paraît qu'Elena est une très bonne joueuse.

La mère d'Elena lui répondit avec un sourire, sa fierté de mère étant évidente.

— Elle joue souvent avec mon mari et mes fils.

— La laisserez-vous jouer avec l'équipe de Shelby ?

Le sourire de Mme Montoya s'évanouit alors et elle tourna le regard.

— Je ne pense pas que ce soit une bonne idée.

Gabe intervint.

— Madame Montoya, nous pourrions emprunter la tenue de l'une des filles qui ne jouent pas. Et comme elle rendrait service à l'équipe, j'imagine qu'ils pourraient lui fournir les autres équipements dont elle pourrait avoir besoin. Mme Van Allen s'occupera de l'emmener et de la ramener. Allez-vous en parler avec votre mari ?

La mère d'Elena les regarda un moment, puis elle hocha la tête.

— D'accord, nous en parlerons. Elena adore le football, ajouta-t-elle.

— Et nous serions très contents qu'elle joue dans l'équipe de Shelby, lui assura Kendall.

Elle se tourna en entendant les filles arriver, hors d'haleine. Elles jouaient au ballon entre les cerisiers et leurs cris d'enthousiasme montaient dans l'air bleu. Même Jenna s'amusait.

— Allons nous entraîner ! cria Shelby.

Et elles partirent en direction de la maison.

La mère d'Elena les suivit du regard par-dessus l'épaule de Gabe, et son regard s'adoucit.

— Nous vous donnerons rapidement notre réponse.

— Merci, dit Kendall. Nous attendons d'avoir de vos nouvelles.

Ensuite, elle et Gabe repartirent vers la maison, suivant les filles.

— Merci, dit-elle à Gabe.

— Pourquoi ?

— Pour avoir suggéré que l'équipe fournirait l'équipement. Pour avoir ménagé la fierté de Mme Montoya

— Je la comprends.

— Personne n'aime qu'on lui fasse la charité, dit Kendall

tout en donnant un coup de pied dans une motte de terre.

Elle sentit le regard de Gabe sur elle, mais elle ne leva pas les yeux.

— Nous ne parlons pas uniquement des Montoya, n'est-ce pas ? demanda-t-il enfin.

Comme Kendall ne répondait pas, il continua.

— Quand je t'ai demandé si je pouvais payer les cours de théâtre de Shelby, as-tu pensé qu'il s'agissait de charité ?

Elle fixa le sol, faisant attention à ne pas trébucher sur une racine de cerisier.

— Je n'aime pas plus la charité que les Montoya.

Il la prit par le bras et l'obligea à le regarder.

— Tu crois que j'ai proposé de payer parce que tu me faisais pitié ?

— Ce n'est pas le cas ? demanda-t-elle en haussant les épaules.

Il la fixa mais elle fuyait toujours son regard.

— Tu sais que ce n'est pas vrai, Kendall.

Elle releva alors brusquement la tête.

— D'accord. Alors, si tu es si malin, explique-moi pourquoi je n'ai pas sauté de joie ?

— Tu avais peur que je devienne trop proche — de toi et des filles.

— Je t'ai déjà dit que tu pouvais créer des liens avec les filles.

— Et toi ?

— Quoi, moi ?

Elle se dégagea.

— Je ne sais pas, dit-elle alors qu'elle se sentait dévorée par le désir et la culpabilité.

— Tu ne sais pas ? Je pensais que tu étais bien plus courageuse que cela, Kendall.

Elle perçut un soupçon d'ironie dans la voix de Gabe et leva le regard vers lui. En dépit du sourire qu'il affichait, il masquait difficilement sa déception et sa frustration.

Et autre chose, qui l'effraya.

Un sentiment auquel elle-même avait renoncé depuis bien longtemps.

Alors, son cœur se mit à battre la chamade et sa nervosité monta d'un cran.

— En effet, je dois manquer de cran, murmura-t-elle. Parce que, sinon, j'aurais fermé la porte au moment où tu t'es présenté chez moi. Je n'aurais jamais dû te laisser mettre un pied dans ma maison.

— Pourquoi, Kenny ? De quoi as-tu peur ?

— Tu le sais.

— En effet. Et j'ai peur de la même chose.

Sur ces mots, il s'inclina vers elle et l'embrassa. Elle ferma les yeux et s'abandonna aux sensations qui naissaient en elle. Blottie contre Gabe, leurs corps s'épousant l'un l'autre, elle oublia tout ce qui n'était pas eux.

Cependant, les cris des filles percèrent de nouveau, lentement, le brouillard de volupté qui avait envahi son esprit. Elle ouvrit les yeux ; Gabe l'observait. Il déposa un dernier baiser sur sa bouche.

—Je sais, murmura-t-il à son oreille. Ce n'est ni le moment ni l'endroit. Je patiente depuis tellement d'an-

nées, Kendall, que je peux bien attendre encore un peu.
Et toi ?

— Non. Oui, balbutia-t-elle. Je ne sais plus.

Il repoussa les cheveux qui barraient le visage de Kendall
et lui promit dans un souffle :

— Bientôt.

Chapitre 17

Lundi soir

George Krippner était affalé sur son canapé et il regardait la télévision sans la voir, passant machinalement d'une chaîne à l'autre. Quand Cary Grant et Grace Kelly s'embrassèrent sur un fond de feu d'artifice, il éteignit la télévision et lança la télécommande sur la table basse. Elle glissa et tomba par terre.

Donnant un coup de pied dans ses chaussures de sport, il se leva et se dirigea vers la cuisine. Il avait d'abord pensé sortir faire un jogging et s'était même mis en tenue de sport, mais il avait renoncé. A la place, il sortit une bouteille de bière du réfrigérateur et en avala une longue gorgée.

Quelqu'un frappa à sa porte et il s'arrêta au milieu d'une nouvelle gorgée, puis il posa la bouteille sur la table et alla voir de qui il s'agissait. Certainement l'un des enfants de l'immeuble, qui vendait des bonbons pour l'équipe de football ou de base-ball.

Il s'efforça donc de sourire et ouvrit la porte. Son sourire se figea immédiatement quand il se trouva face à Amy.

Il lutta pour contrôler la joie qu'il ressentit instinctivement en la voyant, et ne prononça pas un mot d'accueil.

— Tiens ? Amy...

Puis il jeta un coup d'œil rapide dans le salon en désordre par-dessus son épaule. Une poche de chips vide traînait par terre, trois paires de chaussettes sales se trouvaient sur le canapé et la table était maculée de ronds collants de bière et de café. Des magazines et des livres étaient étalés un peu partout sur le sol. Bref, on aurait vraiment dit la maison d'un pathétique pauvre type.

Le visage de la jeune femme rougit alors que le moment se prolongeait et devenait de plus en plus gênant.

— Bonjour, George, dit-elle. Je sais que tu n'as pas plaisir à me voir, mais est-ce que je peux quand même entrer quelques instants ?

— Oui, répondit-il en s'écartant tout en cherchant quoi dire. Désolé, je pensais que c'était quelqu'un d'autre...

Amy afficha alors une expression de surprise, suivie par une expression de douleur profonde. Elle devait croire qu'il attendait une femme. Avant qu'il ait eu le temps de s'expliquer, Amy tendit sa main.

— Tu as oublié cela chez moi, et j'ai pensé que tu voudrais la récupérer.

Elle ouvrit sa main pour révéler le petit écrin de velours noir. Le cœur de George se mit à cogner fort dans sa poitrine quand il vit de quoi il s'agissait, se rappelant combien il avait été heureux d'acheter la bague puis impatient de la lui offrir.

Il garda le regard fixé sur l'écrin, incapable de le

reprendre. Incapable de faire le geste qui mettrait un point final à tous ses rêves.

Amy referma alors sa main et déposa la petite boîte sur la télévision.

— Je n'aurais pas dû venir, dit-elle calmement. Je ne voulais pas te déranger, mais je ne voulais pas non plus que tu croies que je gardais la bague.

Ensuite, elle se tourna et essaya d'ouvrir la porte d'une main tremblante.

— Amy, attends.

George ne savait pas exactement pourquoi il l'avait arrêtée, mais seulement qu'il ne voulait pas qu'elle parte. Pas tout de suite.

Elle s'immobilisa sur place, lui tournant le dos, sa main sur la poignée de la porte. Attendant.

— Je ne me suis pas imaginé que tu essayais de garder la bague, dit-il enfin. Je sais que tu n'es ni cupide ni vénale.

— Je suppose que je dois te remercier pour la bonne opinion que tu as de moi, répondit-elle en ouvrant la porte. Au revoir, George.

— Attends Amy. Comment va Tommy ?

— Tommy va bien.

Puis elle glissa en dehors de son appartement et il aurait juré l'avoir entendue pleurer.

« Ne la laisse pas partir », songea-t-il alors. Ces paroles résonnèrent en lui et il fit un pas vers la porte, puis un autre. Toutefois, il n'arrivait pas à se résoudre à l'ouvrir et à l'appeler. Une fois encore, son orgueil vint lui rappeler que Tommy était le fils de Carter Van Allen. Et quand enfin il réussit à passer outre son orgueil et qu'il ouvrit la porte, il vit la voiture d'Amy qui s'éloignait.

Gabe suivait Dylan Smith depuis l'heure du déjeuner, mais il n'avait rien appris d'intéressant.

Le reporter était tout d'abord allé à la marina de Sturgeon Falls et s'était promené sur les quais. Cherchait-il Charlotte, la cousine de Carter ? Il avait paru réellement s'intéresser à elle, l'autre jour… Mais il n'avait trouvé ni Charlotte ni qui que ce soit d'autre, et il s'était ensuite rendu à la bibliothèque.

Il y était resté à consulter des microfiches jusqu'à l'heure de la fermeture, avant de partir au Blue Door.

Gabe, qui commençait à se lasser de ce petit jeu, décida de continuer son chemin et de rentrer à Van Allen House.

Le soleil avait presque entièrement disparu derrière l'horizon et toutes les lumières étaient allumées, mais la maison était plongée dans le silence. Aucun signe des filles ni de Kendall. Il s'apprêta à monter dans sa chambre mais se ravisa après avoir posé le pied sur la première marche. Il se sentait en effet trop tendu et agité pour rester assis devant son ordinateur et travailler à son discours.

Il avait envie de voir Kendall. Il avait *besoin* de la voir. Il se rendit donc dans la cuisine, mais la pièce était vide. Fronçant les sourcils, Gabe sortit dans la pénombre, se demandant où elle pouvait être.

Le soleil n'était plus qu'un trait mince suspendu au-dessus des eaux de la baie, et il donnait juste suffisamment de lumière pour que Gabe puisse distinguer Kendall, assise sur l'une des chaises de plage.

En s'approchant d'elle, il constata qu'elle lisait. Elle posa le livre sur ses genoux et appuya sa tête contre la chaise.

— Bonsoir Gabe.

— Que fais-tu ici ? demanda-t-il en s'asseyant sur une chaise voisine.

— Rien, répondit-elle avant de fermer les yeux. Les filles sont au lit et je n'avais pas envie de rester dans la maison.

— Envie de compagnie ?

— Je t'en prie.

— As-tu eu des nouvelles de la mère d'Elena ?

Kendall sourit.

— Oui, elle a donné son accord. Shelby, Elena et Jenna ont joué au football jusqu'à l'épuisement. C'est pourquoi elles sont déjà couchées.

— Bien, dit-il, satisfait de savoir que son plan avait fonctionné et qu'il avait sa part de responsabilité dans le sourire qu'elle affichait.

— Tu sais si bien t'occuper des enfants, reprit-elle d'une voix douce. Est-ce que tu passes beaucoup de temps avec quelqu'un qui a des enfants, à Milwaukee ?

— Es-tu en train de me demander si j'ai une petite amie ?

Même dans la lumière déclinante de la fin du jour, Gabe vit le visage de la jeune femme rougir avant qu'elle ne tourne la tête.

— Cela ne me concerne pas.

— Tu le penses vraiment ?

— Evidemment.

— J'aimerais que cela te concerne.

La main de la jeune femme se crispa sur l'accoudoir de son siège.

Il l'étudia dans la nuit tombante. Les hauts pins se balançaient doucement dans la brise, diffusant leur odeur fraîche dans l'air. Kendall semblait mystérieuse, avec son visage partiellement dans l'ombre et ses jambes pâles qui ressortaient dans la faible lumière.

— Tu ressembles à une créature exotique de la nuit, dit-il à voix basse.

La bouche de la jeune femme s'incurva.

— Je ne crois pas que les créatures exotiques de la nuit se couchent à 22 heures.

Le sang s'accéléra dans les veines de Gabe.

— Il est presque 22 heures. Vas-tu disparaître ?

Elle lui adressa un regard appuyé.

— Pourquoi es-tu descendu sur la plage, Gabe ?

— Parce que tu t'y trouvais.

Il l'observa en silence, jusqu'à ce qu'il ressente la sensation que son cœur s'était arrêté de battre.

— Il m'arrive de rêver de cette plage, ajouta-t-il.

— Carter et toi y passiez beaucoup de temps.

— Dans mes rêves, je ne suis pas avec Carter.

— Avec qui es-tu ?

— Est-ce que tu ne le devines pas, Kendall ?

Elle soutint son regard, anxieuse.

— Dis-moi.

— Toi. Je suis avec toi. Et nous ne sommes pas assis sur des chaises de plage à discuter tranquillement.

— Que faisons-nous ?

Gabe ne la quitta pas du regard pendant que son sang se transformait en lave dans ses veines.

— Tout. Nous faisons tout ce dont j'ai rêvé depuis tellement d'années.

Au lieu de fuir son regard, comme il s'y attendait plus ou moins, Kendall continua de le regarder. Ses lèvres s'entrouvrirent légèrement et son regard s'assombrit.

— Pourquoi, Gabe ? Nous ne nous sommes pas vus depuis sept ans. Pourquoi rêverais-tu de moi ?

— Tu m'as toujours attiré.

Elle ne cessa pas de le regarder, et il eut la sensation qu'elle le touchait tellement son regard était intense.

— Tu m'attirais bien avant que tu n'épouses Carter. Et encore après votre mariage. Et encore après sa mort. Je savais que je ne pouvais pas t'avoir, mais cela ne changeait rien. Tu fais partie de moi, et il en sera toujours ainsi.

— Moi aussi je te voulais, avoua-t-elle d'une voix à peine audible. Pas au début, parce que j'étais trop amoureuse de Carter. Mais plus tu passais de temps avec nous, et plus je pensais à toi. Particulièrement après…

— Après ce 4 juillet, termina-t-il en fermant les yeux. Tu n'imagines pas combien cela a été difficile de prétendre que ce baiser n'avait pas existé et que tout était normal.

— Pourquoi ? Pourquoi as-tu fait marche arrière ensuite ?

— Qu'étais-je censé faire ? Te demander de rompre tes fiançailles avec Carter, mon meilleur ami ? Te demander de prendre la fuite avec moi ?

Comme elle ne répondait pas, il se leva et vint s'agenouiller à côté d'elle. Il faisait maintenant trop sombre pour qu'il puisse lire dans son regard.

— Tu as agi de la même manière, Kendall. Comme si rien n'était arrivé. Comme si tu avais effacé ce baiser de ta mémoire. Je pensais que c'était ce que tu souhaitais.

Elle se tourna vers lui.

— Je n'ai jamais oublié, murmura-t-elle. Avec toi, j'ai ressenti des choses que je n'ai jamais ressenties avec Carter. Avant, ou après.

Il garda le regard fixé sur elle, doutant d'avoir compris.

— Mon Dieu, Kenny, dit-il enfin. Que suis-je censé répondre ?

Elle ferma les yeux.

— Rien. Oublie cela. Je ne sais pas pourquoi je l'ai dit.

— Trop tard. Penses-tu réellement que je pourrais oublier ?

Il se pencha alors au-dessus de la jeune femme et déposa un baiser dans son cou.

— Aucune chance.

Elle frémit sous son baiser et tendit les bras pour l'attirer plus près.

— Qu'allons-nous faire, Gabe ? Je n'aime pas me sentir ainsi, et je pense que toi non plus.

Il promena sa bouche sur la gorge de la jeune femme, laissant le désir le submerger dans une vague sans fin. Il eut l'impression de se noyer et accueillit la sensation avec volupté.

— Je n'ai pas prévu que cela arrive. Je savais que ce serait une erreur, et je pensais que tu ne voulais plus entendre parler de moi. Mais j'en ai assez de faire semblant. Et le fait de savoir que toi aussi tu me veux…

Il remonta vers sa bouche, impatient de la goûter.

— Demande-moi d'arrêter, Kendall. Parce que je ne sais pas si je peux m'arrêter de moi-même.

Kendall ferma les yeux, pour mieux s'abandonner aux caresses de Gabe, à son baiser. Elle l'avait évité pendant si longtemps, s'était obligée avec tellement de force à rester loin de lui. Pourquoi, juste une fois, ne pourrait-elle pas avoir ce qu'elle désirait depuis tant d'années ? Pourquoi ne pourrait-elle pas se montrer égoïste et penser seulement à son seul plaisir ? Et à celui de Gabe ?

Il l'embrassa lentement, comme s'il prenait le temps de graver chaque seconde dans sa mémoire. Quand il attira sa lèvre dans sa bouche, l'aspirant doucement, elle gémit et la langue de Gabe s'immisça en elle.

Elle essaya de se rapprocher de lui, mais le bras de sa chaise l'en empêcha. Avec un soupir frustré, elle se pencha, par besoin de sentir Gabe contre elle. Elle voulait éprouver sa solidité, sa force.

— Attends, murmura-t-il en se glissant dans la chaise à côté d'elle.

Le siège était trop petit pour les accueillir tous les deux, il la fit passer au-dessus de lui. Lui écartant des cheveux du visage, il la maintint immobile tout en la dévorant du regard.

— Tu es si belle, murmura-t-il. J'ai toujours pensé que tu étais la plus belle femme que j'aie rencontrée.

Elle plongea ses doigts dans les cheveux de Gabe. La seule

autre fois où elle avait touché ses cheveux, c'était le jour de la baignade dans le lac. Ils étaient glacés et ruisselants, ce jour-là. Aujourd'hui, ils glissaient entre ses doigts comme une douce nuit d'été, et sentait bon. Comme Gabe. Une odeur dont elle avait gardé le souvenir dans sa mémoire et dans son cœur pendant toutes ces années.

— Kenny. Je veux te voir nue.

Il promena ses mains sur les bras de la jeune femme, passa ses doigts sur la mince bande de chair dénudée entre son T-shirt et son short.

— Je veux te toucher.

Il retroussa le T-shirt, emprisonna les seins de la jeune femme dans ses mains et passa doucement sa bouche sur les pointes avant de les embrasser. Un soupir accueillit ses caresses.

— Dois-je prendre cela pour une invitation à continuer ?

— Oui, dit-elle d'une voix tremblante. S'il te plaît, Gabe.

Il prit l'une des mains de la jeune femme, la posa sur son cœur, pour que Kendall le sente battre sous ses doigts.

— Tu vois, je tremble autant que toi, murmura-t-il. J'attends ce moment depuis si longtemps.

Il la débarrassa de son T-shirt puis contempla la chair des seins captifs de la dentelle noire, sans oser y toucher.

— Bon sang, murmura-t-il. Est-ce que tu caches toujours ce genre de choses sous tes T-shirts ?

Elle sourit, grisée par sa réaction.

— J'aime la lingerie.

— C'est ce que je vois.

Il lui caressa de nouveau les seins, elle laissa échapper un cri étouffé, et les yeux de Gabe s'assombrirent.

— Qu'est-ce que tu me réserves d'autre ? demanda Gabe tout en dégrafant le sous-vêtement.

— Tout ce que j'ai dans mes tiroirs.

La lingerie était son plaisir secret, la volupté qu'elle s'offrait à elle-même. Jusqu'à aujourd'hui, personne, aucun homme, n'avait percé ce secret-là.

La dentelle tomba dans les mains de Gabe, et les seins nus de Kendall s'offrirent à son regard.

— Il faudra que tu me montres ces merveilles que tu caches dans ton tiroir, dit-il d'une voix rauque. Mais une autre fois.

Pendant un long moment, il se contenta de l'admirer. Ensuite, il reprit ses caresses et elle éprouva un long frisson, violent comme une onde de choc, dans tout le corps. Les pointes de ses seins étaient comme de petits bourgeons prêts à éclater.

— Kenny, murmura-t-il dans un soupir avant de poser la bouche sur sa chair.

Electrisée, elle se cambra, attisant le désir qu'il éprouvait pour elle.

— Tu me rends fou, dit-il en la maintenant tranquille sur ses genoux, ou alors je ne réponds plus de rien.

Mais, de ses mains tremblantes, elle entreprit tout de même de déboutonner la chemise de Gabe, tant elle vibrait du besoin de sentir sa peau contre la sienne. Ses doigts malhabiles bataillaient avec les boutons, et elle n'arrivait à rien. Exaspérée, elle finit par repousser le tissu et fit passer la chemise par-dessus la tête de Gabe avant de l'envoyer valser. Puis elle posa les mains sur son torse — un torse musclé, couvert d'une douce toison brune.

— Attends, dit-il en se dégageant. On va s'installer mieux que ça.

Il attrapa la couverture jetée dans le fauteuil, prit la main de Kendall et se leva avec elle. Puis il l'entraîna à la lisière des pins. Là, il étala la couverture sur un lit d'aiguilles et fit s'allonger la jeune femme à côté de lui.

— C'est plus confortable que la plage…

— Hmmm, répondit-elle.

D'une main, elle déboutonna son pantalon et l'en débarrassa.

— Maintenant, c'est à mon tour de te regarder.

Elle le frôla, s'attarda avec légèreté sur son sexe dur et il soupira de bien-être. Pourtant, quand elle voulut se montrer plus audacieuse, il l'arrêta.

— Pas cette fois. J'ai attendu tellement longtemps que j'ai peur de ne rien contrôler, si tu fais ça. Et puis, laisse-moi te déshabiller…

Il ôta son short à Kendall et contempla le petit slip de dentelle assorti au soutien-gorge.

— Magnifique, dit-il en glissant un doigt sous l'élas-tique. Qui aurait cru que tu étais si coquine ?

— Jusqu'à présent, c'était uniquement pour ne pas oublier ce que « coquine » veut dire.

Sa main se promena sur la cuisse de la jeune femme.

— Nous allons vérifier que tu t'en souviens.

Il la dénuda, l'embrassa — un baiser qui incita Kendall à se plaquer contre lui. Là, il se protégea et, guidé par son impatiente compagne, il plongea en elle.

A cet instant, Kendall sentit des larmes de plaisir lui brûler les yeux. Mon Dieu, il y avait si longtemps…

Soudain, elle eut la sensation d'avoir enfin redonné un sens à sa vie…

Chapitre 18

Lundi soir

Ils restèrent un long moment allongés dans les bras l'un de l'autre, leurs corps perlés de sueur recouvrant la paix dans la fraîcheur de l'air nocturne. Gabe tira sur eux la couverture.

— Tu n'as pas froid ? demanda-t-il à Kendall.

— Mmm, répondit-elle en se blottissant un peu plus contre lui. Tu me tiens chaud.

Il déposa un baiser sur ses cheveux et resserra son étreinte.

— Je sais comment te réchauffer mieux.

Elle le sentit frémir contre elle et rit doucement.

— Tu me racontes ?

— Je préfère plutôt te montrer.

Il caressa son cou, l'embrassa profondément. Une nouvelle fois, le désir embrasa Kendall, qui noua les bras autour du cou de Gabe et l'épousa de son corps.

C'est alors qu'elle poussa un cri de surprise et de douleur.

Elle s'assit et souleva la couverture. Une pomme de pin l'avait blessée de ses écailles. Gabe lança le fruit au loin et se pencha pour embrasser la chair meurtrie.

— Tu veux qu'on rentre ?

— C'est parfait ici, dit-elle en regardant la lune au-dessus du lac. Magique.

— C'est toi qui es magique. Tu l'as toujours été.

— Ne dis pas cela, Gabe. Je ne veux pas penser au passé. Pas ce soir.

— Alors parlons de l'avenir ? proposa-t-il.

A quoi ressemblerait l'avenir ? Est-ce que Gabe en ferait partie ? Kendall était bien incapable de le dire. Elle ne savait pas encore ce qu'elle voulait, en dehors de ce bonheur volé à la banalité du quotidien.

— Pas de l'avenir non plus.

— Pas du passé, pas de l'avenir. Seulement le moment présent ?

— En réalité, je n'ai pas du tout envie de parler.

Et elle embrassa Gabe…

Un peu plus tard, quand elle rouvrit les yeux, la lune était haut dans le ciel et les étoiles scintillaient comme des milliers de diamants incrustés sur du velours noir. Elle avait froid, et Gabe les enveloppa tous les deux dans la couverture.

— Ce n'était certainement pas le meilleur endroit pour se déshabiller, dit-il. Même si c'est le début du mois de juin, il ne faut pas oublier que nous sommes dans le Wisconsin.

Il se leva, et alla récupérer leurs vêtements qui se trouvaient à côté des fauteuils. Sa peau était moirée, sa belle carrure et ses jambes solides se découpaient sur la pâle lueur de la lune.

Après avoir rendu ses vêtements à Kendall, il se rhabilla.

La jeune femme fourra son soutien-gorge dans la poche arrière de son short puis enfila le reste de ses vêtements. Ensuite, elle ramassa la couverture et la secoua.

Gabe l'aida à la plier, et il la glissa sous son bras avant de prendre la main de Kendall dans la sienne. Elle la serra et ils repartirent vers la maison.

Une fois à l'intérieur, elle s'affaira à fermer toutes les portes, se sentant soudain mal à l'aise et incertaine. Qu'allaient-ils faire, maintenant ? Se souhaiter une bonne nuit et partir chacun dans leur chambre ? Ou bien partager le même lit en craignant d'être découverts par l'une des filles ?

Avant qu'elle ne puisse dire quoi que ce soit, Gabe la prit dans ses bras.

— Tu es mal à l'aise, et c'est la dernière chose que je souhaitais.

— Je ne sais pas comment me comporter. Je te connais, *je te veux* depuis si longtemps… pourtant, tout est différent, maintenant.

Elle se blottit contre lui, cherchant à puiser un peu de sa force pour se donner du courage à elle-même.

— Est-ce que je t'emmène dans ma chambre ? Ou est-ce que je vais dans la tienne ?

— Préfères-tu faire comme si rien n'était arrivé ? murmura-t-il dans son oreille.

Elle se recula.

— Je ne sais pas. Je ne veux pas en parler pour l'instant.

Cette fois, au lieu de ne pas insister, il prit ses mains.

— Il faudra bien en parler à un moment ou à un autre. Parce que, moi, je ne compte pas prétendre qu'il ne s'est rien passé.

Les mots de Gabe résonnèrent dans le cœur de Kendall, et elle eut envie de pleurer.

— Non, dit-elle calmement. Je ne vais pas prétendre qu'il ne s'est rien passé. Je ne regrette rien. Je te désirais depuis si longtemps, Gabe.

Elle se dégagea et regarda la nuit par la fenêtre. Comment réfléchir posément quand Gabe se tenait si près d'elle ? Quand elle pouvait lire dans ses yeux ce qu'il ressentait. Pour elle.

— J'ai été rongée par la culpabilité tout le temps de mon mariage avec Carter, raconta-t-elle à voix basse. Parce qu'il ne me suffisait pas. Pendant tout notre mariage, tu étais présent toi aussi.

Elle posa son front contre la vitre.

— Je ne pouvais pas me donner complètement à Carter parce qu'une part de moi t'appartenait. Sais-tu ce que je ressentais ?

Il passa ses bras autour d'elle et l'embrassa dans le cou.

— Oui, j'imagine aisément.

Il l'attira contre lui. Il était solide, fort, on pouvait se reposer sur son épaule, compter sur lui. C'était un homme, un vrai, qui serait toujours là pour elle, quelles que soient les circonstances.

— Moi aussi, je portais une immense culpabilité en moi. Tu étais l'épouse de mon meilleur ami, mais pourtant je rêvais de toi. Je te retrouvais dans tous mes fantasmes, avoua-t-il en resserrant son étreinte.

Elle avait envie de rester ainsi pour toujours, en sécurité dans les bras de Gabe. Enveloppée dans sa force protectrice. Leurs deux cœurs battant l'un contre l'autre.

Malgré tout, elle s'obligea à s'écarter.

— J'ai besoin de temps, Gabe. Je ne sais pas comment surmonter ma culpabilité. Comment ne plus me sentir une mauvaise personne de te désirer.

— Tu n'es pas mauvaise, dit-il en l'obligeant à le regarder dans les yeux. Tu étais prise dans une situation impossible, et tu t'es comportée de manière honorable.

— Je ne me suis pas comportée de manière si honorable que cela, lors du nouvel an, murmura-t-elle. Quand je t'ai embrassé.

— Nous n'avions pas le choix, Kendall, et tu le sais. Quand Phil, l'ami de Carter, a tenu la branche de gui au-dessus de nos têtes, nous devions le faire. Nous devions jouer le jeu et prétendre qu'il s'agissait d'une bonne plaisanterie. Tu sais ce qui serait arrivé si nous avions refusé. Cet imbécile de Phil n'aurait pas arrêté de nous taquiner, et nous aurions été encore plus mal à l'aise.

— Mais ce baiser allait bien au-delà du jeu ! Ce n'était pas seulement un baiser innocent sur la joue. Tu m'as embrassée, et moi je t'ai rendu ton baiser. On savait ce qu'on faisait.

— Nous n'avons pas provoqué ce baiser, lui rappela-t-il. Nous n'avons pas trahi.

— Si, en pensée. Tellement de fois. Et c'est tout aussi mal.

Elle avait envie de regarder ailleurs, d'enfouir sa culpabilité tout au fond d'elle, mais elle s'obligea à le regarder en face.

— Je n'éprouve pas de la culpabilité parce que je t'ai embrassé. J'éprouve de la culpabilité parce que, pendant que je t'embrassais, je regrettais que tu ne sois pas mon mari. Après ce baiser, Carter a quitté la fête et je ne l'ai plus jamais revu vivant.

— Et l'homme que tu as embrassé a tué ton mari.

— L'ai-je dit ?

— Mais tu le penses, dit-il avec un sourire crispé.

— C'était un accident, et je le sais. Je l'ai toujours su, même quand je te tenais responsable de sa mort. Il faisait mauvais temps, et tu as perdu le contrôle. Tu ne voulais pas tuer Carter, mais je ne peux pas oublier que la dernière fois que je l'ai vu, j'étais en train de le trahir.

— Te punir pour le reste de ta vie ne le ramènera pas, répondit Gabe en faisant glisser ses mains sur les bras de la jeune femme pour prendre ses mains dans les siennes. Est-ce que ta pénitence n'a pas duré suffisamment longtemps ?

— Je n'arrive pas à surmonter ma culpabilité, expliqua-t-elle en serrant les mains de Gabe avant de les lâcher. Je ne sais pas comment faire.

— D'accord, Kenny, dit-il en la prenant dans ses bras. N'en parlons plus pour ce soir. Je préfère te tenir dans mes bras et t'embrasser.

Il posa sa bouche sur celle de la jeune femme et elle

s'ouvrit à lui. Une caresse, un baiser, et déjà elle tremblait dans ses bras.

— Attendons d'être moins troublés pour en reparler, suggéra-t-il avant de l'embrasser encore. Cette nuit, je veux te tenir dans mes bras pendant que tu dors, me réveiller à côté de toi demain matin. Je voudrais qu'il en soit toujours ainsi, mais je ne veux pas t'obliger à quoi que ce soit.

Pour sa part, Kendall avait envie qu'il l'oblige. Encore un baiser, encore une caresse dans le bas de son dos et elle l'inviterait dans sa chambre. Elle ne savait pas comment envisager l'avenir avec Gabe, mais elle savait ce qu'elle voulait ce soir : passer la nuit avec lui et dormir dans ses bras. Et faire de nouveau l'amour avec lui.

Avant qu'elle n'ait pu dire quoi que ce soit, l'escalier craqua et une porte grinça.

— Smith ! gronda Gabe, qui monta les marches deux à deux, Kendall sur les talons.

Au moment où elle arriva sur le palier, Gabe pénétrait dans la chambre de Dylan.

— Que faisiez-vous, Smith ? Vous nous espionniez, Kendall et moi ?

Dylan croisa ses bras sur son torse et prit appui contre la commode.

— Je n'espionnais personne. Je voulais descendre dans la cuisine me chercher un verre d'eau, mais je vous ai entendus parler et je suis remonté dans ma chambre. Je ne voulais pas me montrer indiscret.

— Vraiment ? Vous fouillez la poubelle de Kendall,

vous subtilisez des papiers personnels, mais vous ne voulez pas vous montrer indiscret !

Le visage du jeune journaliste vira au rouge.

— C'était une erreur, reconnut-il. Je cherchais des informations sur la famille de Carter et je suis allé trop loin. Kendall a repris les papiers, et je suis content qu'elle l'ait fait. Je n'aurais pas dû les prendre.

— Facile à dire, après coup.

— Pensez ce que vous voulez, répondit Dylan en haussant les épaules. Je doute réussir à vous faire changer d'avis, de toutes les manières.

Kendall saisit alors le bras de Gabe et elle tenta de le tirer en dehors de la pièce.

— Viens, Gabe. Cela suffit. Bonne nuit, Dylan.

Gabe se dégagea d'un coup sec.

— Je n'en ai pas fini avec lui.

— Si, tu as terminé.

Elle ouvrit la porte de la chambre de Gabe et l'attira à l'intérieur, puis elle referma la porte.

— Tu ne vas faire qu'empirer les choses, dit-elle d'une voix basse et tendue. Maintenant, il va se demander de quoi nous parlions.

Gabe la fixa, les dents serrées. Enfin, il soupira.

— Tu as raison. Je ne sais pas s'il nous a entendus, et quand bien même, nous ne pouvons rien y changer.

— Tu vas le laisser tranquille, n'est-ce pas ?

— Oui. Même si je meurs d'envie de lui mettre mon poing dans la figure, j'arriverai à me contrôler.

— Bien. Je ne voudrais pas que tu sois blessé, dit-elle en posant sa main sur le torse de Gabe.

— Ne t'inquiète pas pour moi. Tu devrais plutôt t'inquiéter au sujet de Smith.

— Il ne compte pas, répondit Kendall avant de prendre une profonde inspiration. C'est à ton sujet, Gabe, que je m'inquiète.

— Alors, ce soir n'était pas une erreur ? demanda-t-il en plongeant son regard dans celui de la jeune femme.

— Non, affirma-t-elle en sachant que c'était la vérité et en se blottissant contre lui. Quoi qu'il se passe ensuite, ce n'était pas une erreur.

— Et que se passera-t-il ensuite, Kendall ?

— Je ne sais pas, avoua-t-elle en essayant d'absorber un peu de sa force. Il va falloir que je réfléchisse.

— Et tu veux être seule pour réfléchir, n'est-ce pas ?

— Oui, répondit-elle en caressant le visage de Gabe. Je suis incapable de penser quand je suis avec toi.

Il lui adressa un sourire qui parut forcé.

— Je crois que j'ai plutôt intérêt à rester à proximité et ne pas te laisser l'occasion de trop penser.

— Bonne nuit, Gabe.

Elle s'appuya contre lui pour un dernier baiser, imprimant dans sa mémoire le souvenir de son odeur et de sa force.

— A demain matin.

Chapitre 19

Mardi matin

Mais le lendemain matin, Gabe hésita à affronter Kendall. Il l'entendait s'affairer dans la cuisine, tandis qu'une de ses filles éclatait de rire.

Comme si le fait de se retrouver face à Kendall n'était pas suffisamment délicat, il fallait en plus que cela ait lieu devant les fillettes...

Toutefois, il ne comptait pas battre en retraite et, plaquant un sourire sur son visage, il prit sur lui et poussa les portes battantes.

— Oncle Gabe ! s'écria joyeusement Shelby en sautant de son tabouret. Viens voir ce que je fais.

Kendall lui sourit, et son regard se radoucit.

— Bonjour, Gabe.

Il ne décela aucune gêne dans le regard de la jeune femme, seulement la joie de le voir, et il résista difficilement à son envie de l'embrasser. Cependant, il se contenta d'un autre sourire, plus complice, et se servit en jus d'orange.

— Ça va, Kendall ? As-tu passé une bonne nuit ?

— J'étais un peu… agitée, répondit-elle sur un ton moqueur. Et toi ?

— Moi aussi. Certainement à cause de la lune.

— Certainement. Pas de café ce matin ? demanda-t-elle en montrant le jus d'orange.

— J'ai besoin de vitamines. Je me sens un peu fatigué.

Kendall rosit et se mordit la lèvre pour ne pas rire. Au même instant, Shelby prit Gabe par le bras.

— Oncle Gabe ! dit-elle d'une voix impatiente. Regarde ce que je fais.

À contrecœur, il détacha les yeux de Kendall et se concentra sur ce que lui montrait la petite.

— Qu'est-ce que c'est ? demanda-t-il, en fixant le contenu d'un saladier. De la terre ? Est-ce que tu n'es pas un peu trop grande pour jouer avec ça ?

— C'est de la pâte pour des muffins au chocolat et à la cerise ! Mes préférés. Et je les prépare pour le petit déjeuner.

— C'est toi qui les prépares ? dit Gabe en haussant les sourcils. Je pensais que c'était ta mère, la spécialiste des pâtisseries, dans cette famille. Alors, est-ce toi qui a préparé en secret tous les muffins que j'ai mangés depuis mon arrivée ?

— Mais non ! J'aide maman juste pour aujourd'hui.

— Excellente idée, Shel. Ta maman m'a l'air fatiguée ce matin, et c'est très gentil à toi de l'aider.

Kendall se tourna, mais il eut le temps d'apercevoir son sourire.

— Versons les cerises dans la pâte et ensuite mettons

les muffins au four, d'accord ? proposa la jeune femme.
Je suis sûre que Gabe a faim.

— D'accord.

Shelby versa un bol de cerises séchées dans la pâte,
et quelques-unes tombèrent à côté. Elle les ramassa et
aida ensuite sa mère à déposer les noix de pâte sur la
plaque à muffins. Une fois cela terminé, elle sauta de son
tabouret.

— Est-ce que je peux mettre le minuteur ? demanda-
t-elle.

— Quinze minutes, précisa Kendall tout en essuyant
le plan de travail.

Shelby régla le minuteur puis disparut sous le
porche.

— Je vais m'entraîner au foot pendant que les muffins
cuisent.

Gabe la regarda descendre les marches en courant,
donner un coup de pied dans le ballon et commencer à
dribbler sur la pelouse. Ensuite, il s'approcha de Kendall
et l'enlaça.

— Bonjour, murmura-t-il contre ses lèvres.

— Tu l'as déjà dit, répondit-elle en passant ses bras
autour de son cou.

— Je le sais, mais pas de cette manière.

Il l'embrassa, et le baiser qui se voulait à l'origine léger
se transforma rapidement en un baiser torride. Kendall
se plaqua contre lui.

Gabe recula alors et, prenant le visage de la jeune femme
entre ses mains, il demanda :

— Aurais-tu pu faire cela devant Shelby ?

Kendall se recula à son tour, tout sourire ayant disparu de son visage.

— Je ne sais pas, Gabe. Tu as dit que tu me laisserais du temps.

— J'espérais que tu aurais eu une révélation pendant ta nuit sans sommeil…

— En effet. Je suis désolée de t'avoir demandé de partir, mais ce n'est pas le genre de révélation que tu espères.

— C'est un début, répondit-il en caressant la joue de la jeune femme. Qu'attends-tu de moi, Kenny ? La cérémonie a lieu demain. Je dois ensuite repartir à Milwaukee, mais est-ce que je reviens ? Est-ce que je dois envisager de déplacer mon entreprise ici ?

— J'essaie…, répondit-elle en essuyant ses mains sur son jean. Je vais régler certaines choses dont j'aurais dû m'occuper depuis longtemps, d'accord ? Il faut que je commence par là.

— D'accord, ma chérie. Fais comme tu le souhaites.

Il l'embrassa une nouvelle fois, plus profondément.

— Mais je n'ai aucune envie de dormir seul ce soir. Et toi ?

— Non, moi non plus. Tu m'as trop manqué la nuit dernière.

— Voilà qui est plutôt encourageant.

Il entendit alors des pas descendant l'escalier et prit ses distances. Jenna surgit.

— Maman, est-ce que c'est l'heure de partir ?

Le regard de la fillette s'arrêta alors sur une rose rouge qui se trouvait dans un soliflore, sur le plan de travail.

— C'est joli. D'où vient-elle ?

— C'est M. Smith qui me l'a offerte, expliqua Kendall.

Gabe ressentit immédiatement un pincement de jalousie.

— Alors, est-ce qu'il est l'heure de partir ? répéta Jenna.

— Après le petit déjeuner, Jen.

Se tournant vers Gabe, Kendall expliqua :

— Les filles et moi allons en ville décorer le stade pour demain. As-tu envie de nous aider ?

Il pensa alors au colis qui était toujours dans sa chambre : ce serait le moment idéal pour s'en occuper.

— Merci, mais j'ai des choses à faire. Et ne t'inquiète pas pour le petit déjeuner. Laisse-moi quelques muffins dans une assiette.

Se tournant vers Jenna, il dit :

— Amusez-vous bien. Je suis impatient de voir vos décorations.

Après avoir quitté la cuisine, il monta dans sa chambre et verrouilla la porte. Ensuite, il ouvrit le paquet et sortit l'équipement et les outils qu'il avait demandé à sa secrétaire d'envoyer.

Assise sur la plage, Kendall leva les yeux de son livre et regarda Gabe jouer avec les filles. Il les aidait à construire un château de sable. Quelle douceur pour la saison, aujourd'hui…

— C'est Poudlard, l'école de Harry Potter, décréta Jenna, et elle est magique.

— D'accord, Jen. Mais comment faire pour rendre le château vraiment magique ? demanda Gabe.

— Il faut construire beaucoup de tours. Et un dragon.

— Tu ne peux pas faire un dragon avec du sable, se moqua Shelby. N'est-ce pas, Elena ?

— Nous devrions consulter le livre pour voir s'il y a des dragons, répondit Elena. Vous avez apporté le livre ?

— Il est à la maison, dit Jenna. Bon, d'accord, pas de dragon, mais il nous faut plein de tours.

— Nous avons besoin de plus d'eau pour construire les tours, annonça Shelby, en mettant le seau dans les mains de Gabe.

— Ce n'est pas juste, protesta celui-ci en faisant semblant de ne pas être d'accord. Pourquoi faut-il toujours que je fasse le travail le plus difficile ?

— Parce que tu es notre esclave, rétorqua Jenna, en sautant sur place. Tu te rappelles ? Tu as promis que tu serais notre esclave si nous sortions les poubelles pour maman.

— J'ai vraiment promis cela ? demanda-t-il en allant remplir le seau. Je ne m'en souviens pas.

— Si, si tu l'as promis ! cria Jenna en se tournant vers Kendall. Maman, tu t'en souviens, n'est-ce pas ?

— Oh oui, je m'en souviens parfaitement, répondit Kendall, qui gardait en mémoire chaque moment volé avec Gabe.

— C'est vrai, comment ai-je pu oublier ? demanda Gabe avec un air innocent. Est-ce que je vieillis ? Ou alors mon cerveau n'est plus correctement irrigué ?

Réprimant un sourire, Kendall ouvrit son livre et commença à lire pendant que la construction du château se poursuivait.

Quelques minutes plus tard, la voix de George lança :

— Salut tout le monde. Alors, vous vous amusez bien sans moi ?

Kendall se retourna et sourit à son frère.

— Salut toi. Que fais-tu ici alors que tu es censé travailler ?

Il se pencha et embrassa sa sœur sur la joue.

— Je suis venu rendre visite à ma sœur et mes nièces préférées.

— Nous sommes tes seules nièces, dit Jenna en riant. Et maman est ta seule sœur.

— Dans ce cas, cela tombe plutôt bien que vous soyez mes préférées, répondit George avec un clin d'œil.

Ensuite, il s'assit à côté du château de sable instable.

— Joli château, les filles.

— C'est l'école de Harry Potter, expliqua fièrement Elena.

— Vraiment ?

— Oncle George, c'est notre amie Elena, dit Shelby.

— Bonjour Elena.

— Oncle Gabe nous aide à construire notre château, l'informa Jenna. Il est obligé parce qu'il est notre esclave.

— C'est vrai ? demanda George en regardant Gabe avec un sourire. Je le ferais travailler plus dur s'il était mon esclave.

Ensuite, George se leva et alla s'asseoir à côté de Kendall. Celle-ci ferma son livre et le regarda.

— Qu'est-ce qui ne va pas ? demanda-t-elle à voix basse.

— Pourquoi penses-tu que quelque chose ne va pas ? Parce que je passe vous voir ? Mais je fais ça souvent, que je sache.

— Oui, mais tu n'as pas toujours l'air aussi triste.

George regarda alors du côté de Gabe et des filles.

— D'accord... Voilà : Amy est venue chez moi, hier. Pour me rendre la bague. Je l'avais laissée chez elle, samedi.

— L'as-tu reprise ?

— Non, répondit-il en fermant les yeux. Je ne l'ai pas reprise mais, elle, elle me l'a rendue et elle est partie.

— Tu n'as pas essayé de la retenir pour lui parler ?

Il prit son visage dans ses mains.

— Je le voulais. Mais le temps que je me décide, il était trop tard.

— Que vas-tu faire ? demanda Kendall en posant sa main sur celle de son frère.

— Je l'ignore... Je pensais que tout allait pour le mieux dans le meilleur des mondes, mais elle m'a parlé de Carter...

— Et tout ne va plus aussi bien. Qu'est-ce qui t'ennuie ?

George haussa les épaules.

— Je ne sais pas, marmonna-t-il. Mais les choses ne sont plus comme avant...

— Qu'est-ce que tu imaginais ? Retourner à la perfection ?

— La perfection, tout le monde court après.

— Et on ne la trouve pas ici bas. Je te rappelle que nous sommes dans la vraie vie. Rien n'est parfait. Alors que préfères-tu ? Renoncer à la perfection et te donner une chance d'être heureux — ou bien rester seul toute ta vie ? Si tu aimes Amy, est-ce que le passé compte vraiment ? Et si tu aimes Tommy, quelle importance de savoir qui est son père ? Tout ce qui importe, c'est savoir ce que tu veux.

George regarda Gabe et les filles, qui riaient tout en construisant leur château de sable.

— Voilà ce que je veux, dit-il enfin. Une famille. Je veux construire des châteaux de sable avec Tommy et m'asseoir sur la plage avec Amy. Penses-tu qu'il soit trop tard ? ajouta-t-il en se tournant vers sa sœur.

— Je ne crois pas qu'il soit jamais trop tard. Toutefois, ce n'est pas à moi qu'il faut poser la question, mais à Amy.

George hocha la tête.

— J'ai eu tort de la blâmer et de la rejeter, n'est-ce pas ?

— Oui, et maintenant il faut que tu répares les dégâts avant qu'il ne soit trop tard.

Il se pencha pour embrasser Kendall.

— Merci pour le coup de pied aux fesses, Kenny. C'est ce qu'il me fallait.

— A ton service !

Elle regarda son frère partir, la tête basse, puis elle se tourna de nouveau vers Gabe et les trois fillettes. Et elle, que voulait-elle ? La perfection ? Ou bien ce que Gabe avait à lui offrir ?

Voulait-elle que Gabe partage sa vie ? Fasse partie de la vie de ses filles ?

Oui, s'avoua-t-elle. Elle voulait Gabe.

Elle s'était montrée honnête avec lui, lui avait ouvert son cœur — et lui aussi avait été honnête avec elle. Alors, ils réussiraient peut-être à construire une relation solide et durable sur de telles bases ? Et à surmonter la culpabilité qu'ils traînaient l'un comme l'autre depuis si longtemps ?

À condition qu'ils soient absolument sûrs de leurs sentiments. L'échec de son mariage lui incombait autant qu'à Carter puisque, en l'épousant, elle avait vite compris son erreur — pourtant, elle était restée au lieu de le quitter comme le lui dictaient le bon sens et le courage. Car elle n'aimait pas Carter et Carter le savait. Et comme lui non plus n'avait pas bougé, ils s'étaient tous deux retrouvés dans ce faux-semblant de mariage.

Jusqu'à ce que Carter se réfugie dans une liaison, ou la fuie de manière puérile et dangereuse.

Serait-elle jamais en mesure de vivre pleinement son amour pour Gabe ou la honte du passé viendrait-elle inévitablement s'immiscer entre eux, chaque jour que durerait leur histoire ? Pour l'instant, elle n'aurait su le dire. En revanche, elle pouvait peut-être essayer de se débarrasser des choses qu'elle avait conservées par mauvaise conscience.

Shelby leva les yeux.

— Où est oncle George ? demanda-t-elle. Pourquoi est-ce qu'il n'est pas resté pour voir notre château terminé ?

— Oncle George est très occupé, répondit Kendall

en s'efforçant de parler sur un ton léger. Il est juste passé nous dire bonjour.

— Oncle George pourra être votre esclave la prochaine fois, suggéra Gabe.

— Non, c'est toi que nous voulons, oncle Gabe. Tu es meilleur pour construire les châteaux qu'oncle George.

Devenant soudain sérieuse, Jenna ajouta :

— Shelby et moi, on voudrait que tu restes ici.

— J'aimerais moi aussi rester, répondit Gabe en lui ébouriffant les cheveux, mais nous n'avons pas toujours le choix.

A ces mots, Kendall se leva.

— J'ai des choses à faire, expliqua-t-elle. Des vieux bagages à déballer. Ils m'encombrent. Gabe, tu veux bien rester avec les filles ?

— Bien sûr. Nous avons un château à terminer. N'est-ce pas les filles ?

A la jardinerie de Tilda, Amy était occupée à arroser des plantes. Quand elle leva les yeux, elle vit George qui marchait vers elle en affichant une expression grave. Immédiatement, son cœur s'accéléra et son estomac se serra.

— J'ai besoin de te parler, annonça-t-il en s'arrêtant devant elle.

— Je ne peux pas, pour l'instant. Tu vois bien que je travaille, répondit-elle en s'efforçant de contrôler les tremblements de sa voix.

— Tilda ne t'en voudra pas de prendre une petite pause. Pouvons-nous aller dans la serre ?

Ils avaient l'habitude de s'isoler dans la serre quand George passait la voir après l'école. Il la plaquait alors contre la table de rempotage et lui murmurait à l'oreille qu'il ne pouvait pas vivre une minute de plus sans l'embrasser.

— Non, pas la serre.

— Dans ce cas, trouvons un endroit où nous ne serons pas dérangés. S'il te plaît, Amy. Tu as tous les droits de m'envoyer au diable, mais j'espère que tu écouteras ce que j'ai à te dire.

— D'accord.

La jeune femme jeta un regard alentour et aperçut quelques clients.

— Mais pas longtemps.

Elle l'emmena à l'écart, à l'endroit où les pierres de rocaille étaient stockées. Elle poussa quelques fragments de pierre du bout du pied et se tourna face à George sans prononcer un mot.

Celui-ci resta un moment à la regarder, puis il prit sa main.

— Amy, je me suis comporté comme un imbécile. Je te demande pardon.

Le cœur de la jeune femme cognait de plus en plus fort et elle retira sa main.

— Que veux-tu ? murmura-t-elle.

— Toi. J'aimerais penser que je ne me suis pas comporté comme le dernier des pauvres types, mais ce n'est pas possible. Acceptes-tu de me donner une seconde chance ?

— Rien n'a changé. Je suis toujours la personne que j'étais samedi, et mon fils est toujours le fils de Carter.

— Justement, Amy. Tu es la même personne que samedi, et la même personne que celle dont je suis tombé amoureux. Ce que tu m'as révélé n'a rien changé aux sentiments que je te porte.

— Non ? Pourtant, ce n'est pas ce que tu prétendais, l'autre soir. Quelle version suis-je censée croire ?

— Tu ne comptes pas me faciliter la tâche, n'est-ce pas ?

— Comment le pourrais-je, George ? Tu as brisé mon cœur. Tu as affirmé que tu m'aimais, tu m'as demandée en mariage, et ensuite tu m'as traitée comme la pire des femmes. Comment veux-tu que je ne sois pas sceptique ?

— Je suis désolé.

— Ça ne suffira pas.

— D'accord, concéda-t-il en tordant ses mains l'une contre l'autre. J'ai tout fichu par terre. Je le savais déjà. Comment puis-je réparer ?

— Je ne sais pas, répondit Amy en s'enveloppant de ses bras. Que se passera-t-il lors de notre prochaine dispute ? Je me retrouverai face à quel George ? Qui me dit que tu ne me lanceras pas les mêmes insultes au visage !

— Je ne serai plus jamais le type de samedi soir, lui assura-t-il. Ce type était vraiment trop moche pour mériter de vivre, alors je l'ai tué.

Un léger sourire éclaira le visage de la jeune femme.

— Pourquoi as-tu changé d'avis ?

— J'ai parlé avec Kendall, et elle m'a rappelé que les

gens changent. Que tu n'étais qu'une adolescente quand tout cela est arrivé.

— C'est généreux de sa part.

— Elle n'est pas une sainte pour autant : elle-même n'est pas sûre de pouvoir te pardonner.

Après quelques instants de silence, Amy répondit :

— Au moins, elle est honnête. Quoi d'autre ?

— J'ai vu Townsend jouer sur la plage avec Jenna et Shelby cet après-midi. Il y avait aussi Kendall. On aurait dit une vraie famille. Les filles l'adorent, et il semble les adorer aussi. Je ressens ce genre de sentiment pour Tommy. Peu importe qui était son père, j'aime Tommy.

Il tendit la main pour la toucher, puis la laissa retomber.

— Et je t'aime aussi, Amy. Je ne sais pas ce que je deviendrais si tu ne m'épousais pas.

— Je m'inquiète pour Tommy, dit-elle avec fermeté.

— J'aime Tommy, je te le répète, et je le considère déjà comme mon propre fils. J'ai été surpris et blessé quand tu m'as parlé de Carter, et j'ai réagi sans réfléchir, mais depuis j'ai raisonné et laissé parler mon cœur.

— Tommy n'est pas Carter. Tommy est Tommy. Une personne à part entière. Mon fils. Est-ce que c'est clair pour toi ?

— Peu importe qui est son père biologique. Je veux être son papa — le gars qui l'emmènera voir les matches des Green Bay Packers, qui lui apprendra à conduire et qui l'aidera à devenir un homme.

George fourra ses mains dans ses poches avant de reprendre :

— Après mon comportement de samedi, je ne mérite peut-être pas de lui apprendre quoi que ce soit. Mais j'espère que tu me donneras une chance de regagner ta confiance.

— J'ai envie de te croire, George.

La gorge d'Amy était de plus en plus serrée, et les larmes menaçaient de rouler sur ses joues.

— Plus envie que tout.

Il sortit alors le petit écrin de velours de sa poche.

— Dès que tu es partie de chez moi, l'autre jour, j'ai su que j'avais commis une immense erreur. Acceptes-tu de reprendre cette bague ? De la passer à ton doigt et de ne plus jamais la retirer ? Je t'aime, Amy. Je t'ai toujours aimée. S'il te plaît, épouse-moi.

Elle regarda longuement la bague, puis regarda George.

— J'ai moi aussi commis de nombreuses erreurs, reconnut-elle. Ma liaison avec Carter a été la plus grave d'entre elles. Comment ne pas te pardonner ?

La vue de George se brouilla. Il tendit la main et attira Amy contre lui.

— Je t'aime, Amy. Pour toujours.

Il prit alors la main gauche de la jeune femme et glissa la bague à son annulaire.

— Bien. Et quand envisages-tu de m'épouser ? Il va au moins falloir un an pour tout organiser.

— Un an ? Tu veux que j'attende un an ?

Elle leva les yeux et lut de la surprise sur son visage, puis elle lui sourit à travers ses larmes.

— Est-ce que je ne vaux pas cette attente ?

— Tu vaux tout, mais je ne suis pas du genre patient. Tu plaisantais, n'est-ce pas ?

— Oui, je plaisantais. Que dirais-tu de deux ou trois mois ?

— C'est toujours trop long, mais on progresse.

— Est-ce que tu n'oublies pas quelque chose, George ?

— Quoi ? Qu'est-ce que j'oublie ?

— Quand on demande une femme en mariage, la tradition veut qu'on l'embrasse quand elle accepte.

— Je n'avais pas oublié, mais je gardais seulement le meilleur pour la fin.

Ensuite, il se pencha et embrassa la jeune femme. Le cœur de celle-ci se mit à palpiter et la boule qu'elle avait dans la gorge disparut complètement.

— Je t'aime, George, murmura-t-elle.

Un long moment plus tard, alors qu'Amy et George se dirigeaient vers la voiture de George, Tilda apparut. Posant ses poings sur ses hanches, elle demanda en riant :

— Etiez-vous encore dans la serre, vous deux ? Vous devriez laisser cette pauvre table de rempotage tranquille.

George lui montra alors la main d'Amy, et le diamant scintilla au soleil.

— Nous n'aurons plus besoin de votre serre, Tilda. Je vais devenir le mari d'Amy.

— Vous en avez mis du temps, répondit Tilda en serrant Amy dans ses bras. Tu es un homme intelligent, George Krippner.

— Je n'en suis pas sûr, mais je sais que j'ai de la chance.

— Souviens-t'en la première fois que vous vous disputerez.

— Comptez sur moi, Tilda.

George porta ensuite la main d'Amy à sa bouche et embrassa la bague.

— Croyez-moi, je m'en souviendrai.

Chapitre 20

Mardi après-midi

Kendall attrapa la boîte blanche qui se trouvait sur l'étagère de son placard, la déposa sur son lit et s'assit. Là, elle fit glisser son doigt sur l'étiquette — « Souvenirs ».

Elle avait écrit ces mots peu de temps après sa rencontre avec Carter, à l'époque où elle était encore jeune et naïve et où elle s'imaginait partageant la vie de Carter de longues et heureuses années. Les jolis souvenirs seraient venus remplir la boîte…

Les voix des filles montèrent du salon où elles regardaient un dessin animé, et Kendall sourit. Dieu merci, son mariage ne lui laissait pas que des regrets : il lui avait donné Shelby et Jenna.

Prenant une profonde inspiration, elle ouvrit la boîte. Les photos de son mariage s'y trouvaient et elle les mit de côté, pensant que les filles auraient envie de les regarder un jour ou l'autre. Puis elle approcha la corbeille à papier.

Elle jeta d'abord les cartes que Carter lui avait écrites pour son anniversaire et leurs anniversaires de mariage.

Oh, il n'y en avait que quelques-unes. Une fois marié, Carter ne s'était plus embarrassé de romantisme.

Ensuite, elle passa en revue les boîtes d'allumettes des restaurants où ils avaient déjeuner ou dîner ensemble, les cartes postales achetées pendant leur unique voyage, et les tickets de cinéma des films qu'ils avaient vus du temps où ils étaient amoureux.

Poubelle.

Il y avait aussi quelques lettres, et elle les mit de côté avec les photos de mariage.

Après avoir ainsi trié les reliques de leur vie commune, elle trouva au fond de la boîte une rose rouge desséchée posée sur des papiers. Dès qu'elle la toucha, la fleur se réduisit en poussière, et Kendall jeta ce qu'il en restait. C'était l'une de ces nombreuses roses que Carter lui avait offertes — la plupart du temps pour se faire pardonner quelque chose.

Mon Dieu, elle n'aurait pas dû garder tout cela aussi longtemps… A présent, la corbeille à papier était pleine. N'avaient été sauvés de ce grand ménage que les quelques souvenirs qui pourraient intéresser Shelby et Jenna. Car il faudrait bien qu'elles puissent mettre un visage, des événements sur le nom de leur père, à partir des photos et d'histoires qu'on leur raconterait.

Que Gabe leur raconterait.

Il saurait faire revivre Carter comme personne d'autre et elles n'auraient peut-être pas besoin des babioles de cette boîte, après tout…

Enfin, Kendall saisit les documents concernant l'accident. Une photo de la scène, qu'elle jeta sans même lui accorder un regard. Le rapport de police. Et une liste des objets trouvés dans la voiture, qui avaient dû être remis à Gabe.

Elle déplia la feuille et lut : un bonnet des Green Bay Packers, trouvé sur le siège arrière ; quelques CD, aussi sur le siège arrière ; une canette de soda vide, trouvée sur le sol, côté passager ; 3,50 dollars en monnaie, trouvés sur le sol. Et une montre-bracelet, accrochée à la poignée de la portière, du côté conducteur…

Elle fixa la liste un long moment, et se sentit prise de nausée. Alors, pour échapper à l'angoisse, elle se leva d'un bond et descendit en courant jusqu'à la chambre de Gabe. Quand elle frappa à la porte, sa main tremblait.

— Entrez !

Elle se glissa dans la pièce, ferma la porte derrière elle. Le regard de Gabe se fit plus chaleureux quand il la vit.

— Kendall ?

Il se leva, la prit dans ses bras. Elle se blottit contre lui.

— Il faut que je te demande quelque chose.

— Tout ce que tu veux. Que se passe-t-il ?

— J'étais en train de trier des vieux papiers et des photos, expliqua-t-elle en désignant du menton la feuille qu'elle avait froissée dans sa main. J'ai trouvé ceci. Je ne l'avais jamais regardée avant…

Gabe prit la feuille.

— Oui, j'en ai eu une copie aussi. Et ?

— La dernière chose sur la liste.

— Oui, qu'est-ce qui te trouble ?

Elle ferma les yeux et prit une profonde inspiration, puis regarda Gabe droit dans les yeux.

— Ce n'est pas toi qui étais au volant, n'est-ce pas ? C'est Carter qui conduisait ce soir-là.

— Pourquoi Carter aurait-il conduit ? C'était ma voiture.

— Je le sais, mais Carter était au volant.

Gabe ne répondit pas. Il fit une boule avec la feuille et la lança dans la poubelle.

— Bon sang de montre…

— Tu n'as jamais porté de montre, Gabe. Jamais depuis que je te connais. Carter te taquinait sans arrêt à ce sujet. La montre qui était accrochée dans la portière du côté conducteur ne peut donc pas être la tienne. C'était celle de Carter, ce qui signifie qu'il conduisait.

— Tu n'aurais jamais dû lire cette liste, dit-il enfin. Je ne voulais pas que tu saches.

— Pourquoi ? murmura-t-elle. Pourquoi as-tu endossé la responsabilité de l'accident ?

— Je ne l'ai pas cherché, répondit-il en prenant sa main, les choses ont tourné ainsi.

— Comment ?

Les yeux baissés, il s'expliqua.

— Au moment où la police est arrivée sur les lieux, Carter se trouvait sur le siège passager. La portière conducteur était trop abîmée pour s'ouvrir et j'avais essayé de le tirer pour le sortir parce que l'essence commençait à fuir et j'avais peur que la voiture n'explose. Je suppose que la montre s'est accrochée à la portière quand je tentais de le dégager.

Elle serra sa main.

— Comment as-tu réussi à le tirer ? Tu avais le bras et la mâchoire cassés.

— Je l'ignore, répondit-il en haussant les épaules. L'adrénaline, ou l'instinct de survie…

— Pourquoi l'as-tu laissé prendre le volant de ta voiture ? Tu savais qu'on lui avait retiré son permis de conduire trois mois plus tôt.

Il embrassa les mains de la jeune femme et les serra dans les siennes.

— Je l'ai suivi dehors quand il a quitté la fête, nous nous sommes querellés et nous en sommes venus aux mains. Il a essayé de me frapper, mais il était trop soûl pour m'atteindre… Je lui ai proposé de le raccompagner, puis de revenir te chercher.

Il soupira.

— Compte tenu des circonstances, ce n'était pas vraiment la chose à dire, mais je n'avais plus les idées très claires non plus. Je voulais seulement lui laisser le temps de se calmer. Au lieu de ça, il s'est emparé des clés de ma voiture en disant qu'il rentrerait tout seul. J'ai essayé de le rattraper, mais il a couru à la voiture et il a démarré. J'ai à peine eu le temps de sauter sur le siège passager. Je m'en veux pour ce qui est arrivé… J'ai essayé de le faire arrêter, mais plus je lui disais de ralentir, et plus il accélérait. Alors tu vois, je me demande si j'ai bien fait de monter à côté de lui : ma présence l'a rendu terriblement nerveux. Peut-être que, sans moi, il serait arrivé à bon port.

— C'est pour cela que tu as endossé la responsabilité de l'accident ? Parce que tu te croyais coupable ?

— Je ne savais plus où j'en étais, après l'accident. Quand les policiers sont venus me parler, à l'hôpital, ils ont supposé que je conduisais. C'était ma voiture, Carter se trouvait dans le siège passager, et avec ma mâchoire immobilisée, je ne pouvais pas parler. C'était plus facile de me taire. Et puis, quelle importance ? Carter était mort, de toute façon. C'était horrible.

— Ils ne t'ont pas interrogé au sujet de la montre ?

— Non, pas une seule question.

— Pourquoi n'as-tu rien dit, plus tard ?

— Après cette visite des policiers, j'ai réfléchi. Si je parlais, l'assurance n'aurait rien payé puisque Carter n'avait plus de permis — surtout dans ma voiture. Tu te retrouvais seule et sans un sou.

— Mon Dieu…, murmura-t-elle, prise de vertiges. Tu as laissé tout le monde croire que tu conduisais pour que je puisse toucher l'argent de l'assurance ?

— C'était la seule chose que je pouvais faire pour t'aider, expliqua-t-il. Je savais que Carter avait dilapidé la plus grosse partie de son héritage, et presque vidé son assurance-vie. L'argent n'allait pas le ramener, mais au moins il pouvait t'aider à t'organiser sans ton mari.

— Gabe, dit-elle en se laissant tomber sur le lit. Je ne sais pas quoi répondre. Je suis accablée. Abasourdie. Perdue.

— Tu n'as rien à dire. Si tu n'avais pas trouvé cette maudite liste, tu n'aurais jamais su.

— Mais maintenant je sais… Je vais rembourser l'assurance.

— C'est fait. Nous nous sommes arrangés à l'amiable : ils ont récupéré leur argent, et je n'ai pas été poursuivi pour fraude. Est-ce que nous ne pouvons pas laisser l'accident et tout ce qui tourne autour derrière nous, Kendall ?

— Comment oublier ? C'était une si grosse somme d'argent, Gabe… Suffisamment pour transformer cet endroit en maison d'hôte. Je vais te rendre cet argent.

— Inutile. Mon entreprise tourne bien, et j'ai plus d'argent que nécessaire, crois-moi. Nom d'un chien, Kenny, tu peines déjà à boucler les fins de mois et tu veux me donner de l'argent ? Hors de question.

— Gabe, je ne peux…

— Arrête.

Il prit le visage de la jeune femme dans ses mains et déposa un baiser sur sa bouche.

— Oublie ta fierté et pense à tes filles.

— Tu me mets dans une situation délicate, rétorqua-t-elle. J'essaie de déterminer ce que nous allons devenir, et ceci vient tout compliquer.

— Tu te trompes. Ce que nous éprouvons l'un pour l'autre est indépendant de ces histoires. Il s'agit de nous, et seulement de nous.

Il l'embrassa une nouvelle fois. Elle avait envie de s'abandonner à ses baisers et de tout oublier… Pourtant, elle s'écarta.

— Pour quelle raison Carter et toi vous êtes-vous disputés ? demanda-t-elle, craignant d'entendre la réponse tout en désirant l'affronter.

— A ton avis, Kendall ? Nous nous sommes disputés à ton sujet.

— Parce qu'il nous a vus nous embrasser ?

— Oui, à cause de ce baiser. Je lui ai assuré que ce

n'était rien, que cela ne signifiait rien. Que c'était une plaisanterie et rien de plus, parce que Phil avait insisté en se croyant malin.

Il serra les mains de la jeune femme entre les siennes.

— J'ai eu tout le mal du monde à prononcer ces paroles, reprit-il à voix basse. Je ne voulais pas nier ce que je ressentais pour toi, mais je ne pouvais pas non plus avouer à mon meilleur ami que j'étais amoureux de sa femme.

— Tu n'avais pas besoin de le lui dire. Il savait, dit-elle en se rappelant l'expression de Carter quand il les regardait. Et il savait aussi ce que je ressentais pour toi.

— Je pense qu'il a toujours su.

Gabe lâcha les mains de la jeune femme et se mit à faire les cent pas dans la pièce.

— Parfois, je le détestais, avoua-t-il à voix basse. Et pas seulement parce qu'il t'avait épousée. Il aimait retourner le couteau dans la plaie, glisser des petites remarques à ton sujet, à propos de votre intimité, de ce que tu étais prête à faire pour lui. Il se vantait, comme pour me narguer.

Il serra les poings et regarda par la fenêtre.

— Je pense que, s'il t'a invitée à sortir avec lui, c'est d'abord parce qu'il voulait te voler à moi. Il savait que je t'aimais et ça l'excitait de me coiffer au poteau. Carter a toujours voulu être le premier, dans tous les domaines.

— C'est pourquoi tu as endossé la faute — parce que tu te sentais coupable de t'être querellé avec lui à mon sujet.

— Ecoute... Je pense que nous avons suffisamment payé, à présent. Nous avons le droit d'être heureux.

— Je suis déjà heureuse.

— Vraiment, Kendall ? Est-ce pour cela que tu n'es sortie avec personne depuis le décès de ton mari ?

— Je l'ai trahi, Gabe, dit-elle d'une voix étranglée. Pas seulement ce soir-là, mais pendant tout le temps de notre mariage. Je ne l'aimais pas. Il le savait, il s'est querellé avec toi à cause de ça — et ma trahison a coûté leur père à Shelby et Jenna.

— Tu as déjà purgé ta peine, Kenny. Les assassins passent moins d'années en prison. Est-ce que tu ne peux pas te pardonner ?

— Et toi ?

— Oui, dit-il doucement.

— J'ai envie de te croire, vraiment.

— Prends ton temps. Je t'aime depuis toujours, et j'attendrai autant qu'il faudra.

Gabe n'arrivait pas à trouver le sommeil. Il pensait à Kendall, dont la chambre se situait juste au-dessus de la sienne, et se demandait si elle dormait. Etait-elle trop troublée, elle aussi, pour s'assoupir ? Regrettait-elle d'être seule dans son lit ? Cela avait été dur pour lui de se mettre en retrait, aujourd'hui, et de lui dire qu'il serait patient et attendrait sa décision.

Il se leva et fit les cent pas. La lune éclairait le lac noir et mystérieux. Par la fenêtre ouverte, la brise soulevait les rideaux. Soudain, il entendit les pas d'un animal qui rôdait autour de la maison.

A moins que ce ne soit pas un animal…

Les pas se déplacèrent.

Gabe s'accroupit sous la fenêtre et scruta la nuit. N'y avait-il pas une ombre plus sombre près de la porte du local à poubelles ?

— Rapproche-toi, murmura-t-il. Encore plus près, bon sang. Déclenche ces projecteurs.

Comme si le rôdeur l'avait entendu, l'ombre se déplaça et, brusquement, le jardin fut inondé de lumière.

Elena fut prise comme une biche dans le faisceau aveuglant des phares d'une auto.

Vivement, la fillette se redressa et partit en courant vers le verger. Gabe se pencha alors par la fenêtre et cria :

— Elena, attends ! Ne cours pas. J'arrive.

Elle regarda par-dessus son épaule et s'immobilisa. Malgré la distance, Gabe pouvait voir qu'elle était terrorisée.

— Tout va bien, lui assura-t-il gentiment. Ne bouge pas.

Il enfila un short et un T-shirt puis sortit de sa chambre. Il entendit du mouvement à l'étage supérieur. Kendall était elle aussi réveillée. Il ne pouvait toutefois pas l'attendre, car Elena était sur le point de s'enfuir.

Au moment où il sortit par la porte arrière, Elena partait en direction du verger. Gabe s'arrêta alors à distance de la fillette et s'accroupit devant elle pour la rassurer.

— Tout va bien, Elena.

— Allez-vous appeler la police ? demanda-t-elle d'une petite voix tremblante.

— Bien sûr que non, lui promit-il, en s'efforçant de rester calme. Mais nous devons parler. Est-ce qu'il y a un problème ? Est-ce que tes parents sont malades ? Ou l'un de tes frères ?

Elle hocha lentement la tête de gauche à droite et garda les yeux baissés pendant que des larmes roulaient sur ses joues.

Derrière lui, il entendit la porte de la cuisine s'ouvrir et des pas approcher.

— Que se passe-t-il ? demanda Kendall. Elena ?

Gabe se leva et prit sa main, l'obligeant à s'accroupir à côté de lui. Elena était en effet suffisamment terrifiée, et il était inutile que deux adultes la dominent de leur hauteur.

Kendall frissonna, et il vit qu'elle portait seulement un T-shirt fin et un short. Il tourna le regard pour ne pas se laisser distraire, mais passa un bras autour de ses épaules pour essayer de la réchauffer.

— Il faut que tu expliques à Mme Van Allen pourquoi tu es venue jusqu'à la maison si tard, dit-il doucement. As-tu besoin de quelque chose ? Est-ce que tes parents t'ont envoyée nous chercher ?

La fillette hocha une nouvelle fois la tête, et Gabe jeta à Kendall un regard désespéré : il ignorait comment se comporter avec une petite fille de dix ans morte de peur.

Kendall serra sa main, puis elle se pencha en avant.

— Que faisais-tu ici, ma chérie ?

— Je voulais juste le livre, avoua enfin Elena entre deux sanglots. Je voulais le lire. Je croyais que je pouvais l'emprunter la nuit, pendant que Jenna dort.

— Quel livre ? demanda Kendall en prenant la main d'Elena dans la sienne. Quel livre voulais-tu lire ?

— Le livre de Harry Potter… J'ai commencé à le lire

quand Shelby l'a oublié dans le verger, et je voulais le terminer. J'ai lu les autres, mais pas celui-ci.

— Pourquoi ne pas avoir demandé à Jenna de te le prêter ? dit Kendall. Je sais qu'elle aurait été d'accord.

— Ma mère ne voulait pas, répondit Elena d'une toute petite voix. Elle a dit que je ne devais pas vous embêter.

— Elena, ma chérie, mais tu ne m'embêtes pas. Les filles t'aiment beaucoup, et moi aussi, lui assura Kendall.

— Elle a dit que je ne pouvais pas demander.

Et Mme Montoya refuserait aussi qu'il lui offre le livre, pensa Gabe. Il savait que la mère d'Elena avait eu du mal à accepter l'équipement de football, et elle avait donné son accord uniquement parce qu'elle avait cru qu'il s'agissait d'un cadeau de l'équipe.

— Est-ce que tes parents ne peuvent pas t'emmener à la bibliothèque pour l'emprunter ? demanda Kendall.

— Nous ne pouvons pas avoir de carte de bibliothèque parce que nous ne vivons pas ici tout le temps.

— Qui t'a dit cela ?

— La dame de la bibliothèque.

— Eh bien, j'irai parler à la dame de la bibliothèque, et tu auras une carte, promit Kendall.

— Vraiment ? demanda Elena en levant un regard rempli d'espoir.

— Vraiment.

Kendall se leva et lui tendit la main.

— En attendant, Gabe et moi allons te raccompagner chez toi. Tu ne devrais pas être dehors si tard.

— J'ai attendu que tout le monde dorme, avoua Elena. Parfois, papa se couche tard et il s'endort sur le canapé.

— Tu as déjà essayé de prendre le livre avant cette nuit, n'est-ce pas ? demanda Kendall sur un ton compréhensif.

Elena hocha la tête.

— Oui, mais je ne pouvais pas entrer. Les fenêtres sont trop hautes. C'est par la fenêtre que je sors de la maison quand mon père dort sur le canapé.

Kendall jeta un coup d'œil à Gabe par-dessus la tête d'Elena et sourit.

— Tu es plutôt casse-cou, non ?

— J'aime les livres, répondit Elena avec une telle sincérité que le cœur de Gabe se serra.

— Tu pourras emprunter tous les livres que tu voudras à la bibliothèque, lui assura Kendall.

Ils prirent chacun Elena par la main le temps de traverser le verger, en prenant garde de ne pas trébucher sur les racines ni se tordre le pied dans les trous. Quand ils arrivèrent à la maison d'Elena, l'endroit était plongé dans le noir.

— Par-là, indiqua-t-elle à voix basse.

Elle fit le tour de la maison et montra une fenêtre sans moustiquaire.

— C'est ma chambre, et aussi celle de mon *abuela*, mais elle ne se réveille jamais.

Gabe entendit un ronflement doux et régulier venant de la chambre. Kendall s'accroupit alors devant Elena.

— Nous reparlerons de cela demain, murmura-t-elle.

Tu ne peux pas sortir de ta maison en pleine nuit pour te promener. C'est trop dangereux.

— Allez-vous le dire à mes parents ? demanda-t-elle avec une bouche tremblante, mais elle soutint le regard de Kendall.

— Je pense que tu dois le dire toi-même à tes parents, Elena. D'accord ?

La fillette hocha gravement la tête et Gabe vit des larmes briller dans ses yeux. Ensuite, elle agrippa le cadre de la fenêtre et tenta de grimper. Gabe la prit par la taille et la souleva. Une fois à l'intérieur, elle replaça la moustiquaire et baissa le store.

Il prit alors la main de Kendall et ils traversèrent une nouvelle fois le verger pour rejoindre la maison. Arrivés sur la pelouse derrière la maison, il demanda :

— Peux-tu vraiment demander à la bibliothèque de donner des cartes à tes ouvriers ?

— Je vais m'assurer que tous les saisonniers de tous les vergers de la région puissent avoir des cartes de bibliothèque , et ce n'est qu'un début, affirma-t-elle sur un ton déterminé.

Il ne douta pas une seule seconde qu'elle réussirait.

— Je vais aussi me renseigner auprès des écoles. Je ne serais pas étonnée que certaines découragent les saisonniers d'y inscrire leurs enfants parce qu'ils arrivent une fois l'année scolaire bien entamée. Il faut que cela change.

— Ton projet semble formidable, Kendall, mais comment comptes-tu t'y prendre ? Toutes ces choses coûtent de l'argent, et on va te répondre que les saisonniers ne paient pas d'impôts locaux.

— Mais moi, si. As-tu idée de ce que me coûtent en impôts le verger et la maison d'hôte ?

— Beaucoup ?

— Oui, beaucoup, répondit-elle avec un petit sourire amer. Sturgeon Falls a étendu les limites de la ville pour m'inclure parce qu'ils veulent encaisser mes impôts. Si la bibliothèque refuse de donner des cartes aux saisonniers, et si les écoles ne font aucun effort pour inscrire leurs enfants, je ferai sécession ! J'ai accepté d'être annexée parce que je souhaitais profiter des services de la ville, mais je peux m'en passer. Eux, en revanche, ils ne peuvent pas vivre sans les impôts payés par les vergers. Je peux convaincre les autres propriétaires de vergers de faire comme moi. J'ai dans l'idée qu'il ne sera pas difficile de faire entendre raison à la municipalité…

— Très bien, dit Gabe en l'embrassant. Je t'accompagnerai demain, quand tu iras avec Elena et sa famille à la bibliothèque. Au cas où tu aurais besoin de soutien.

— Tout se passera bien, assura-t-elle en s'appuyant contre lui. Je me montrerai polie et charmante, mais ils repartiront tous avec des cartes de bibliothèque en poche.

— Je suis fou de toi, murmura-t-il contre ses lèvres. Est-ce que je te l'ai déjà dit ?

— Non, répondit-elle en passant ses bras autour du cou de Gabe. Mais j'avais plus ou moins deviné.

Le T-shirt qu'elle portait était si fin qu'il pouvait sentir la peau de la jeune femme à travers le tissu. Comme il caressait son dos, elle frémit et se hissa sur la pointe des pieds pour plaquer son corps contre celui de Gabe. Toutefois, quand il posa ses mains sur les hanches de la jeune femme et qu'il l'attira plus près contre lui, elle se recula.

— Ce n'est pas bien, dit-elle en touchant sa joue avant de laisser retomber sa main. Ce n'est pas juste de te caresser et de t'embrasser pour te demander ensuite d'arrêter.

— Dans ce cas, ne me le demande pas.

Il l'embrassa et sentit la résistance de la jeune femme s'affaiblir.

— Viens dans mon lit, Kendall. Passe la nuit avec moi.

— Tu as dit que tu me laisserais le temps.

— Et je respecterai ma parole. Mais je me réserve le droit de faire pression sur toi, répondit-il en promenant une main dans son dos.

— Gabe, gémit-elle, et il l'embrassa plus profondément. Je suis suffisamment faible pour te croire.

Comme elle s'accrochait à lui, lui rendant son baiser, il la poussa vers les escaliers. Les projecteurs qu'il avait installés s'allumèrent dans un éclair blanc et Kendall se dégagea immédiatement de son étreinte.

— Qu'est-ce que c'est que ça ? demanda-t-elle. J'avais presque oublié.

— Je les ai installés ce matin, pendant que les filles et toi décoriez le stade, et je ne compte pas te présenter d'excuses. Je n'avais aucune idée que le rôdeur était une fillette de dix ans, et je pensais avant tout à vous protéger.

— Tu aurais dû m'en parler avant, dit-elle en ouvrant la porte de la cuisine.

— Oui, en effet, mais cela n'aurait rien changé. Je les aurais installés même sans ton consentement.

Elle soupira.

— Je devrais être en colère contre toi, mais comment le pourrais-je ? Merci, Gabe, dit-elle en le serrant dans ses bras.

— Alors c'est ça ? demanda-t-il en la serrant. C'est la grosse dispute ?

— C'est ça, répondit-elle en lui souriant. Déçu ?

— Non, et je suis sûr que nous pouvons employer judicieusement le temps et l'énergie que nous aurions consacré à nous disputer.

— Je n'en doute pas.

Elle noua ses bras autour de son cou mais s'immobilisa immédiatement. Gabe tourna alors la tête et comprit : la rose que lui avait offerte Smith trônait toujours sur le plan de travail. Le même genre de rose rouge que lui offrait Carter quand il avait quelque chose à se faire pardonner.

Elle embrassa Gabe une dernière fois, puis se dégagea.

— A demain, Gabe.

Chapitre 21

Mercredi après-midi

Une cloche sonna au moment où Kendall pénétrait dans le stade, le lendemain après-midi, avec Shelby et Jenna. Une estrade avait été dressée à une extrémité du stade, et elle était décorée de pompons rouges et blancs qu'elles avaient collés la veille. Des pots de fleurs blanches et bleues étaient alignés devant et sur les côtés de l'estrade, et des rubans rouges et blancs décoraient le grillage de clôture.

Gabe s'entretenait avec le principal du lycée. Kendall n'avait pas vu Gabe en costume depuis des années. Le tissu gris anthracite faisait ressortir ses épaules carrées et ses cheveux paraissaient encore plus noirs. Il émanait de lui un air de confiance et d'autorité, et il donnait en tous points l'impression d'être un homme d'affaires qui avait réussi.

Quand il l'aperçut, il lui sourit, et le cœur de la jeune femme s'accéléra. Même dans cette tenue inhabituelle, il demeurait Gabe — l'homme pour qui son cœur s'emballait.

Les panneaux de mousse portant des photos étaient posés sur des chevalets près de l'estrade. Un panneau montrait les photographies de Carter que les filles et Kendall avaient installées la veille. Les autres portaient des photographies de Carter à l'époque du lycée, jouant au football, au basket-ball, au base-ball, ainsi que des photographies de son équipe brandissant la coupe du championnat de l'Etat.

— Où est-ce que nous nous asseyons, maman ? demanda Shelby.

— Sur l'estrade, Shel, répondit-elle en souriant à sa fille. Allons chercher nos sièges, d'accord ?

Comme elles se dirigeaient vers l'estrade, Kendall reconnut la voix de son frère dans son dos.

— Salut Kenny.

George lui sourit. Il tenait d'une main Tommy, et son bras était passé autour des épaules d'Amy.

— Oncle George ! s'écria Jenna en courant vers son oncle. Je ne savais pas que tu allais venir.

— Crois-tu que j'aurais manqué un jour pareil ? répondit-il avant d'embrasser sa nièce. Hors de question.

— Merci d'être venu, George, dit Kendall. Et à toi aussi, Amy.

— Je ne voulais pas m'imposer, expliqua Amy, mais George souhaitait que nous soyons présents.

Kendall regarda alors Tommy, qui observait tout autour de lui. Après un long moment, elle répéta :

— Je suis heureuse que tu sois venue. Et je suis aussi heureuse que Tommy soit là.

— Il ne sait pas, précisa rapidement Amy. Je ne lui ai pas dit…

Kendall posa une main sur le bras d'Amy.

— C'est bon. Tu lui diras un jour, et il se souviendra de cette journée. Il sera content d'y avoir assisté.

— Merci, murmura Amy, les yeux remplis de larmes. C'est très généreux.

— Non, c'est seulement juste, répondit Kendall. Tommy n'y est absolument pour rien.

Amy se tourna alors vers George et lui adressa un regard appuyé. Hochant la tête, il dit à l'attention des enfants :

— Et si nous partions à la recherche des sièges de Shelby et Jenna ? Ce sont des personnes importantes, aujourd'hui.

Quand ils se furent éloignés, Amy se tourna vers Kendall.

— Je veux te présenter des excuses. Cela ne change probablement rien, mais sache que je regrette vraiment. Ce que j'ai fait était mal, et tu ne l'as pas découvert de la bonne manière non plus. J'aurais dû t'en parler moi-même, il y a longtemps, mais je n'ai jamais trouvé le courage. Je me suis comportée en lâche.

Kendall s'avança d'un pas.

— Tu n'es pas lâche, Amy. Il t'a fallu beaucoup de courage, au contraire, pour tout avouer à George. Tu aurais pu l'épouser et ne jamais rien lui dire.

— Je sais que cela va être difficile pour toi que j'épouse

George… Je ne peux pas effacer le passé, mais je voulais t'assurer que je n'ai jamais cherché à te blesser.

Devant le remords et la sincérité qu'elle lisait dans les yeux d'Amy, Kendall sentit un poids libérer son cœur.

— Tu sais quoi, Amy ? Je ne pense pas du tout que ce soit difficile. Tu rends George heureux. Il vous aime, toi et Tommy. Et c'est tout ce qui compte pour moi.

— Merci Kendall, dit Amy, au bord des larmes. Cela représente beaucoup pour moi. Et cela voudra aussi dire beaucoup pour George. Je ne sais pas si je pourrais me montrer aussi indulgente dans la situation inverse.

Kendall prit la main d'Amy.

— Quel âge avais-tu quand tu es tombée enceinte ?

— Dix-sept ans, avoua Amy en rougissant.

— Et Carter en avait vingt-deux. Il a profité de toi.

— Ce n'est pas uniquement la faute de Carter, répondit Amy. Je n'avais que dix-sept ans, mais j'étais suffisamment vieille pour savoir ce que je faisais…

Kendall serra la main d'Amy.

— Carter aussi, d'autant qu'il était marié et déjà père une première fois. Restons-en là. George a beaucoup de chance, et je suis heureuse que tu fasses partie de notre famille.

— Moi aussi, murmura Amy.

— Maman, nous devons nous asseoir sur l'estrade, les interrompit alors Shelby, en tirant sa mère par le bras. Viens.

— Du calme, Shel.

Se tournant vers Amy, Kendall ajouta :

— George et Tommy viennent à la maison après la cérémonie. Et toi ?

— Je ne pensais pas venir, répondit prudemment Amy.

— Dis à George que nous vous attendons tous les trois. Je veux que ma famille soit réunie.

Après un dernier sourire, Kendall partit vers l'estrade alors que des groupes de lycéens arrivaient dans le stade. Au moment où elle s'apprêtait à monter les quelques marches, Gabe la prit par la main et l'aida.

— Tout va bien ? Je t'ai vue parler avec Amy.

— Tout va bien, lui assura-t-elle en regardant en direction des bancs où George s'installait entre Amy et Tommy. En fait, je vais même très bien.

Le principal les rejoignit avant que Gabe n'ait pu ajouter quoi que ce soit.

— Madame Van Allen, je vous remercie d'être venue.

— Nous n'aurions manqué cette cérémonie pour rien au monde, répondit Kendall.

Le principal montra l'autre extrémité du stade, où le tableau d'affichage des scores était recouvert d'un drap blanc.

— Je suis sûr que vous aimerez ce que nous avons préparé.

— Je n'en doute pas.

— Nous commencerons dès que tout le monde sera assis, reprit-il en regardant les bancs qui se remplissaient. Toutes les équipes qui jouent dans le stade seront présentes. Nous sommes impatients et heureux.

— C'est un honneur d'être là, lui assura Kendall.

— Et ce n'est que justice. Après tout, Carter était le meilleur athlète de toute l'histoire du lycée de Sturgeon Falls, et cela nous a paru normal de donner son nom au stade. Sans compter que la famille Van Allen s'est toujours montrée généreuse envers notre école. Je suis sûr que nous pouvons continuer de compter sur son soutien. Je vous appelle la semaine prochaine pour discuter de nos projets, dit-il avec un large sourire.

Gabe crut bon d'intervenir.

— Monsieur Barnard, où souhaitez-vous que Shelby et Jenna s'assoient ?

Comme le principal conduisait les deux fillettes à leurs sièges, Gabe glissa à Kendall :

— Ne le laisse pas t'embobiner. Il m'a déjà sollicité pour financer la rénovation du stade !

— Merci pour la mise en garde, répondit Kendall avec un clin d'œil.

— Tiens le coup pendant une petite heure, et ensuite ce sera terminé.

— Tout ira bien, Gabe. Regarde comme les filles sont excitées.

Les fillettes se tortillaient en effet sans cesse sur leurs sièges, observant la foule avec de grands yeux. Gabe se dirigea vers elles et posa une main sur leurs épaules.

— Tout le monde est venu pour votre père, expliqua-t-il. Ils ne le connaissaient pas, mais ils savent ce qu'il a fait quand il était élève ici. Ils sont tous fiers que l'école donne le nom de votre père à son stade.

— Vraiment ? demanda Shelby. Et il portera toujours le nom de mon père quand je viendrai dans cette école ?

— Oui, lui assura Gabe.

— Alors le stade de mon école et moi, on aura le même nom. C'est chouette, non ?

— Super chouette, répondit Gabe en souriant.

La fanfare, qui attendait à l'extérieur, attaqua les premières notes de l'hymne de l'école et pénétra dans le stade. Kendall s'assit et Gabe prit place à coté d'elle. La jambe de Gabe vint taper discrètement dans la sienne une fois, puis une deuxième fois, et elle baissa le regard pour cacher son sourire. Il lui signifiait qu'il était là pour elle, pour la soutenir, comme il lui avait dit hier.

Elle aimait ce sentiment.

Les dernières notes de l'hymne s'envolèrent dans les airs et le principal s'approcha du micro. Gabe prit alors la main de Kendall et la serra pour la rassurer. Elle serra la main de Gabe à son tour, puis se laissa porter par les événements.

Elle appréhendait cette cérémonie et les souvenirs qu'elle ne manquerait pas de réveiller. Elle s'inquiétait de ne pas savoir dissimuler les sentiments complexes qu'elle portait à Carter, mais il lui suffit de jeter un coup d'œil à ses filles pour savoir que tout irait bien. Cette journée n'était pas pour elle, ni même pour Carter. Elle était pour ses filles et pour leur donner un souvenir de leur père qu'elles chériraient toute leur vie.

Shelby et Jenna dévoraient le principal du regard, comme envoûtées, quand il commença à évoquer la famille Van Allen et Carter. Kendall sourit et se détendit.

Une petite demi-heure plus tard, Gabe bouclait le récit d'une anecdote concernant Carter, et il marqua une pause le temps que les rires de l'assistance se dissipent. Il avait envie de se retourner pour voir comment Kendall allait.

Il avait passé sa semaine à essayer d'effacer Carter de sa mémoire, et voilà qu'il se tenait sur cette scène à faire revivre son souvenir. Quelle ironie !

— Vous allez tous jouer dans le stade Carter Van Allen à partir de maintenant, reprit-il. Jouez vos matches comme Carter vivait sa vie — à fond, et sans hésitations. Parce que si vous le faites, vous réussirez, peu importe que vous gagniez ou que vous perdiez.

Il regarda la foule, puis se tourna vers Kendall, Shelby et Jenna. Les filles étaient fascinées. Quand il croisa le regard de Kendall, elle lui sourit. D'un sourire mal assuré, mais elle lui sourit.

Il se tourna de nouveau vers la foule.

— Carter nous a quittés prématurément, avant d'avoir eu l'occasion de vivre tous ses rêves. En donnant son nom à un stade, vous perpétuez le souvenir de ses exploits sportifs, du plaisir qu'il donnait aux spectateurs qui assistaient aux matches de football, de base-ball et de basket-ball. Et vous aspirerez à égaler son sens de la compétition et son amour du sport. Voilà l'héritage que Carter Van Allen a légué au lycée de Sturgeon Falls. Les gens qui aimaient Carter, ses amis et sa famille, chériront ces souvenirs, mais nous en avons de plus personnels — comme son charme, son humour, sa personnalité hors du commun. Et le plus beau cadeau, le plus merveilleux cadeau qu'il nous a laissé, restera pour toujours ses deux filles : Shelby et Jenna Van Allen.

Il se recula pendant que la foule applaudissait, et la fanfare entama une nouvelle fois l'hymne de l'école. Le principal fit un signe de la tête en direction d'un étudiant qui se tenait près du panneau d'affichage, et le drap blanc tomba pour révéler les mots « Stade Carter Van Allen ». Gabe le regarda un moment, puis il se tourna et trouva Kendall derrière lui.

Elle le serra dans ses bras et l'embrassa.

— Merci, murmura-t-elle, ses mains posées sur les épaules de Gabe. Tu nous as donné à tous des souvenirs positifs concernant Carter. Quelque chose de bien.

Ensuite, le directeur toucha le bras de Kendall, et elle se tourna vers lui avec un sourire. Gabe resta sur l'estrade, regardant les étudiants qui se dispersaient, et il crut apercevoir le fantôme de Carter qui courait sur le côté du stade, tenant un ballon sous son bras. Arrivé à la zone d'en-but, il ralentit et jeta un regard par-dessus son épaule, pour partager ce moment avec Gabe. Comme il l'avait toujours fait pendant les matches.

Gabe ne pouvait distinguer son visage, mais il savait que Carter devait sourire.

Il attendait Kendall en bas de l'estrade quand Dylan Smith s'approcha.

— Quelle foule pour célébrer le héros local, n'est-ce pas ?

— Smith, répondit Gabe, avez-vous tout ce que vous souhaitiez pour votre article ?

— C'était un beau discours. Tout était vrai ?

Gabe refusa d'entrer dans son jeu.

— A vous de me le dire. A moins que vous n'ayez pas fait correctement votre travail ?

— Oh si, j'ai fait correctement mon travail, et j'ai récolté toutes sortes d'informations.

— Dans ce cas, j'imagine que nous n'avons plus qu'à nous dire au revoir. Vous êtes venu ici pour la cérémonie, et elle est terminée. Cela signifie que vous repartez aujourd'hui, non ?

— Peut-être pas, répondit le journaliste sur un ton léger. Je vais peut-être m'attarder un peu.

— Pour quelle raison ? demanda Gabe en le regardant droit dans les yeux. Vous n'êtes peut-être pas du tout venu pour le stade, après tout…

— Que voulez-vous dire ?

— J'ai rencontré votre rédacteur en chef, au *Green Bay News*. Il m'a expliqué que vous aviez pris un congé sans solde, pour des raisons personnelles.

Smith observa Gabe pendant un long moment, puis il haussa les épaules.

— Je ne dis jamais à mon rédac chef sur quoi je travaille, et cela ne vous regarde pas plus.

— Eh bien, moi, j'ai décidé que cela me regardait. Vous logez chez Kendall. Vous l'avez humiliée en fouillant dans sa poubelle. Vous interrogez ses employés. Etrange, non ?

Gabe s'avança d'un pas et fut malgré lui impressionné que Smith ne cille pas.

— Restez loin d'elle.

Le journaliste lui adressa alors un sourire entendu.

— J'avais raison : il y a bien quelque chose entre vous deux.

— Ce ne sont pas vos affaires ! Que cherchez-vous, à la fin ?

Smith se redressa.

— Pas à nuire à Kendall ni à ses filles, si c'est ce que vous craignez. Ce que je veux n'a aucun rapport avec elle.

— Non ? Alors vous fouillez dans les poubelles des gens pour vous amuser ? A la recherche d'informations que vous pourriez utiliser plus tard ?

— Je me suis déjà excusé pour ça.

— Dans ce cas, il ne vous reste plus qu'à débarrasser le plancher, dit Gabe en croisant les bras. Je veux que vous ayez quitté la maison aujourd'hui.

Smith haussa les sourcils.

— Etes-vous sûr que c'est ce que Kendall souhaite ? J'ai vu ses factures, rappelez-vous, et j'ai comme dans l'idée qu'elle préférerait que je reste.

— Elle n'a pas besoin de votre argent, rétorqua Gabe.

— Mais moi, j'ai besoin de rester chez elle. Si Kendall souhaite que je parte, qu'elle vienne me le dire elle-même.

Gabe bascula d'avant en arrière sur ses talons.

— Que se passe-t-il ? Que faites-vous ici ? Que voulez-vous, Smith ?

Le journaliste le regarda pendant un moment, puis haussa les épaules.

— Vous me fatiguez, Townsend. Je vais vous dire

pourquoi je suis ici : je recherche mon père. J'ai de bonnes raisons de penser qu'il était de Sturgeon Falls.

Comme Gabe observait Smith, Kendall vint se poster à côté de lui.

— Alors Dylan, vous avez toutes les informations dont vous aviez besoin ?

Le journaliste se tourna vers Kendall.

— J'y travaille toujours, mais je dirais que mon séjour à Sturgeon Falls a été très instructif.

— Que voulez-vous dire ?

Smith adressa un sourire las à Kendall.

— Votre cérémonie a renforcé toutes mes raisons d'être ici. Elle m'a rappelé que le passé façonne le présent. Que vous ne pouvez pas avancer tant que vous n'avez pas tout réglé dans votre passé.

Comme il s'éloignait, Kendall regarda Gabe.

— Que suis-je censée comprendre ?

— Apparemment, Smith a un passé que nous ne soupçonnions pas. Il m'a confié être à la recherche de son père.

Kendall regarda le journaliste qui sortait du stade.

— Il pense que son père est de Sturgeon Falls ?

— J'ai l'impression. Cela explique beaucoup de choses.

Gabe glissa un autour des épaules de la jeune femme et la serra contre lui.

— A mon corps défendant, je dois avouer que je suis d'accord avec Smith, quand il affirme qu'il faut laisser certaines choses de son passé derrière soi pour avancer.

Kendall s'écarta.

— J'y travaille. D'accord ?

A ce moment, Shelby vint tirer sur son bras.

— Et nos photos, maman ?

— Nous viendrons les récupérer demain. Pour l'instant, rentrons à la maison. Oncle George, Amy et Tommy nous y rejoignent, et nous allons pique-niquer.

— Est-ce qu'oncle George a fait du cake au crabe ? demanda Jenna.

— Je ne pense pas qu'il ait eu le temps d'en préparer, répondit Kendall.

— Tommy Mitchell vient chez nous ? demanda Shelby, sur le ton ironique qu'elle employait pour parler des garçons. Il est *nul*.

— Il n'est pas nul, protesta Jenna. Il était dans ma classe l'année dernière et il est sympa. Pour un garçon.

— Oncle George va se marier avec Amy, et Tommy va devenir votre cousin.

Gabe était sûr que les filles n'avaient pas remarqué la légère hésitation de Kendall avant de prononcer le mot « cousin ».

— C'est très sympa les cousins, intervint Gabe. Donnez-lui une chance.

— Il sait peut-être jouer au football, supposa Shelby. Il pourra jouer avec Jenna, Elena et moi…

Kendall était assise sous le porche, à l'arrière de la maison, observant tout le monde. Shelby, Jenna et Tommy avaient trouvé Elena jouant au football avec le ballon que Gabe lui avait offert, et les quatre enfants disputaient un match. Elena jetait fréquemment des coups d'œil en direction du porche, où elle avait laissé le livre de Harry Potter emprunté ce matin à la bibliothèque. Et même si Shelby pensait que Tommy était « nul », les quatre enfants semblaient bien s'amuser ensemble.

Comment les filles réagiraient-elles quand elle leur annoncerait que Tommy était leur demi-frère ?

Kendall tourna ensuite son regard vers Amy, qui aidait Gabe à faire griller du poulet sur le barbecue. Il faudrait que les deux femmes parlent de la meilleure manière d'annoncer la vérité aux enfants.

— A quoi penses-tu ? demanda George en s'asseyant à côté de sa sœur.

— A l'avenir. Je me demande comment les filles réagiront au fait d'avoir un frère…

— Tu as le temps. Elles sont encore un peu jeunes pour comprendre. Je voulais te remercier pour ce que tu as dit à Amy, aujourd'hui. C'était vraiment très bien. Cela compte beaucoup pour elle. Mais je lui ai conseillé de ne pas trop t'idéaliser, parce que d'habitude tu te comportes en véritable peste.

— Pauvre Amy. Elle va avoir tellement peur de moi qu'elle ne voudra plus jamais me revoir.

— Pas de danger. Elle m'a tapé et m'a traité de menteur.

— Bon point pour elle, rétorqua Kendall avec un clin d'œil. Tout le monde sait que je suis parfaite.

Elle resta appuyée contre son frère un moment, regardant tout le monde.

— Ma famille s'est agrandie tout d'un coup. J'aime ça.

— Dois-je comprendre que Townsend fait lui aussi partie de la famille et qu'il va rester dans les parages ? demanda alors George, en s'efforçant de garder un ton dégagé.

— J'aimerais beaucoup, mais je n'en sais rien.

— Et pourquoi pas ? Ce type est fou de toi. Et je pense que tu es folle de lui, toi aussi.

— Ce n'est pas aussi simple, George. Il y a beaucoup de choses à régler, par rapport à Carter.

— Je sais déjà ce qui s'est passé la nuit où Carter est mort. Townsend t'a embrassée et ils se sont disputés. C'est ça, le problème insurmontable ?

— En partie seulement.

— Carter pensait que Townsend et toi aviez une liaison, n'est-ce pas ?

— Oui.

— Evidemment. Et ça l'arrangeait de croire que tu l'avais trahi parce que lui t'avait trahie. Facile de rejeter la faute sur l'autre.

— Il était mon mari, George. Je n'aurais jamais dû embrasser Gabe.

— Alors, c'est ce qui te gêne ? Tu vas te refuser le droit d'être heureuse parce que tu te crois responsable de ce qui s'est passé à cause d'un baiser échangé il y a plusieurs années ?

Elle haussa les épaules, soudain mise mal à l'aise par les propos sans ménagement de George.

— Carter est mort, Kendall. Depuis plus de sept ans.

Pendant encore combien de temps vas-tu te punir parce que tu aimes Gabe plus que tu n'aimais Carter ?

En effet, elle aimait Gabe bien plus qu'elle n'avait jamais aimé Carter.

— Je ne me punis pas, murmura-t-elle alors que sa vue se brouillait.

— Non ? Alors comment qualifierais-tu ton attitude ? demanda-t-il en prenant le menton de sa sœur pour l'obliger à le regarder. J'ai dit à Amy que tu n'étais pas une sainte, mais je me trompais peut-être.

— Arrête, George, dit-elle en tournant la tête. Tu ne comprends pas.

— Vraiment ?

D'un signe de tête, il montra alors Amy, qui riait avec Gabe.

— Tu as pardonné à Amy, n'est-ce pas ?

— Ce qui est arrivé est autant la faute de Carter que la sienne.

— Et Townsend ? Tu lui as pardonné sa part de responsabilité dans la mort de Carter ?

— Bien sûr. C'était un accident.

En réalité, elle lui avait même pardonné son mensonge.

— Donc, tu as pardonné à tout le monde… sauf à toi. Pourquoi ?

— C'est compliqué.

— La vérité, c'est que tu as peur. Peur de prendre un risque. Carter et toi avez raté votre mariage, et tu as peur d'un nouvel échec. C'est beaucoup plus facile de te cacher dans cette grande maison, derrière tes filles et de te jeter à corps perdu dans ton travail.

— Ce n'est pas vrai !

— Tu crois ?

Agrippant la main courante, elle se leva d'un bond et lança un regard rempli de colère à son frère.

— Si tu es si malin, comment as-tu pu rejeter Amy ?

— Il m'a fallu deux jours pour faire la part des choses, lui rappela-t-il. Pas sept ans.

Avant qu'elle ne puisse répondre, Jenna se mit à crier :

— Maman ! Maman ! Viens vite. Elena est dans le lac. Elle se noie !

Chapitre 22

Mercredi après-midi

Kendall partit en courant en direction de la plage, George sur ses talons. Amy et Gabe posèrent précipitamment les ustensiles qu'ils tenaient à la main et les suivirent. Au moment où Kendall arriva sur la plage, Elena se débattait dans l'eau, dont le niveau était largement au-dessus de sa tête. Son visage était tordu par la panique et son cri se termina dans un gargouillis quand elle avala de l'eau.

Shelby, qui s'était précipitée dans le lac, avait de l'eau jusqu'à la poitrine.

— Elena ! cria la fillette tout en continuant d'avancer. Je suis là. Attrape ma main.

Elena tendit sa main vers Shelby, mais elle glissa et disparut une nouvelle fois sous l'eau. Shelby poussa un cri de frayeur et voulut mettre sa tête sous l'eau.

— Shelby, non ! cria Tommy, qui courut à son tour dans le lac.

Kendall courait de toutes ses forces, mais elle avait

l'impression de ne pas avancer. Pendant ce temps, Elena avait disparu, Shelby la cherchait, et Tommy entrait dans le lac à son tour.

Enfin, Kendall arriva au bord de l'eau.

— Amy ! ordonna-t-elle sans même se retourner. Attrape Jenna et retiens-la.

La morsure de l'eau froide surprit Kendall, et elle sentit ses jambes s'engourdir. Oubliant le froid, elle avança, saisit Tommy par la taille et le ramena sur la plage pendant que Gabe et George passaient en courant à côté d'elle.

— Occupe-toi de Shelby, Krippner ! cria Gabe. Je me charge d'Elena.

Kendall serra le petit Tommy, qui frissonnait, contre elle. Tenant Jenna, Amy attendait sur la plage. Quand Kendall sortit en titubant de l'eau, elle tendit Tommy à sa mère et prit Jenna contre elle.

— Elena s'est noyée, gémit Jenna en pleurant. Elle s'est noyée. Est-ce que Shelby va se noyer, elle aussi ?

— Bien sûr que non, Jen, la rassura Kendall en la serrant contre elle. Regarde, oncle George ramène Shelby. Elle va bien.

Shelby s'agrippait à son oncle de toutes ses forces, son petit visage caché contre son épaule.

— Et Gabe ramène Elena, ajouta Kendall. Tu vois ?

— Elle ne bouge pas, fit remarquer Jenna alors que Gabe revenait sur la plage. Elle est morte ?

— Je ne crois pas, répondit Kendall en priant pour avoir raison. Elle n'est restée que quelques secondes sous l'eau.

— Je vais appeler les secours, dit Amy en partant vers la maison en courant.

Kendall prit la main de Tommy dans la sienne, qui la serra en regardant Elena.

Gabe déposa le petit corps inerte d'Elena sur le sable et commença à lui faire du bouche-à-bouche. Personne ne bougeait ni ne parlait. Enfin, Elena fut secouée de hoquets. Gabe la souleva et tourna sa tête sur le côté pour qu'elle puisse recracher l'eau qu'elle avait avalée. Après plusieurs hoquets, elle se calma et Gabe l'allongea de nouveau.

Quelques instants plus tard, elle ouvrit les yeux et regarda Gabe, l'air hagard.

— Que se passe-t-il ? balbutia-t-elle en essayant de s'asseoir.

— Tout va bien, Elena, assura-t-il en passant une main sur ses cheveux. Tu as voulu te baigner mais l'eau est encore un peu froide en cette saison.

— Mon ballon, dit-elle en regardant en direction du lac.

Kendall vit alors un ballon de football qui flottait vers les bouées installées quelques jours plus tôt.

— Ne t'inquiète pas pour ton ballon, dit-elle. Nous irons le récupérer plus tard.

La fillette tenta de se mettre debout.

— Je ne veux pas qu'il parte.

— Il ne partira pas, la rassura Kendall. Tu vois les bouées ? Elles le bloqueront et l'empêcheront de partir plus loin.

— Tu préférerais que j'aille le chercher maintenant ? demanda Gabe.

Comme la fillette hochait la tête, il repartit en courant dans l'eau, nagea jusqu'aux bouées et attrapa le ballon. Il le lança sur la plage puis sortit de l'eau.

— Rentrons à la maison, dit Gabe. Il faut retirer les vêtements mouillés des enfants.

Gabe porta Elena, la tenant serrée contre lui pour la réchauffer. Pendant qu'ils traversaient la pelouse, Shelby glissa sa petite main dans celle de Kendall.

— C'est ma faute, maman, avoua-t-elle en sanglotant. Elena a failli se noyer, et c'est ma faute.

— Comment cela ? demanda Kendall.

— J'ai essayé de taper dans le ballon avec la tête, et je l'ai lancé dans l'eau. Je croyais que je savais faire, mais non…

— Oh, Shel, dit Kendall en serrant sa fille contre elle. Ce n'est pas ta faute. C'était un accident.

— Elena va être très en colère contre moi…

— Elena ne sera pas en colère. C'est ton amie, et elle te pardonnera.

— C'est vrai ?

— Bien sûr. C'est ce que font les amis.

Comme ils arrivaient à la porte de la cuisine, Gabe posa Elena par terre.

— Merci, dit la fillette. Pour m'avoir sauvée. Et pour avoir récupéré mon ballon.

— De rien, répondit Gabe avec un sourire. Maintenant, il te faut des vêtements secs.

— Toi aussi Shelby, dit Kendall. Emmène Elena dans

ta chambre, et cherchez des vêtements secs et chauds pour vous deux. D'accord ?

— D'accord. Suis-moi, Elena.

Shelby prit Elena par la main, et les deux fillettes partirent en direction des escaliers. Ensuite, Kendall se tourna vers Tommy.

— Il nous faut aussi des vêtements secs pour toi.

Voyant la mine épouvantée du petit garçon, elle sourit.

— Non, pas des vêtements de fille, le rassura-t-elle. Je pense que je peux trouver quelque chose de plus masculin.

— Je vais prévenir les parents d'Elena, dit Gabe.

Il sortit au moment où Kendall emmenait Amy et Tommy dans sa chambre, au deuxième étage.

Kendall sortit un vieux short de jogging de son tiroir et le tendit à Amy, mais elle pensa alors à autre chose qui serait parfait. Elle se hissa sur la pointe des pieds et attrapa un maillot rouge.

— Voilà pour Tommy, dit-elle. Pour qu'il le garde.

Amy déplia le maillot et le fixa un long moment du regard. Il s'agissait du maillot de l'équipe de football du lycée de Sturgeon Falls, portant le numéro 12. Quand elle leva le regard vers Kendall, elle avait les larmes aux yeux.

— Merci.

Kendall sourit et ébouriffa les cheveux de Tommy.

— A qui d'autre pourrais-je le donner ?

Les secours arrivèrent en même temps que les parents d'Elena. Les Montoya se tenaient serrés l'un contre l'autre, terrifiés, et ils regardaient les secouristes examiner Elena. Dès que ceux-ci eurent terminé et qu'ils se reculèrent en leur adressant un signe de tête, ils se précipitèrent vers leur fille.

Quelques minutes plus tard, tout le monde se rassembla sous le porche arrière pour leur dire au revoir et les regarder partir en direction du verger. C'est alors qu'une odeur de brûlé attira leur attention.

— Le poulet ! s'exclama Amy, qui partit en courant vers le barbecue.

La viande, toute noire, ressemblait plus à du charbon qu'à du poulet, et Gabe dut partir en ville acheter des pizzas.

Shelby, Jenna et Tommy s'allongèrent sur le sol du salon, regardant un film tout en mangeant, pendant que les adultes se détendaient dans la salle à manger.

Kendall repoussa son assiette et but une gorgée de thé glacé tout en observant autour d'elle. George et Amy riaient au sujet de quelque chose que Tommy avait fait plus tôt dans la journée, et Gabe venait de parler des leçons de tennis de Jenna.

Tout le monde paraissait parfaitement à l'aise. Comme à la maison. Comme une famille.

Finalement, une fois le film des enfants terminé, Amy se leva.

— Je ne veux pas gâcher l'ambiance, mais George et moi travaillons, demain.

Alors que George était parti chercher les vêtements encore humides de Tommy, Amy prit Kendall à part.

— Gabe est un homme bien, et il mérite ce qu'il y a

de mieux. Et toi aussi. Sois heureuse, Kendall. Et rends Gabe heureux.

Elle prit ensuite la main de Tommy et ils sortirent dans la nuit. Kendall se tourna alors vers Shelby et Jenna.

— Préparez-vous à aller au lit, vous deux. Je monte vous voir dans une minute.

Pendant que les filles montaient à l'étage, Kendall regarda les feux arrière de la voiture de George disparaître au bout de l'allée.

— Tout va bien ? s'enquit Gabe en posant sa main sur la joue de la jeune femme.

— Oui, mais la journée a été longue et épuisante.

— Tu trouves ?

— Merci d'avoir secouru Elena.

— Tout le monde était dans l'eau. J'ai seulement été le premier à l'atteindre.

Elle sourit et l'enlaça.

— On dirait que personne dans cette famille n'est suffisamment sensé pour ne pas se baigner en juin.

— C'est ce que font les familles, dit-il en caressant le dos de la jeune femme. Tout le monde se jette à l'eau sans réfléchir.

— Heureusement que tout le monde était là, murmura-t-elle.

Gabe la caressait sur un rythme régulier et hypnotique.

— Tu as vraiment donné à Amy l'impression de faire partie de cette famille, aujourd'hui. Merci pour elle.

— C'est normal. Elle en fait partie. Elle va épouser George.

— Et elle est aussi la mère du fils de Carter, ajouta Gabe.

— Oui, aussi.

— Lui as-tu pardonné, Kenny ?

— Oui, répondit-elle en soupirant et en se reculant. Je ne veux pas entretenir mon amertume et ma colère. Je ne veux pas qu'elles empoisonnent ma vie ni qu'elles empoisonnent la vie des filles. Ou de quiconque d'autre. Tout cela est arrivé il y a longtemps et Amy a largement payé pour son erreur. Et pour être franche, j'en veux plus à Carter qu'à Amy.

— Amy a toujours assumé sa part de responsabilité pour ce qui est arrivé.

— Et je ne peux pas en dire autant, n'est-ce pas ?

Il obligea Kendall à le regarder en face.

— Qu'est-ce que tu veux dire ?

— Je suis autant responsable de l'échec de notre mariage que Carter. Peut-être plus, expliqua-t-elle. Je ne l'aimais pas, Gabe. Et il le savait. C'est pourquoi je me suis toujours sentie aussi coupable.

— Et aujourd'hui ?

Il soutint son regard jusqu'à ce qu'elle détourne les yeux.

— Aujourd'hui ? Je me rends compte que je me cachais derrière ma culpabilité pour me protéger. Pour éviter de m'engager, et pour ne plus prendre le risque d'abandonner quelqu'un. Je viens de le comprendre.

— Vraiment ? Et tu as aussi compris que j'étais l'homme de ta vie ?

— Ce soir, j'ai compris que la vie est précieuse et fragile.

Qu'elle peut nous échapper le temps de détourner le regard d'un enfant qui joue sur la plage. Que parfois la vie ne t'offre pas la chance de corriger tes erreurs.

— Carter n'était pas une erreur. Il était beaucoup de choses, mais il était aussi mon ami et ton mari. Je ne dirais jamais que c'était une erreur.

— Moi non plus. Il m'a donné Shelby et Jenna. Je n'aurais pas dû l'épouser, mais il restera toujours le père de mes enfants. Je ne veux pas laisser mon erreur de jugement gâcher le reste de ma vie, mais c'est pourtant ce que je faisais jusqu'à présent.

— Dois-je comprendre que ta culpabilité s'est envolée ? demanda-t-il en l'observant.

— Ma culpabilité ne disparaîtra jamais complètement, dit-elle calmement. J'en traînerai toujours une partie, et je n'y peux rien. Mais je ne la laisserai plus empoisonner ma vie.

— Est-ce que tu m'aimes ?

— Oui Gabe.

— J'ai besoin de te l'entendre dire, Kendall.

Elle prit alors le visage de Gabe entre ses mains.

— Je t'aime, Gabe Townsend. Je crois que je t'ai toujours aimé. Et je sais que je t'aimerai toujours.

Gabe l'enlaça et l'embrassa avant de s'écarter.

— Tu trembles, dit-il.

— Je suis nerveuse.

— Comment cela ?

— Gabe, je viens de franchir un grand pas. George m'a fait remarquer que j'avais pardonné à tout le monde sauf à moi, et il avait raison. Maintenant, j'ai l'impression de me retrouver complètement nue devant toi.

— Bonne idée, dit-il en embrassant la jeune femme dans le cou. Excellente idée, même. Il faut que tu saches que je ne te ferai jamais de mal.

Elle sourit.

— Si, Gabe. Les gens que nous aimons nous font toujours du mal. En fait, ce sont eux qui risquent le plus de nous faire du mal. Et moi aussi, je te ferai sans doute du mal. Mais ce ne seront jamais des blessures volontaires ni mortelles.

— Es-tu prête à prendre le risque, Kenny ? Pour nous ?

— Je ne prends aucun risque, répondit-elle avec un sourire. Je mise sur des choses sûres et solides.

— Ah oui ? Et ça, est-ce que c'est sûr ?

Il l'embrassa une nouvelle fois, l'obligeant à reculer jusqu'à ce qu'elle soit plaquée contre le mur qu'elle ne puisse plus penser à autre chose qu'à Gabe.

— Je dirais que oui, répondit-elle en s'enroulant autour de lui.

— Je ne veux pas moins que tout, la mit-il en garde, son souffle tiède caressant le cou de la jeune femme. Je veux une famille. Toi, Jenna, Shelby, et j'espère d'autres enfants. Je veux être présent pour vous matin et soir, jour et nuit.

— Une famille ? D'autres enfants ? Jour et nuit ? répéta-t-elle en dessinant la bouche de Gabe avec le bout d'un doigt. Es-tu en train de sous-entendre que tu veux rester vivre ici dans le péché, Gabe Townsend ?

— Je suggère que nous nous mariions. Dès que possible.

— Je peux me résoudre à cette idée. Après le mariage de George, bien entendu. C'est lui qui s'est fiancé en premier.

— Je ne suis pas sûr d'avoir envie d'attendre.

— Et moi, j'aime l'idée de partager toutes mes nuits avec toi, murmura-t-elle. Pouvons-nous commencer dès maintenant ?

— Je pense que nous devrions attendre d'être mariés, répondit-il, le regard pétillant de malice. Pour donner un bon exemple aux filles.

Elle éclata de rire.

— Monsieur fait le malin ? Nous pouvons peut-être aboutir à un compromis. Après tout, le mariage n'est fait que de compromis.

— Vraiment ? répondit-il.

Il lui mordilla l'oreille et elle sentit ses jambes se transformer en coton.

— Je suis prêt à négocier. A quoi penses-tu ?

— Nous ne serons peut-être obligés d'attendre que George soit marié.

— Explique-toi.

— Que dirais-tu de demain ?

— Cela me convient.

Elle attira la tête de Gabe vers elle et l'embrassa une nouvelle fois, s'oubliant dans ce baiser.

Enfin, il recula et prit la tête de Kendall entre ses mains.

— Je suis prêt à t'épouser demain sans aucune hésitation,

mais je ne veux pas t'obliger à quoi que ce soit. Je veux que tu sois complètement sûre de ta décision.

— Je suis sûre. Et toi ? Sais-tu à quoi tu t'engages ?

— Que suis-je censé comprendre ? Aurais-tu de sombres secrets que tu aurais oublié de me révéler ?

— Tu ne te maries pas seulement avec moi, dit-elle en prenant ses mains. Tu prends aussi deux enfants. Cette maison. Le verger. Tu épouses tout à la fois.

— Et je suis impatient. Je prends tout.

— Et ton entreprise ? Elle se trouve à Milwaukee.

— Je la déplacerai ici. Et si mes employés ne veulent pas déménager, je nommerai mon assistant gérant du bureau de Milwaukee, et j'en ouvrirai un autre à Sturgeon Falls. Je peux aussi faire les allers-retours pendant un moment, le temps de tout organiser.

Il l'embrassa lentement, laissant sa bouche posée sur celle de Kendall.

— Je me trompe, ou tu essaies de me faire changer d'avis ? demanda-t-il.

— J'imagine qu'il en faut plus pour t'effrayer. J'essaie seulement d'être pratique.

— Je me moque d'être pratique, murmura-t-il contre ses lèvres. C'est toi que je veux, Kenny, avec tout ce qui va avec : enfants, maison, verger, vie compliquée — tout.

— Et moi, c'est aussi toi que je veux. Et cela ne changera pas, peu importe le temps qu'il me faudra attendre.

Il embrassa les mains de la jeune femme puis les posa contre son torse, sur son cœur.

— Cela ne fait qu'une semaine que je me suis présenté devant ta porte. Prends ton temps, Kenny.

— Je n'ai pas besoin de temps. J'en ai déjà trop perdu, affirma-t-elle. Carter appartient au passé, et son fantôme ne va pas hanter notre mariage.

— En es-tu sûre ?

— Oui.

Elle se pencha vers l'avant et, sa bouche posée contre celle de Gabe, elle assura :

— Il n'y a que toi, Gabe. Depuis toujours.

Un délicieux fourmillement parcourut son corps et le désir la submergea quand sa bouche caressa celle de Gabe. Ressentant le besoin de le toucher, elle glissa ses mains sous sa chemise et serra son dos. Il grogna et tenta de remonter le T-shirt de la jeune femme.

— Maman, nous sommes prêtes à nous coucher ! annonça Jenna depuis l'étage.

A contrecœur, Kendall se détacha de Gabe.

— Tu montes nous lire une histoire ? ajouta Jenna.

— Nous arrivons, ma chérie, répondit Kendall.

Passant ses bras autour du cou de Gabe, elle inclina sa tête en arrière et murmura avec un sourire :

— Avec des enfants dans la maison, les ébats torrides dans l'escalier sont proscrits.

— Je saurai attendre, répondit-il. L'anticipation a certaines vertus.

— Dans ce cas, anticipe — au moins le temps que nous lisions une histoire aux filles. Viens, Townsend, nos enfants nous attendent, dit Kendall en le poussant vers l'escalier.

Il l'embrassa.

— Je t'aime, ma belle.

— Je t'aime aussi.

— Maman ! Viens !

Kendall regarda Gabe en souriant :

— Bienvenue dans la famille !

P R É L U D '

Le 1er août

Le 1er juillet

La nuit du cauchemar - Gayle Wilson • N°292

Depuis qu'elle a emménagé dans la petite ville de Crenshaw, Blythe vit dans l'angoisse : Maddie, sa fille, est en proie à de violents cauchemars et se réveille terrifiée. La nuit, des coups sont frappés à la vitre, que rien ne peut expliquer... Et lorsque Maddie croit voir Sarah, une petite fille sauvagement tuée il y a vint-cinq ans, et qu'elle se met à lui parler, Blythe doit tout faire pour comprendre quelle menace rôde autour de son enfant.

Mortel Eden - Heather Graham • N°293

Lorsque Beth découvre un crâne humain sur l'île paradisiaque de Calliope Key, elle comprend immédiatement qu'elle est en danger. Car deux plaisanciers ont déjà disparu, alors qu'ils naviguaient dans les eaux calmes de l'île... Et Keith, un séduisant plongeur, semble très intéressé par sa macabre découverte. Mais peut-elle faire lui confiance et se laisser entraîner dans une aventure à haut risque ?

Visions mortelles - Metsy Hingle • N°294

Lorsque Kelly Santos, grâce à ses dons de médium, a soudain eu la vision d'un meurtre, elle n'a pas hésité à prévenir la police. Personne ne l'a crue... jusqu'à ce que l'on découvre le cadavre, exactement comme elle l'avait prédit. Et qu'un cheveu blond retrouvé sur les lieux du crime, porteur du même ADN que celui de Kelly, ne fasse d'elle le suspect n°1 aux yeux de la police...

Dans les pas du tueur - Sharon Sala • N°295

Cat Dupree n'a jamais oublié le meurtre de son père, égorgé lorsqu'elle était enfant par un homme au visage tatoué. Depuis, elle a reconstruit sa vie – mais tout s'écroule quand Marsha, sa meilleure amie, disparaît sans laisser de trace. Seul indice : un message téléphonique, qui ne laisse entendre que le bruit d'un hélicoptère... Un appel au secours ? Cette fois-ci, Cat ne laissera pas le mal détruire la vie de celle qu'elle aime comme une sœur.

Le sang du silence - Christiane Heggan • N°296

13 juin 1986. New Hope, Pennsylvanie. Deux hommes violent, tuent puis enterrent une jeune fille du nom de Felicia. La police incarcère un simple d'esprit. Les rumeurs prennent fin dans la petite ville.

9 octobre 2006. Grace McKenzie, conservateur de musée à Washington, apprend que son ancien petit ami, Steven, vient d'être assassiné à New Hope, où il tenait une galerie d'art. Elle va découvrir, avec l'aide de Matt, un agent du FBI originaire de la petite ville, qu'un silence suspect recouvre les deux crimes... et qu'un terrible lien les unit, enfoui dans le passé de New Hope.

Le donjon des aigles - Margaret Moore • N°297

La petite Constance de Marmont a tout juste cinq ans lorsque, devenue orpheline, elle est fiancée par son oncle au jeune Merrick, fils d'un puissant seigneur des environs. La fillette est aussitôt emmenée chez ce dernier, au château de Tregellas, où sa vie prend figure de cauchemar. Maltraitée par son hôte, William le Mauvais, Constance l'est également par Merrick, qui fait d'elle son souffre-douleur jusqu'à ce que, à l'adolescence, il quitte le château pour commencer son apprentissage de chevalier.

Des années plus tard, Merrick, devenu le nouveau maître de Tregellas, revient prendre possession de son fief — et de sa promise...

Passions et Trahisons - Debbie Macomber • N°150 *(réédition)*

Venue au mariage de sa meilleure amie Lindsay à Buffalo Valley, Maddy Washburn décide, comme cette dernière, de s'installer dans la petite ville. Une fois de plus, les habitants voient avec surprise une jeune femme ravissante et dynamique rejoindre leur paisible communauté. Ils ignorent que Maddy est à bout de forces, le cœur déchiré par ses expériences du passé... Seul Jeb McKenna, un homme farouche qui vit replié sur ses terres, peut la pousser à se battre et à croire à nouveau en l'existence.

Titres non disponibles au Québec.

✂ **Oui**, je désire profiter de votre offre exceptionnelle. J'ai bien noté que je recevrai d'abord gratuitement un colis de 2 romans* ainsi que 2 cadeaux. Ensuite, je recevrai un colis payant de romans inédits régulièrement.

Je choisis la collection que je souhaite recevoir :

(☞cochez la case de votre choix)

❏ **AZUR** :	....	Z7ZF56
❏ **BLANCHE** :	....	B7ZF53
❏ **LES HISTORIQUES** :	....	H7ZF53
❏ **AUDACE** :	....	U7ZF52
❏ **HORIZON** :	....	O7ZF54
❏ **BEST-SELLERS** :	....	E7ZF53
❏ **MIRA** :	....	M7ZF52
❏ **JADE** :	....	J7ZF52
❏ **PRELUD'** :	....	A7ZF54
❏ **PASSIONS** :	....	R7ZF53
❏ **BLACK ROSE** :	....	I7ZF53

*sauf pour les collections Jade et Mira = 1 livre gratuit.

Renvoyez ce bon à : Service Lectrices HARLEQUIN
BP 20008 - 59718 LILLE CEDEX 9.

N° d'abonnée Harlequin (si vous en avez un) ⎵⎵|⎵|⎵|⎵|⎵|⎵|⎵|⎵|⎵|

Mme ❏   Mlle ❏   NOM _____

Prénom _____

Adresse _____

Code Postal ⎵|⎵|⎵|⎵|⎵| Ville _____

Le Service Lectrices est à votre écoute au 01.45.82.44.26
du lundi au jeudi de 9h à 17h et le vendredi de 9h à 15h.

Composé et édité par les
éditions Harlequin
Achevé d'imprimer en juin 2007

par

LIBERDÚPLEX

Dépôt légal : juillet 2007
N° d'éditeur : 12882

Imprimé en Espagne

Découvrez GRATUITEMENT la collection

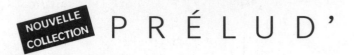

NOUVELLE COLLECTION

PRÉLUD'

J'ai bien noté que je recevrai d'abord GRATUITEMENT un colis de 2 romans PRÉLUD', ainsi qu'un bijou et un cadeau surprise. Ensuite, je recevrai, tous les mois, 4 romans PRÉLUD' de 352 pages au prix exceptionnel de 4,70€ (au lieu de 4,95€) le volume, auxquels s'ajoutent 2,50€ de participation aux frais de port par colis. Je suis libre d'interrompre les envois à tout moment. Dans tous les cas, je conserverai mes cadeaux.

Renvoyez ce bon à :

Service Lectrices HARLEQUIN
BP 20008
59718 LILLE CEDEX 9

A7GF01

N° abonnée (si vous en avez un) ☐☐ ☐☐☐☐☐☐☐

Mᵐᵉ☐   Mˡˡᵉ ☐   NOM _____

Prénom _____

Adresse _____

Code Postal ☐☐☐☐☐ Ville _____

Tél. : ☐☐☐☐☐☐☐☐☐☐

Date d'anniversaire ☐☐☐☐☐☐☐☐

Le Service Lectrices est à votre écoute au 01.45.82.44.26
du lundi au jeudi de 9h à 17h et le vendredi de 9h à 15h.